901

Kim Jiyun

UNA PICCOLA LAVANDERIA A YEONNAM

Romanzo

TRADUZIONE DI
SIMONA ALIAS

Titolo originale
연남동 빙글빙글 빨래방

ISBN 978-88-429-3597-1

I edizione maggio 2024
II edizione agosto 2024

IL LIBRAIO.IT
il sito di chi ama leggere

In copertina: illustrazione di Betti Greco
Art director: Stefano Rossetti
Graphic designer: PEPE *nymi*

Copyright © 2023 by Kim Jiyun
Originally published in Korea by Sam & Parkers Co., Ltd., 2023
All rights reserved including the rights of reproduction in whole
or in part in any form.

© 2024 Casa Editrice Nord s.u.r.l.
Gruppo editoriale Mauri Spagnol
Published by arrangement with Eric Yang Agency
c/o Randle Editorial & Literary Consultancy

UNA PICCOLA LAVANDERIA
A YEONNAM

I

IL VASO DI POMODORI

Jindol uggiolava triste. Era un cane jindo bianco che l'anziano signor Jang curava da solo da quando sua moglie era morta. Aveva nove anni e stentava a trattenere i bisogni, se rimaneva a lungo in casa. Di solito li faceva quando usciva col padrone per la passeggiata, oppure da solo nel giardino antistante. Il signor Jang lasciava apposta la porta d'ingresso solo accostata, ma quella notte l'uscio si era richiuso a causa del forte vento di tarda primavera. Così Jindol, dopo essere rimasto davanti alla porta per diverse ore, aveva finito per fare la pipì sul plaid verde del signor Jang, forse scambiandolo per un prato erboso.

Il signor Jang era caduto in un sonno profondo mentre guardava la TV in soggiorno e aveva dormito di filato per diverso tempo. Si era svegliato d'un tratto solo quando il plaid si era inzuppato.

«Oddio, che freddo!»

Non appena il signor Jang aprì gli occhi, quelli neri di Jindol s'illuminarono. Davanti a quell'espressione pietosa, il padrone si dispiacque e si alzò in fretta. «Jindol, hai fatto la pipì sul plaid? La porta si è chiusa... Non sei riuscito a trattenerla, eh? Non importa, ora lo laviamo. Ho la lavatrice, che problema c'è?»

Jindol, abbattuto, strofinò la testa contro le ginocchia del signor Jang e scodinzolò con vigore. L'anziano mise il plaid bagnato nella vecchia lavatrice coi pulsanti usurati. Premette col pollice, ma al primo tentativo la lavatrice non si accese, perciò ripeté il gesto una seconda volta. Il ciclo che aveva selezionato, adatto alle coperte, prevedeva un tempo di lavaggio di un'ora e quarantacinque minuti.

La casa era una villetta unifamiliare, perciò il signor Jang non doveva preoccuparsi dei vicini, anche se metteva in funzione la lavatrice nel cuore della notte. Era un edificio bianco a due piani situato a Yeonnam-dong, con un giardino ampio e ben curato sul davanti, chiuso da un cancello di ferro grande e robusto. Erano passati quarant'anni da quando si era trasferito in quel quartiere. All'epoca era un tranquillo agglomerato di case unifamiliari, tuttavia, man mano che il vicino Hongdae aveva guadagnato l'attenzione come quartiere giovanile, anche Yeonnam-dong era diventato più popolare. La maggior parte dei residenti aveva convertito le proprie abitazioni in edifici commerciali, affittando il pianterreno e il primo piano a esercizi come caffè e ristorantini, e si era trasferita altrove. Da allora, la casa col cancello blu del signor Jang era rimasta una delle poche residenze civili di Yeonnam-dong.

Aveva sei stanze, tre al pianterreno e tre al primo piano. Era grande per viverci da soli. Perciò, quando era rimasto solo con Jindol, il signor Jang per un po' aveva pensato di trasferirsi altrove, per poi concludere che non poteva distaccarsi da quella casa che racchiudeva il ricordo di sua moglie, con la quale aveva vissuto una vita coniugale bella e armoniosa. Dalla magnolia al giuggiolo, dall'albero di cachi alla vite, fino alla balsamina, alle rose e alle piante di pomodori ciliegino, tutto era stato piantato dalle mani di sua moglie.

Perciò, anche se a ottant'anni suonati faticava a gestire da solo i due piani della casa e il giardino, il signor Jang credeva che l'avrebbe fatta contenta, lassù in cielo, se avesse continuato a prendersi cura lui degli alberi e dei fiori che lei aveva dovuto abbandonare.

Bevve un bicchiere di acqua tiepida, prese il telecomando e sintonizzò il televisore sul notiziario, mentre la lavatrice vibrava completando l'ultima centrifuga. Poi udì il segnale acustico di fine lavaggio, aprì l'oblò ed estrasse il plaid con un sospiro. Era ancora molto bagnato, quindi decise di metterlo fuori ad asciugare. Stando attento a non pestare le zampe di Jindol, che lo aveva seguito nella lavanderia, spostò lo stendipanni in giardino. Il sole non era ancora sorto, ma di lì a poco avrebbe albeggiato, ed entro il pomeriggio il plaid sarebbe stato asciutto.

Alla vista del plaid steso ad asciugare, Jindol parve sollevato e andò a fare i bisogni sotto l'albero di cachi, raschiando la terra con le zampe.

«Jindol, tutto bene?»

Il cane si avvicinò al signor Jang e abbaiò, scodinzolando.

«Sttt! I vicini stanno ancora dormendo, devi fare silenzio.» Accostò l'indice alle labbra e Jindol smise di abbaiare. «Bravo, Jindol mio. Entriamo, presto, che fa freddo!»

C'erano molte persone al centro anziani dopo l'ora di pranzo. Quel raduno di ultrasettuagenari era uno spettacolo raro a Hongdae, da quando era diventato un quartiere popolare tra i giovani.

«Dottor Jang, le ginocchia mi fanno così male ultimamente. Prima mi succedeva solo quando camminavo, adesso anche da seduta o sdraiata. Cosa dovrei prendere?» La signora Hong pose la domanda mentre sorseggiava il caffè che aveva preparato e portato con sé in una bottiglietta di plastica.

L'anziano signor Woo, che aveva sempre provato un senso di rivalità nei confronti del signor Jang, la rimproverò in tono sarcastico: «Cosa ne può sapere un farmacista? Mica è un medico. Se sta male, dovrebbe andare in ospedale!»

«Quando vai in ospedale, ti fanno una lastra a questo, un controllo a quello, e passa l'intera giornata. Dottor Jang, per favore, mi consigli lei qualche medicina.»

Il signor Jang si schiarì la gola e replicò al commento sarcastico del signor Woo. «Può essere semplicemente colpa della vecchiaia, oppure della cartilagine che si è deteriorata...»

«Chiamare 'dottore' uno che l'anno scorso ha dovuto chiudere la farmacia per colpa di un errore...» Il signor Woo interruppe la frase a metà. Il signor Jang, che per quasi cinquant'anni aveva gestito una farmacia di fronte alla stazione di Sinchon, era stato costretto a svestire il camice da farmacista l'anno prima, dopo che, a causa della lettura errata di una prescrizione, aveva sbagliato il dosaggio di un medicinale.

Il signor Jang si schiarì la gola un paio di volte e disse: «Le invierò i nomi dei medicinali per messaggio».

Il signor Woo fissò la signora Hong con occhi freddi e infierì: «Immagino voglia interpretare la parte del farmacista sino alla fine».

«Anziano signor Woo! La smetta. Le sue parole feriscono il dottor Jang. Non possiamo confortarci a vicenda mentre invecchiamo insieme...? »

« Mia cara signora Hong, lei esagera. Perché continua a chiamare me 'anziano signor Woo' e lui 'dottor Jang'? Non è che in fondo lei mi guarda dall'alto in basso, neanche si sentisse superiore? »

« Dottor Jang, torni a casa, la prego. Jindol è rimasto solo per troppo tempo. » La signora Hong prese il signor Jang sottobraccio e lo accompagnò fuori della porta. Non appena Jindol, che stava aspettando al guinzaglio davanti al centro anziani, vide la signora Hong, si mise a scodinzolare. « Jindol, mi dispiace che tu sia dovuto restare fuori per tutto questo tempo a causa di quello scorbutico del signor Woo. Però, tieni, ti ho comprato uno spuntino. » L'anziana estrasse dalla sua borsa rossa all'uncinetto uno snack per cani al gusto di manzo.

« Non serve che si disturbi. Il mio Jindol è in gamba. »

« Non se la prenda per il signor Woo! È stato cacciato da un altro centro per anziani e adesso viene qui e litiga con tutti quelli che incontra! »

« Ahahah... Le invierò una lista di integratori da prendere per le ginocchia. »

« Oh, grazie, dottor Jang. »

« Si figuri, sono felice di rendermi ancora utile. Adesso va a prendere suo nipote a scuola? »

« Sì, è già ora. »

« Visto che mi è di strada, farò anch'io una passeggiata da quelle parti con questo giovanotto. »

Il signor Jang fece cenno alla signora Hong di avviarsi insieme, ma lei disse: « No, non credo che... »

« Non va a prendere suo nipote? »

La signora Hong si strofinò il moncherino dell'anulare sinistro e rispose a bassa voce, riprendendo dal punto in cui le sue parole si erano interrotte: «Mio nipote mi ha detto di non presentarmi davanti alla scuola, di aspettarlo più lontano. Penso che lo imbarazzi che gli amici vedano che a sua nonna manca un dito... Mi è successo da giovane, lavorando a una macchina per cucire in fabbrica. È grazie a quel lavoro che ho tirato su suo padre. Ma, ora, cosa dovrei fare? Non voglio che mio nipote si senta a disagio a causa mia, quindi va bene così».

Con un sorriso amaro, la signora Hong si toccò il moncherino dell'anulare. Il signor Jang capì che dietro quel giocherellare con una fede nuziale immaginaria poteva esserci un desiderio irrealizzato e, senza dire altro, annuì.

Si diresse verso il parco di Yeonnam-dong con Jindol. Nel pomeriggio il quartiere non era affollato come di sera, ma era comunque pieno di gente. Benché fosse ancora primavera, la temperatura era piacevole e non era raro incontrare persone in maniche corte. Mentre percorreva il viale del parco, la sua attenzione fu catturata da una giovane donna che usciva da una lavanderia self-service reggendo della biancheria pulita. Tutti camminavano con volti inespressivi, gli occhi sui telefoni e gli auricolari nelle orecchie, invece la giovane donna sorrideva radiosa, come chi abbia appena avuto un'epifania. Il signor Jang decise di entrare a vedere.

LAVANDERIA BINGGUL BUNGGUL • YEONNAM-DONG. L'insegna era composta in uno stile pulito ed essenziale ma accattivante. Dall'alto, una luce gialla illuminava ogni carattere. Una vetrata occupava tutta la larghezza del negozio, dal soffitto a un metro circa da terra, consentendo una visione chiara dell'interno, mentre la parte inferiore era rivestita di mattoni dall'avorio al grigio, che conferivano un aspetto gradevole e ordinato al tutto. La luce del sole primaverile irradiava l'interno, dov'erano in funzione grandi lavatrici. Sul tavolo di legno vicino alla vetrina c'era una macchina per il caffè e su uno scaffale basso lungo la parete erano sistemati diversi libri.

«Una lavanderia self-service che ricorda una biblioteca o un bar. Il mondo è proprio migliorato. Vero, Jindol?»

In segno di risposta, Jindol scodinzolò.

Quando il signor Jang aprì il cancello ed entrò nel giardino di casa, per prima cosa andò a tastare il plaid appeso allo stendibiancheria. Era ancora umido, ma sarebbe bastato poco perché asciugasse. Il problema era l'odore. Non sapeva se fosse colpa della pipì di Jindol o della vecchia lavatrice che aveva smesso di funzionare a dovere, ma non era affatto gradevole. Neppure il tempo di avvicinare il naso, che aggrottò la fronte disgustato. *Stanotte non avrò niente con cui coprirmi...*

Jindol, che forse intuiva i pensieri del padrone o forse no, si era appena sdraiato davanti al vaso di pomodori ciliegino immerso nella calda luce pomeridiana, quando il campanello suonò.

«Papà, siamo arrivati.»

Il signor Jang aprì il cancello e apparvero suo figlio e la nuora. Lei reggeva un sacchetto di carta da cui sporgeva la coda di un merluzzo essiccato.

«Grazie di esservi disturbati a venire.»

«Nessun disturbo. È stata l'auto a portarci.» Il figlio si mise in tasca la chiave della Porsche col logo del cavallino rampante.

Il signor Jang approfittò della presenza del figlio e della nuora per allestire una semplice cerimonia in memoria di sua moglie. Poiché la donna era morta all'improvviso, non disponeva di una vera foto commemorativa. Perciò aveva usato la fototessera che le era stata necessaria per il rinnovo del passaporto, quando aveva superato da poco la cinquantina. Lì aveva vent'anni in meno ed era ancora più bella.

Prima delle otto, la commemorazione era già terminata, poiché il figlio e la nuora dovevano andare a prendere il nipote al termine della lezione d'inglese. Sparecchiarono in fretta la tavola, prima ancora che il profumo d'incenso si fosse dissipato.

«È passato molto tempo dall'ultima volta che ho visto Soo-chan...»

«No, non tanto. È venuto per il Capodanno lunare e ha anche eseguito i riti e l'inchino», rispose il figlio, di fronte al disappunto del signor Jang.

La nuora, che aveva appena finito di lavare i piatti ed era uscita dalla cucina con un vassoio pieno di frutta, si sedette accanto al suocero e iniziò a tagliarla. «Non vi pesa badare a Jindol? Andate al centro per anziani durante il giorno e prendete un po' di sole ogni tanto?»

«No, è bello avere Jindol. Facciamo le nostre passeggiate al parco e diamo un'occhiata in giro. Hanno aperto molti negozi interessanti nei paraggi.»

«Negozi interessanti?»

«Sì, ne ho visto uno anche oggi, mentre passeggiavo. Una lavanderia così ben allestita da sembrare un bar. Ci si può fermare a prendere un caffè o a leggere un libro. Alla gente, di questi tempi, sembra piacere molto. Ovunque vai, il caffè c'è sempre, benché la caffeina crei dipendenza e sarebbe meglio sorseggiare un infuso di bambù o un tè verde... Faresti bene anche tu a bere tè verde o infusi in ospedale, invece del caffè.»

«Certo, ci prendiamo cura della salute, papà, non vi preoccupate», intervenne la nuora.

«Papà, a proposito...» Il figlio sembrava agitato. Deglutì e disse: «Ecco... riguardo alla casa...»

«Basta così. Non aggiungere altro.»

«Ma se non sai nemmeno di cosa sto parlando!»

«Invece lo so benissimo. Non è la solita storia? Che dovrei affittare il pianterreno come negozio e andare a vivere in uno spazio più piccolo, di sopra?»

«Non arrabbiarti e prova ad ascoltarmi. Anche mia cognata, che è una scrittrice teatrale, ha acquistato una casa in questo quartiere e la affitta ogni mese. È bello avere una fonte di reddito stabile. E Yeontral Park* è estremamente popolare in questo momento. L'hai detto anche tu che hai visto dei negozi interessanti mentre passeggiavi. Ci sono persone che fanno soldi con una piccola lavanderia automatica, perché tu insisti a voler tenere l'intera casa tutta per te?»

La nuora, che stava disponendo gli spicchi di frutta nel piatto, diede una gomitata al marito per rimproverarlo di aver alzato la voce.

«Dico sul serio. È scomoda da pulire, se la devi usare da solo... Inoltre ho verificato e, dal punto di vista commerciale, la zona va molto bene ultimamente,

---

* Così è chiamata, per assonanza col newyorkese Central Park, la sezione del Parco forestale della linea Gyeongui – un tratto di ferrovia di circa sei chilometri convertito a passeggiata verde – che attraversa il quartiere di Yeonnam-dong; o, in modo più generico, parco di Yeonnam-dong. (N.d.T.)

quindi potresti affittare il pianterreno a un prezzo più alto di quanto immagini. »

« Te lo ripeto. Non voglio », tagliò corto il signor Jang.

Ma il figlio non sembrava volersi arrendere e usò un tono ancora più perentorio. « Il nostro Soo-chan è stato ammesso alla scuola privata Fairmonts, nell'Orange County. Hai idea di quanto costi la retta lì? A quanto pare, cento milioni di won all'anno, solo la tariffa base. Inoltre, sai cosa significa mantenere Soo-chan e mia moglie in California, se si sommano le spese per l'alloggio, l'auto, il vitto e le altre necessità quotidiane? »

« Orange County? Stai dicendo che manderai Soo-chan in America? »

« Essere competitivi oggigiorno è più dura per chi frequenta una scuola normale. »

« Io ti ho mandato in una scuola normale, eppure sei diventato un medico di un ospedale universitario. Quanto a me, sono arrivato fino a qui studiando col solo ausilio di una matita e lavorando sodo! »

« Ancora questo discorso. » Il figlio diventò paonazzo e mugugnò tra sé.

« Cosa vi manca? Perché continui a essere avido quando già possedete un bell'appartamento a Gangnam? Vivete già come gli altri. Cos'hai detto quando mi hai chiesto i soldi per acquistare in quello stabile? Che desideravi quella casa per vivere allo stesso livello degli altri. »

« Papà, di questi tempi, in tanti vivono la loro vita accontentandosi di fare quello che fanno gli altri. Ma io voglio di più, voglio vivere meglio. Ecco perché sto cercando di dare un'istruzione migliore al nostro Soo-chan... »

« Sto dicendo proprio questo. Perché continui a paragonarti agli altri? Se farete come dici, la vostra vita diventerà difficile e finirà per diventarlo anche quella di Soo-chan. Sappiamo cosa capita alla cornacchia che prova a inseguire la cicogna.»

Il figlio scuoteva la testa, incapace di capire, poi si alzò e indossò la giacca. «Allora continua a vivere qui coi tuoi preziosi ricordi, papà, e accontentati di pochi spicci per il resto della tua vita. Tesoro, alzati, o arriveremo tardi da Soo-chan.»

La nuora posò la frutta che stava tagliando e si alzò, fece un piccolo inchino al suocero e lasciò la casa in compagnia del marito.

Jindol si avvicinò al signor Jang, che era seduto sul divano del soggiorno. Poco dopo si udì un frastuono: il rumore del cancello che si chiudeva.

«Ti sembra giusto che per i soldi ci si debba disfare di tutti i ricordi e dei sogni di una vita, Jindol?»

Il cane guardò gli occhi tristi del padrone e gli leccò le mani rugose.

Il signor Jang prese cinque integratori alimentari e li ingoiò tutti insieme. Erano Omega 3, biotina, calcio, magnesio e multivitaminici. Sistemò la porta d'ingresso in modo che Jindol non rimanesse di nuovo intrappolato e si distese sul divano coprendosi col plaid che aveva raccolto dallo stendipanni in giardino. Benché si fosse asciugato bene, continuava a diffondere l'odore della pipì di Jindol ogni volta che l'anziano si girava. «Puzza ancora, anche se ho usato l'ammorbidente ultraconcentrato che mi ha consigliato la commessa del minimarket...»

Si accomodò meglio che poteva, quindi toccò l'icona dell'app di YouTube sullo schermo del telefono e guardò l'uno dopo l'altro i canali cui si era iscritto. Trattavano per lo più di politica e giardinaggio.

«Ah! Avevo detto che avrei scritto alla signora Hong.» Solo adesso si era ricordato di averle promesso una lista di integratori che le sarebbero stati d'aiuto per le ginocchia. Elencò i nomi dei sei medicinali e inviò il messaggio.

◎ ◎ ◎

Nei quasi cinquant'anni in cui il signor Jang aveva gestito la farmacia, mai un giorno l'aveva tenuta chiusa senza un motivo valido. Sua moglie non ne era contenta, tuttavia pensava che fosse giusto, anche fuori degli ospedali, garantire un aiuto alle persone che non stavano bene e apprezzava il senso di responsabilità del marito. Quando rimaneva da sola, si prendeva cura della casa come faceva adesso il signor Jang. Una volta alla settimana, nel giorno di chiusura, come se non aspettasse altro si recava nella città di Goyang in sua compagnia, e in un vivaio comprava piante e semi per il giardino. L'albero di giuggiolo e diversi arbusti fioriti avevano messo radici profonde ed erano diventati così alti da scavalcare la recinzione. Erano la ragione per cui il signor Jang non avrebbe mai potuto trasformare quella casa in un esercizio commerciale.

L'anziano ex farmacista non riusciva a dormire a causa dell'odore che si levava dal plaid ogni volta che si girava, finché d'un tratto non gli venne in mente la lavanderia automatica Binggul Bunggul di Yeonnam-dong, aperta ventiquattr'ore su ventiquattro. Si alzò e ripiegò il plaid che, essendo di taglia singola, entrava perfettamente in uno dei sacchetti trasparenti che usava per conservare il kimchi. Quindi si diresse verso la lavanderia con Jindol.

Erano quasi le undici di sera, ma Yeonnam-dong era più affollato che durante il giorno. Si dice che l'alcol richieda resistenza e il signor Jang, che ormai non poteva permettersi neanche due bicchierini di cheongju, era invidioso della vitalità di quei giovani che bevevano birra, seduti sull'erba. Jindol camminava accanto al signor Jang, seguendone i passi.

Ben presto i due arrivarono davanti alla lavanderia Binggul Bunggul. Il signor Jang aveva intenzione di legare Jindol in un punto che fosse visibile dall'interno, ma notò il cartello ANIMALI AL SEGUITO AMMESSI e lo fece entrare. Lesse le istruzioni di lavaggio e le trovò semplici anche per un anziano come lui, essendo scritte in modo chiaro e a caratteri grandi.

Mise il plaid maleodorante in una lavatrice. Sul display della cassa lesse che nel costo dell'asciugatura erano già inclusi due speciali fogli di ammorbidente che avevano un profumo unico e distintivo del negozio. Dopo aver fissato il guinzaglio accanto all'entrata, si diresse verso lo scaffale. Cercò un libro che valesse la pena leggere, ma non ne trovò nessuno che gli interessasse. Così si sedette a mani vuote al tavolo di legno davanti alla vetrina e guardò fuori. La vista sul parco dopo le undici di sera era incantevole.

«Tutto diventa ricordo. Non è vero, Jindol? Non si torna indietro a nessun costo e la giovinezza non si riguadagna neppure pagando milioni.»

Jindol, che era seduto tranquillo, rispose scodinzolando.

«Quanto vorrei che potessi parlare...»

Il signor Jang tornò a osservare attraverso la vetrina,

poi rivolse la sua attenzione al taccuino verde chiaro sul tavolo. Pensando che qualcuno l'avesse dimenticato lì, fece per riporlo in disparte, ma poi, a ben guardare, gli sembrò che fosse passato dalle mani di diverse persone e l'aprì per curiosità.

In un angolo della prima pagina era scritto grosso e chiaro:

Un mondo in cui tutti possano dormire sonni tranquilli.

A giudicare dal solco della penna sul retro della pagina, la frase doveva essere stata impressa con un certo vigore. Grazie a quella copertina verde chiaro, il taccuino era diverso dai soliti altri in cui venivano annotati i più banali dettagli della vita quotidiana. Sul calendario annuale era stato disegnato un asterisco rosso che spiccava a colpo d'occhio in corrispondenza di una data. *25 settembre... Che giorno è? Natale è il 25 dicembre. Sarà forse il compleanno del proprietario?*

Nella pagina successiva erano state tracciate in grande tre parole – «lancio», «ritiro» e «consegna» – e, sotto di esse, molte altre annotazioni indecifrabili, fra cui tre scritte – «area 1-1», «area 1-2» e «area 1-3» – disposte come in uno schema. Sull'ultima pagina, oltre alla grafia di un'altra persona, c'era il disegno di un volto schizzato frettolosamente a penna. Occhi lunghi e stretti, sopracciglia corte e definite, ponte nasale alto e ricurvo, labbra sottili.

Aveva un'aria familiare. Il signor Jang non riusciva a ricordare chi raffigurasse, ma era senza dubbio il volto di qualcuno che aveva incontrato in passato. Lo osservò a lungo. Scorse tutte le pagine leggendo i testi, ma non trovò traccia di riferimenti. Era un autoritratto? Il signor Jang ci pensò a lungo, ma poi decise di non preoccuparsene più. Nelle pagine interne, altre mani avevano scarabocchiato frasi come «Sto aspettando il bucato» o «Sono annoiato», seguite da consigli sui ristoranti adatti per mangiare da soli a Yeonnam-dong e domande banali come «Cosa dovrei indossare per un appuntamento al buio questa settimana?» seguite dalle relative risposte. Che fosse stato il proprietario della lavanderia a lasciarlo lì o un cliente ad averlo perso, piano piano, in modo spontaneo e naturale, su quel taccuino erano state annotate le preoccupazioni grandi e piccole di tante persone.

Erano numerosi i messaggi seguiti da una o più risposte, ma la mano del signor Jang si fermò istintivamente su uno, che sembrava essere stato ignorato da tutti.

> Non voglio vivere. Perché la vita è così difficile?

Forse non avevano voluto commentarlo per non immischiarsi nella vita o nella morte di qualcuno? Dopo averci pensato a lungo, il signor Jang prese la penna che era sul tavolo e scrisse con cura ogni parola.

> I batteri del suolo agiscono come antidepressivi. Alla gente di oggi, tanto fissata col matcha latte, potrebbe non piacere, ma gli anziani dicono: «Ai nostri tempi giocavamo a scavare nella terra». Si ricorda di quell'epoca? Dei giorni in cui eravamo felici e spensierati? Ci bastava maneggiare la terra e, senza neanche rendercene conto, diventavamo più allegri. Coltivi anche lei una pianta. Ne smuova la terra con le mani, la esponga alla luce solare, la annaffi, si assicuri che abbia aria

a sufficienza. Vedrà che si sentirà meglio, tanto che non saprà se è lei a coltivare la pianta o se è la pianta a prendersi cura di lei.

Dopo che il signor Jang ebbe finito di scrivere, posò la penna. E si accorse che l'asciugatrice al centro della fila, che nel frattempo aveva azionato, aveva smesso di girare.

Spero di poter essere d'aiuto a questa persona...

Si alzò, aprì l'oblò ed estrasse il plaid. Affondò il naso nel tessuto e gli sembrò che anche l'odore di vecchio e stantio che avvertiva da tempo fosse completamente scomparso. Qualcosa gli disse che sarebbe tornato spesso in quel posto. Rimise il plaid nel sacchetto di plastica e afferrò il guinzaglio di Jindol.

Uscito dalla lavanderia, entrò nel minimarket accanto. Si fermò davanti al frigorifero dove erano esposte le bevande e ne scelse con cura una. Per qualche motivo, invece di limitarsi a scrivere una risposta nel taccuino, aveva deciso di regalare una bevanda vitaminica a chi aveva scritto quella frase. Scelse la bottiglia più grande e, dopo aver pagato, tornò nella lavanderia e mise la bevanda accanto al taccuino.

In quel momento, una donna sulla trentina aprì la porta ed entrò. Era tardi, mezzanotte passata. Sotto gli occhi di lei c'erano profondi cerchi bluastri. Un indumento intimo rosa con un motivo a fragole spuntava dal cesto della biancheria che aveva con sé. Quando il signor Jang notò quelle mutandine da bambina e la sorpresa che aveva colto la donna nel vedere lui, pensò che quella potesse essere la persona che aveva scritto il messaggio cui aveva appena risposto.

Ai tempi della farmacia, erano tante le donne affette

da depressione post partum o da stress genitoriale che andavano a trovarlo. Dicevano che il loro cuore batteva a mille perché erano in ansia per i figli tutto il giorno; che si sentivano angosciate e impotenti e necessitavano di farmaci antidepressivi. Il signor Jang avrebbe potuto dispensare del Noiromin, che aveva proprietà stimolanti. Ma molto più spesso consigliava loro di mangiare cozze per la salute della tiroide e miele ricco di ingredienti benefici per il corpo e utile a prevenire la depressione. Diceva che, se avessero ancora avuto difficoltà, allora avrebbe dato loro dei farmaci, ma intanto, con un sorriso gentile, regalava loro una bevanda tonica ed energizzante.

Il signor Jang temeva che, se la donna fosse stata quella che aveva scritto il messaggio e lui avesse dato a intendere di saperlo, lei non avrebbe più scritto nel taccuino, quindi si affrettò a uscire dalla lavanderia insieme con Jindol. Poi rallentò e sperò che, se fosse stata lei a scriverlo, presto avrebbe letto la sua risposta. All'interno, la donna, come consapevole della sua presenza, continuò a scrutare fuori della vetrina, mentre caricava il bucato nella lavatrice.

«Mamma, mi lav...?» Na-hee si era avvicinata al letto matrimoniale per svegliare Mi-ra. C'erano rughe marcate e profonde tra le sopracciglia della madre, come se qualcuno avesse inciso un tridente nel mezzo. E, anche se Na-hee la scuoteva, Mi-ra stentava a svegliarsi.

Così Na-hee aveva scosso il padre, Woo-cheol, che aveva risposto con una punta di irritazione nella voce.

«Mi-ra, Jeong Mi-ra. La bambina dice che ha fatto la pipì.»

«Uhm...» Mi-ra si era sollevata con un piccolo gemito e aveva visto Na-hee in piedi accanto al letto, con un'espressione preoccupata. «Na-hee, hai detto che devo lavarti?»

«Sì, l'ho fatta a letto... Non volevo, pensavo di essere seduta sul water... Forse è stato un sogno. La coperta si è bagnata.»

«Va bene, tesoro, non importa. Andiamo, vieni con la mamma.» Mi-ra aveva preso in braccio la bambina e l'aveva portata in bagno.

Na-hee faceva spesso la pipì a letto. L'anno successivo sarebbe entrata alla scuola primaria e Mi-ra era preoccupata perché la figlia sembrava in ritardo rispetto agli altri bambini della sua età.

Aveva posizionato la coperta in un angolo della doccia e l'aveva bagnata con l'acqua. «Uff...» aveva sospirato senza volerlo.

Na-hee, in piedi accanto a lei, l'aveva guardata negli occhi. «Mamma, mi dispiace...»

«Non è niente, Na-hee. La mamma ha solo sonno.»

Quella sveglia presto, ripetuta ogni giorno, era faticosa. Aveva pensato di rimetterle il pannolino, ma temeva che peggiorasse il problema, così le aveva fatto indossare delle mutandine nuove con un motivo a fragole.

Na-hee si era riaddormentata ascoltando la voce della madre che le leggeva una fiaba. Mi-ra le aveva accarezzato piano il petto che si alzava e si abbassava col respiro, poi, senza rendersene conto, si era addormentata accanto a lei.

«Mi-ra, vai a dormire per bene nel nostro letto. Se

dormi lì, sarai più stanca. Lo dici anche tu che sei sempre stanca.» Woo-cheol le aveva parlato indossando l'uniforme della ditta di caldaie e Mi-ra si era svegliata.

«Non sono stanca perché dormo qui. Se Na-hee fa la pipì, qualche volta potresti alzarti anche tu, per lavarla e rimetterla a letto. Invece svegli sempre me.»

«Sveglio te perché Na-hee cerca sempre la mamma... E perché al mattino devo andare a lavorare presto.»

«E quando ero io a lavorare? Sei mai rimasto sveglio tutta la notte o hai riaddormentato Na-hee quando la mattina non dovevi alzarti presto? Trova una scusa più plausibile. O meglio, sii onesto. È irritante!»

Mi-ra, che fino a quel punto aveva cercato di trattenersi, improvvisamente si era adirata.

Dopo la nascita di Na-hee, non si erano più potuti permettere di vivere senza il lavoro e il guadagno di entrambi, così di giorno affidavano Na-hee all'asilo nido e di sera a una babysitter. Come già prima di sposarsi, Mi-ra vendeva cosmetici ai turisti cinesi in un negozio duty-free del centro, situato alla periferia di Hongdae, ma, nel giro di qualche anno, i prezzi e il costo della vita erano aumentati, e impiegare una babysitter che si occupasse di Na-hee dopo l'asilo era diventato troppo oneroso: costava in media 1,8 milioni di won ogni due settimane; se la assumevano per un mese, la cifra superava un loro stipendio. Non valeva la pena lavorare. Di conseguenza, da due anni, Mi-ra stava a casa a prendersi cura di Na-hee e la famiglia contava soltanto sulla sottile busta paga di Woo-cheol, che era un tecnico riparatore di caldaie.

La bambina, che le dormiva accanto, si era agitata.

«Na-hee si sveglierà. Mi dispiace, tesoro. Mi impegnerò di più. Intanto, però, vado a lavorare. Così porterò a casa un po' di soldi!»

Nel vedere Woo-cheol andare al lavoro con le spalle curve, quella mattina Mi-ra aveva provato un impeto di rimorso. *Mi sarei dovuta trattenere ancora una volta.* Si era alzata e aveva preparato la colazione per Na-hee. Non appena il profumo della zuppa di uova e dell'insalata di zucchine si era diffuso nell'aria, la figlia si era svegliata da sola e si era comportata come una bambina giudiziosa e adorabile.

«Mamma! La zuppa di uova sembra deliziosa!»

«Sì, è la tua preferita. Avanti, corri a lavarti. Ti sai lavare anche i denti da sola, vero?»

«Sì! Ho sette anni!»

Grazie al buonumore di Na-hee, quella mattina i preparativi per la scuola erano filati lisci.

Lo scuolabus giallo con a bordo Na-hee si era allontanato. Mi-ra aveva agitato la mano finché non era stato fuori della visuale, poi aveva percorso a ritroso il vicolo ed era rientrata in casa. Era un appartamento di due stanze in un edificio all'imbocco di Yeonnam-dong, un po' lontano da Yeontral Park. Poiché si trattava di un vecchio stabile, un tempo adibito a magazzino, la facciata aveva un'unica finestra da cui non filtrava molta luce. Inoltre, non essendo rivolto a sud, il sole smetteva di lambirlo già dopo le undici di mattina.

Mi-ra aveva messo in lavatrice la coperta e gli indumenti che Na-hee aveva bagnato di pipì durante la notte. Dopo aver aggiunto abbondante detersivo, aveva chiuso l'oblò e premuto il pulsante di avvio. Mentre rassettava la casa, aveva sentito un rumore sordo, seguito da uno strano ansimare. Per un attimo aveva sgranato gli occhi. Quei gemiti prolungati, come di qualcuno che stesse facendo l'amore in casa di mattina, la fecero sorridere. Tuttavia, anche dopo aver finito di lavare i piatti, aveva continuato a sentire quell'affanno persistente. Si era diretta nel ripostiglio che fungeva anche da lavanderia e aveva scoperto che l'origine di quel lamento era la lavatrice.

Erano già passati quattro anni da quando si erano trasferiti in quella casa. All'inizio avevano pianificato di chiedere un prestito a suo nome e di dar via anche l'anima pur di comprare un piccolo appartamento tutto loro, ma la banca non aveva voluto concederle un mutuo, ora che lei era in pausa dal lavoro. Quindi quella casa in affitto era stata una scelta di ripiego. Come le aveva spiegato il proprietario, era già provvista di lavatrice e condizionatore d'aria, e lei non aveva voluto acquistare nuovi elettrodomestici e mobili finché non avesse avuto una casa propria.

Poiché era giovane, le andava bene così. Non voleva impegnarsi nell'acquisto di arredi che poi avrebbero rischiato di non andar bene in un'eventuale altra abitazione. E a ogni modo, al momento, non aveva abbastanza soldi per comprare o affittare una casa migliore di quella.

Dopo essersi trasferiti, Mi-ra aveva cominciato a dubitare delle dichiarazioni del proprietario, che garantiva di aver rinnovato di recente tutti gli elettrodomestici. In realtà, si rompevano così spesso che lei si chiedeva se invece non li avesse presi già usati. Una volta, Woo-cheol aveva provato in vari modi a riparare la lavatrice, ma forse non aveva fatto altro che peggiorare la situazione, tanto che adesso non solo tremava, ma emetteva anche quel lamento sinistro!

Ding dong. Il citofono aveva suonato. Mi-ra aveva sollevato la cornetta per rispondere. Era il vicino del piano di sotto. Le aveva detto che lavorava da casa ed era in imbarazzo a collegarsi in videoconferenza, con tutti quei gemiti che provenivano da casa sua.

«Chiedo scusa. Sono davvero dispiaciuta. Non sono io, è la lavatrice...» Proprio lei che non aveva rapporti col marito da almeno sei mesi... Aveva riappeso la cornetta ed era corsa nel ripostiglio a spegnere la lavatrice. «Maledetta!» L'aveva presa a calci per la frustrazione. Benché il risciacquo non fosse ultimato, aveva estratto il bucato e lo aveva strizzato con le mani. L'acqua gocciolava sulle piastrelle blu sbeccate del pavimento. E, più strizzava, più era faticoso.

La rabbia montava, così aveva chiamato l'agente immobiliare. «Buongiorno. Sono l'inquilina del terzo piano di Wonjin Villa. La lavatrice si è rotta. Ho fatto una ricerca online e ho letto che, se si tratta di un elettrodomestico incluso nel contratto di locazione, spetta al proprietario aggiustarlo...»

Mi-ra, che si era calmata e continuava a parlare con tono pacato, era stata interrotta dall'agente immobiliare: «Salve, signora. La stavo proprio per chiamare...» La voce dell'agente, solitamente vivace, era diventata cauta, e Mi-ra aveva provato un istintivo senso d'inquietudine. «Il proprietario vorrebbe aumentare l'affitto alla scadenza del contratto. Sa quali sono i prezzi in zona adesso? All'epoca del contratto erano ancora a buon mercato...»

«Sono già passati due anni? Il tempo vola così velocemente che ci eravamo dimenticati del rinnovo. Quanto sarebbe...»

«Cinquanta milioni di won.»

«Cinquanta milioni?» aveva ripetuto con voce sorpresa, dal momento che si aspettava al massimo una richiesta intorno ai trenta.

«Sì, inizialmente aveva detto che l'avrebbe aumentato a settanta milioni, ma l'ha abbassato, consapevole della vostra situazione.»

«Mi scusi, cinquanta milioni è troppo. Dopotutto, questo posto è lontano dalla metropolitana e ha solo due stanze... Per favore, parli di nuovo al padrone di casa.»

«Gli parlerò ancora una volta per segnalare il problema della lavatrice.»

«No! Ci arrangeremo da soli con la lavatrice. Per favore, gli parli solo del rinnovo del contratto. Se ci dovessimo trasferire dopo così pochi anni, dovremmo riaffrontare le spese amministrative e di trasloco... La nostra Na-hee si è appena adattata alla scuola materna e presto passerà alla scuola primaria... Per favore, faccia qualcosa per noi. La prego di contattarmi prima di stasera.»

Mi-ra aveva rinnovato i saluti e riattaccato. Poi aveva afferrato il telefono sospirando. Per qualche motivo il cuore le batteva forte. Aveva chiamato Woo-cheol, che non aveva risposto perché stava riparando la caldaia a casa di qualcuno. Aveva finito di lavare il bucato, lo aveva strizzato e lo aveva appeso allo stendino.

La sera, a tavola, aveva raccontato a Woo-cheol del deposito cauzionale e il suo umore era diventato freddo come uno stufato di kimchi. Na-hee, che la stava osservando, aveva chiesto a Mi-ra: «Mamma, cos'è il deposito cauzionale?»

«Sei ancora piccola, non serve che tu lo sappia.»

«Mamma, quando ci trasferiamo, andiamo in una casa con l'altalena? Oppure andiamo dove c'è l'appartamento di Dae-hyeon? Anche gli altri bambini abitano in quel palazzo e vanno nel parco giochi dopo la scuola, ma dicono che non ci puoi entrare se non vivi lì. Dicono che ci sono un sacco di cose divertenti. Andiamo anche noi dove c'è la casa di Dae-hyeon!» Dal nulla Na-hee se n'era uscita con quella richiesta, ignara dello stato d'animo di Woo-cheol e di Mi-ra, che tremavano al pensiero dei cinquanta milioni di won di deposito.

Sul telefono di Mi-ra era arrivata la telefonata dell'agente immobiliare. Lei aveva risposto in vivavoce. «Sì, pronto? È riuscito a parlare col padrone di casa?»

«Sì, ma la vedo difficile. È molto determinato. In realtà sta pensando di vendere l'intero edificio con patto di locazione... Perciò, un deposito da dieci milioni di won è del tutto fuori mercato.»

«... C'è un posto dove possiamo andare a quel prezzo?» aveva chiesto Mi-ra dopo un lungo silenzio.

«È difficile... Come sa, i prezzi delle case sono più che raddoppiati negli ultimi cinque anni. Penso che dovreste riconsiderare anche il canone d'affitto. Proverò a cercare un immobile e vi contatterò. Non sperateci troppo, però. Per ogni evenienza, potrebbe essere una buona idea orientarsi verso Gyeonggi-do, anche se è un po' fuori mano.»

Dopo aver ascoltato la telefonata, Woo-cheol si era passato le mani sul volto. «Cinquanta milioni...»

«Non se ne parla. Ma quali cinquanta milioni, nella nostra situazione?»

Na-hee, che stava mangiando del riso avvolto nell'alga, aveva fatto il giro del tavolo. «Mamma, quanti sono cinquanta milioni? È una cosa buona?»

«Kim Na-hee! La mamma ti ha detto di non andare in giro mentre mangi! Riempirai il pavimento di pezzi d'alga! Vuoi fare così anche quando andrai alla primaria? Mentre tutti gli altri bambini mangiano educatamente, tu te ne andrai in giro a spargere briciole?»

L'arrabbiatura di Mi-ra aveva colto di sorpresa Na-hee, che aveva spalancato la bocca e aveva emesso un grido. I chicchi di riso, mescolati alle lacrime, le scorrevano lungo gli angoli della bocca.

«Perché fai così con lei? Na-hee, vieni qui, vieni da papà. Va tutto bene, tesoro, va tutto bene.» Woo-cheol aveva abbracciato dolcemente Na-hee e l'aveva consolata. Il viso di Mi-ra si era incendiato. Era scontenta di se stessa per essersi arrabbiata con Na-hee, dopo che si era ripromessa di non farlo.

Na-hee le aveva messo il broncio e aveva chiesto al padre di accompagnarla a letto. Dopo aver parlato da brava con Woo-cheol fino a mezzanotte passata, si era addormentata, e anche lui, che era stanco, era caduto come svenuto. Mi-ra era dispiaciuta, ma allo stesso tempo felice di avere del tempo per starsene da sola e pensare. Aveva guardato il bucato. Era passata mezza giornata da quando lo aveva appeso allo stendino, ma gocciolava ancora, a causa della lavatrice che emettendo quel rumore sinistro l'aveva costretta a togliere la biancheria prima dell'inizio della centrifuga. Anche i vestiti che Na-hee avrebbe dovuto mettere l'indomani alla materna erano bagnati. Mi-ra aveva provato di nuovo a strizzarli, ma non era bastato. Si preoccupava di dover fare indossare alla bambina gli stessi abiti che aveva indossato il giorno prima. Già veniva subdolamente isolata dai compagni che abitavano in appartamenti all'interno di palazzi moderni, perché viveva in una casa di due stanze ricavata in un vecchio edificio, ma ora Mi-ra temeva che anche gli insegnanti l'avrebbero discriminata se l'avesse mandata con indosso gli stessi vestiti; perciò aveva raccolto la biancheria in una cesta ed era uscita.

Superato il vicolo buio, Mi-ra era sbucata in mezzo alle mille luci dei negozi della zona pedonale di Yeonnam-dong. Germogli verdi riempivano i rami degli alberi lungo il viale del parco. Quale famosa canzone diceva: *Tu che esploderai se ti tocco*? Anche quella giornata primaverile sembrava che sarebbe esplosa al primo tocco. Era passata una giovane donna con indosso una minigonna blu cobalto e i tacchi alti, e un profumo intenso si era diffuso nell'aria. Senza rendersene conto, Mi-ra si era fermata a guardarla allontanarsi. Si era sentita amareggiata, perché la figura di quella donna che di spalle incedeva con sicurezza sembrava simile alla sua di un tempo.

Aveva ripreso a camminare stringendo tra le mani il cesto della biancheria. Dopo circa cinque minuti, aveva raggiunto una lavanderia self-service. Era entrata, aveva guardato il listino prezzi e aveva visto che persino la sola asciugatura era costosa. Le era venuto in mente che c'era una nuova lavanderia più avanti... Si chiamava Binggul Bunggul forse? Era uscita e aveva proseguito lungo il viale del parco.

Quanto tempo era passato dall'ultima volta che aveva camminato da sola a quell'ora...? Camminare e sentire la brezza primaverile la faceva sentire un po' rinfrancata. Con un'espressione più luminosa di quando era a casa, aveva trovato la lavanderia Binggul Bunggul ed era entrata. I prezzi erano più convenienti rispetto al posto in cui era andata prima. Era valsa la pena proseguire. Aveva messo i vestiti di Na-hee nell'asciugatrice insieme coi fogli di ammorbidente, che avevano un profumo caratteristico, e aveva premuto il pulsante. Dato che aveva selezionato l'asciugatura rapida, avrebbe dovuto aspettare solo una trentina di minuti. Si era guardata intorno e aveva trovato il posto accogliente e gradevole, forse per merito dell'illuminazione calda. E poi starsene un po' da sola, in quel momento, era proprio quello che le ci voleva. Gli altoparlanti diffondevano la sua canzone preferita: *Nobody* delle Wonder Girls. Quando aveva ventiquattro anni e non c'erano ancora né YouTube né gli smartphone, guardava il video in TV cantandola ogni volta a squarciagola. Ora il suo corpo seguiva con naturalezza il ritmo, come se ricordasse quei giorni. L'indice di una mano si alzava e si spostava verso destra. L'indice dell'altra si alzava e scivolava a sinistra. Riuscire a seguire il ritmo alla perfezione, benché fosse passato tanto tempo, l'aveva fatta sentire bene. Era partito il pezzo successivo. *Sarebbe un peccato non cantare anche questa.* Si era ricordata che da studentessa aveva visto il cantante esibirsi al festival universitario. Niente era più come allora, ma dondolandosi timidamente era riuscita a ritagliarsi alcuni istanti tutti per sé.

Da tempo non cantava una canzone a squarciagola e all'improvviso si era sentita così sopraffatta dall'emozione che le erano venute le lacrime agli occhi. Piangeva come Na-hee, che aveva singhiozzato senza riuscire a ingoiare un solo chicco di riso. Fortunatamente nessuno era entrato nella lavanderia mentre lei sfogava tutte le emozioni accumulate nel tempo.

◎ ◎ ◎

Si alzava un profumo di pulito dal bucato che era stato asciugato coi fogli di ammorbidente della lavanderia Binggul Bunggul di Yeonnam-dong. Na-hee aveva immerso il viso nella coperta e negli indumenti per annusarlo. Mi-ra l'aveva esortata a infilarsi i calzini per non rischiare di perdere lo scuolabus. Quindi era uscita di casa tenendola per mano. Si sentiva molto meglio del giorno prima. All'imbocco del vicolo, avevano trovato l'autobus giallo in attesa.

La richiesta di accompagnare la figlia fino all'imbocco del vicolo le era stata rivolta dalla scuola tempo prima, visto che la stradina in cui sorgeva la casa rendeva difficoltosa la manovra dello scuolabus. Mi-ra aveva acconsentito, benché dentro ribollisse di rabbia.

Aveva agitato la mano e aveva sorriso a Na-hee che saliva a bordo, poi era rientrata in casa. Alla vista del disordine che regnava nel soggiorno, aveva sospirato. Aveva messo via le tessere con l'alfabeto e gli accessori da gelateria con cui Na-hee aveva giocato la mattina, ed era andata in cucina. Quando aveva coperto d'acqua i piatti impilati nel lavello, le lische dello sgombro con cui aveva cenato Woo-cheol erano salite a galla. Aveva provato fastidio nel guardarle, così simili alle nocche ossute della mano con cui teneva la spugna per lavare i piatti.

Aveva messo in ordine la casa e aveva sospirato. Poi

aveva fatto una telefonata. Dopo un lungo segnale acustico, aveva udito una voce.

«Ciao, Mi-ra.»

«Papà... come stai?»

«Come vuoi che stia, ogni giorno è uguale all'altro. È successo qualcosa?»

Non riusciva ad affrontare l'argomento dei soldi con suo padre, perché conosceva bene la sua situazione. Lui faceva il tassista a Busan e i telegiornali avevano riportato a lungo la notizia della grande azienda che si stava accaparrando il monopolio sui taxi a chiamata. Si sarebbe sentita una cattiva figlia a tirar fuori la questione del denaro con lui. «Non è successo nulla... Anche qui va tutto bene, papà. Sei alla guida, ora?» Ascoltare il dialetto del padre aveva fatto riemergere l'accento nella sua parlata.

«Pensavo fossi diventata una cittadina di Seul, ma vedo che non hai dimenticato le tue origini.»

«Certo, chi nasce a Busan le appartiene per sempre. Papà, stai trasportando qualche cliente?»

«No. Sto per entrare in ospedale.»

«In ospedale? E perché?»

«Ho avuto qualche difficoltà a digerire negli ultimi tempi, quindi sono venuto a fare un altro controllo allo stomaco e al colon e un'endoscopia. C'è tua madre qui accanto, vuoi che te la passi?»

«No, sono sicura che con te in ospedale avrà mille cose per la testa. Pensate agli esami ora. Da quando hai problemi intestinali?» aveva chiesto Mi-ra con voce preoccupata.

«Ma no, non è niente di grave. Tu stai bene? E tuo marito?»

«Sì, tutto bene. Non preoccuparti per noi, prenditi cura della tua salute.»

«Va bene, va bene. Ci risentiamo.»

Mi-ra aveva riagganciato velocemente, sentendo i rumori dell'ospedale provenire dal cellulare. Si era preoccupata alla notizia che suo padre non stava bene e si era ripetuta che non era proprio il caso di affrontare con lui l'argomento dei soldi. Aveva ricominciato a interrogarsi su come avrebbe potuto trovare cinquanta milioni di won. Aveva preso di nuovo il telefono e aveva fatto una chiamata.

«Sì? Qui è il negozio duty-free Jinhyo.»

«Buongiorno, signora Jin. Sono Jeong Mi-ra, del team China 3.»

C'era stato un momento di silenzio al suono inaspettato della sua voce.

«Sì, Mi-ra. Come stai?»

«Bene, grazie. Spero anche lei. La sto chiamando per...»

«È per il lavoro part-time?»

«Sì, non posso più permettermi di non lavorare... Senza un lavoro, non posso accedere a nessun mutuo. Ma sto straparlando. Mi dispiace riversarle addosso i miei problemi, dopo non essermi fatta sentire per tanto tempo.»

«Conosco bene la tua situazione, Mi-ra... Purtroppo, però, per noi sarebbe troppo oneroso assumere lavoratori part-time...» La responsabile del negozio, sulla quarantina avanzata, aveva risposto con tono sincero.

«Lo immaginavo. Il fatto è che non vorrei lasciare mia figlia alla scuola materna per l'intera giornata. Ho paura che non le faccia bene stare lì tutto quel tempo... Per questo vorrei trovare un posto dove lavorare solo dalle nove e trenta alle quindici e trenta o le sedici...»

«Da donna, ci sono già passata anch'io e comprendo benissimo quello che provi, Mi-ra. Ma non è facile.»

«Sì, certo, capisco. Devo averle dato l'impressione di essere una disperata. Le chiedo scusa.»

«Non devi scusarti, mi ha fatto piacere sentirti dopo tanto tempo.»

La responsabile, che le aveva sempre rivolto parole gentili quando lavorava in azienda, aveva riattaccato dopo averle prospettato che sua figlia avrebbe avuto ancora più bisogno di lei quando fosse andata alla primaria.

La testa le pulsava forte. Non immaginava che sarebbe stato così difficile trovare un modo per procurarsi i soldi. Aveva pensato di chiamare i suoceri, ma aveva cambiato subito idea. Allora aveva preso di nuovo il telefono e aveva aperto l'app con gli annunci immobiliari. Aveva selezionato l'area di Mapo-gu e la cifra del deposito. Quando aveva premuto il pulsante di ricerca, i risultati visualizzati erano stati pari a zero. Aveva concluso che la posizione della casa in cui vivevano adesso era l'ideale e non conveniva spostarsi. In fondo, la ditta di caldaie di Woo-cheol si trovava a Seogyo-dong. E, se lei fosse tornata a lavorare, si sarebbe dovuta recare ogni giorno a Hongdae. Non aveva perso la speranza di essere reintegrata.

Si era laureata con lode al corso biennale di cinese commerciale ed era stata un'ottima impiegata nel team cinese del duty-free. Il suo settore erano i cosmetici e occasionalmente riceveva mance generose dalle clienti più anziane provenienti dalla Cina. Era stata persino selezionata come una delle dipendenti più cortesi e aveva ricevuto per questo consistenti premi di produzione. Era chiaramente portata per quel lavoro, non aveva senso cambiare settore. Tanto più che, dopo aver interrotto la carriera, sarebbe stato quasi impossibile trovare un'altra azienda che la assumesse e accontentasse le sue richieste sull'orario. Riuscire a conciliare lavoro e figli doveva essere una prerogativa esclusiva delle mamme protagoniste delle serie televisive. *Vorrei che gli educatori e gli assistenti per l'infanzia, nonché i mariti servizievoli, cadessero dal cielo come pioggia. Così anch'io, al mattino, potrei cospargermi di profumo e andare al lavoro fresca e ordinata.* Mi-ra aveva messo il broncio.

Man mano che allargava alla periferia l'area selezionata sull'app di annunci immobiliari, i risultati diventavano sempre più numerosi. Si era spinta addirittura fino a Ilsan. Ma niente da fare, non c'erano abbastanza soldi per affittare un appartamento. Il problema era sempre il denaro. Ormai erano ore che guardava il piccolo schermo del cellulare e all'improvviso si era arrabbiata di nuovo. In momenti come quelli, la cosa migliore era farsi una doccia fredda. Altrimenti, come al solito, il viso le sarebbe diventato paonazzo.

Si era sciacquata la faccia e i piedi con l'acqua gelida. Era uscita dal bagno, avvolta nella salvietta, e aveva visto comparire sulla porta d'ingresso Woo-cheol mano nella mano con Na-hee che piangeva.

«E voi? Che diamine ci fate a casa?» Mi-ra, colta alla sprovvista, aveva lasciato cadere la salvietta. Non riusciva a capire cosa stesse accadendo. Ma, nel vedere che Na-hee non smetteva di piangere, le era corsa incontro e l'aveva abbracciata senza curarsi della nudità.

«Mamma... mamma.»

La bambina continuava a chiamare il suo nome, anche ora che era tra le sue braccia, e Mi-ra aveva capito che doveva essere accaduto qualcosa di grave. Quando si era un po' calmata, l'aveva lasciata per andare a vestirsi ed era tornata con una bottiglietta di latte alla banana e una cannuccia. Na-hee aveva estratto il tubicino dall'involucro di plastica trasparente e lo aveva immerso nella bevanda. In quel momento era arrivata la chiamata dalla scuola materna e Mi-ra aveva schiarito la voce e premuto il pulsante di risposta.

«Sì, direttrice, buongiorno. Ho saputo quello che è accaduto...»

La direttrice, una donna sulla cinquantina, l'aveva rassicurata: «Si sarà allarmata, immagino. Visto che non riuscivo a contattarla, ho chiamato il padre».

«Sì... Mi ha raccontato brevemente come sono andate le cose. Ma Ji-hoo si è fatto molto male?»

«Be'... Ji-hoo ha un taglio di circa un centimetro al lato dell'occhio. Nulla di grave, dal mio punto di vista, ma la madre non la pensa così, visto che la ferita riguarda il volto... Credo pretenda delle scuse.»

«Avete guardato il filmato della videosorveglianza?»

«Sì, lo abbiamo guardato e non risulta che Ji-hoo abbia mai colpito Na-hee. Non so perché sua figlia dica il contrario. Spesso i bambini mentono per paura di essere sgridati...»

Mi-ra aveva sospirato.

«Ha il numero della madre di Ji-hoo?»

«Sarà sicuramente nella chat di classe. Le invierò un messaggio privato. Comunque mi dispiace molto, direttrice.»

«D'accordo. Se desidera visionare lei stessa il filmato della videosorveglianza, venga a trovarci in qualsiasi momento, è a sua disposizione. Anche noi siamo dispiaciuti, avremmo dovuto sorvegliare meglio.»

Già la volta precedente, quando la direttrice l'aveva chiamata per lo scuolabus, le aveva parlato con tono pacato. Si capiva che prendeva a cuore le persone e di questo Mi-ra le era grata. Quella mattina le aveva spiegato l'accaduto con la stessa voce rilassata. Aveva detto che Ji-hoo e Na-hee stavano litigando per un giocattolo e che Na-hee aveva finito per colpire in faccia il compagno. Mi-ra era preoccupata. Ji-hoo aveva iniziato a frequentare la scuola la settimana precedente e lei non aveva ancora avuto modo di conoscere la madre. *E se fosse una persona esigente? Dovrò almeno verificare la gravità della ferita.* Al termine della telefonata si era sentita confusa.

«Mamma, l'ho bevuto tutto! Ah, mamma... anch'io voglio un cane.» Na-hee era tornata di buonumore dopo aver bevuto l'intera bottiglietta di latte alla banana.

Mi-ra le si era rivolta con cautela. «Na-hee, perché hai colpito Ji-hoo?»

«Un cane... Non possiamo prendere anche noi un cane?»

«Kim Na-hee, perché hai colpito Ji-hoo?»

«Anche lui ha colpito me.» Na-hee aveva risposto imbronciata guardandola negli occhi.

Mi-ra aveva ignorato le sue parole. «La direttrice ha visto tutto e dice che non è vero. E anche Ji-hoo dice di non averti colpito. Stai mentendo?»

«Invece ti dico che mi ha picchiato. Mi fa male qui», aveva piagnucolato la bambina indicandosi il gomito.

Mi-ra aveva esaminato il braccio teso della figlia, poi anche l'altro, ma non aveva notato ferite o segni di colpi. Così aveva domandato a Na-hee con un'espressione più severa: «Dimmi la verità! Davvero Ji-hoo ti ha picchiata? Se menti, mi arrabbio sul serio. Sei proprio monella!»

«... È la verità.» Gli effetti calmanti del latte alla banana dovevano essersi esauriti, perché Na-hee aveva assunto un'espressione offesa e aveva ricominciato a piangere.

Woo-cheol si era cambiato d'abito ed era uscito dalla camera da letto. «Perché non hai risposto al telefono? Na-hee piangeva e chiedeva di te, ma non hai risposto. Cosa stavi facendo?»

«Stavo facendo la doccia», aveva detto Mi-ra, cercando di reprimere la rabbia che le esplodeva dentro.

«Potevi farlo più tardi. Lo sai che durante il giorno potresti sempre ricevere una chiamata dalla scuola. Lavati dopo che io sono rientrato a casa, no?»

«Dopo quando? Se appena arrivi ti devo preparare la cena e, prima ancora, devo pulire e poi di nuovo far sparire le briciole e i rimasugli di cibo che lasci in giro, spazzare e ripulire da capo? E poi è già ora di lavare Na-hee, ma in casa non abbiamo la vasca. E secondo te c'è lo spazio per farsi la doccia in due, in quel bagno striminzito?»

«No, hai ragione. Ma perché sei di nuovo così arrabbiata?»

Quando Mi-ra aveva alzato la voce, Na-hee aveva preso a piangere più forte. «Su, Na-hee, calmati un po'. Parlerò al telefono con la mamma di Ji-hoo.»

Woo-cheol aveva riposto la bottiglietta di latte alla

banana e avevo preso in braccio Na-hee ancora in lacrime. Mi-ra era uscita di casa con indosso solo un cardigan grigio.

Doveva aver piovuto, il vicolo era bagnato. *Che freddo!* Aveva aggrottato la fronte dopo aver messo il piede in una pozzanghera sotto casa. *Uff, non me ne va bene una.* Lo aveva scosso per scrollare l'acqua e, dopo un respiro profondo, aveva telefonato alla madre di Ji-hoo. Si era scusata ripetutamente con lei e aveva detto che sarebbe andata a trovarla, ma la donna aveva risposto che non ce n'era bisogno e che le bastava ricevere il rimborso per le spese mediche. Aveva aggiunto che aveva già consultato un dermatologo e che in futuro avrebbe potuto essere necessario un trattamento laser per migliorare l'aspetto della cicatrice, quindi aveva chiesto un risarcimento di un milione di won in un'unica soluzione, in modo da non dover sollecitare altre rate in futuro. Mi-ra aveva la gola bloccata, quasi avesse ingoiato un intero tuorlo d'uovo. Tuttavia, poiché era stata colpa di Na-hee, non si era lamentata e aveva deciso di accettare la richiesta di un milione di won. Si era inchinata alla madre di Ji-hoo all'altro capo del telefono, si era scusata e l'aveva salutata.

Quella sera, un milione di won era stato trasferito dal conto di Woo-cheol. Il gruzzolo in banca si era alleggerito e l'area di ricerca della nuova casa in affitto si era spostata sempre più verso la periferia. Mi-ra aveva messo a dormire Na-hee ed era andata nella camera matrimoniale.

«Li ho inviati», aveva detto Woo-cheol con voce calma.

«Okay.»

«I soldi per le spese di questo mese...»

«Non serve che me lo ricordi. Dovremo stringere ancora di più la cinghia. Se vuoi lavorare domani, vedi di andare a dormire presto.»

Dopo essersi parlati freddamente, i due si erano coricati dandosi le spalle.

Mi-ra non riusciva a prendere sonno, ma cercava di sforzarsi perché solo così sarebbe riuscita ad affrontare il giorno dopo. Tuttavia, proprio mentre stava per addormentarsi, Na-hee l'aveva scossa per chiamarla. «Mamma... ho fatto la pipì.»

A Mi-ra dispiaceva che Na-hee fosse così abbattuta. E le dispiaceva ancora di più non poterla consolare, sapendo che doveva essere stato difficile per una bambina piccola come lei scontrarsi per la prima volta con l'ambiente esterno e affrontare una lite a scuola. Mi-ra l'aveva cambiata, aveva tolto la coperta dal letto, l'aveva messa in bagno, e l'aveva sostituita con una pulita. Dopo poco, Na-hee aveva ripreso sonno e Mi-ra era tornata a sdraiarsi sul letto nella camera matrimoniale. Si era addormentata quasi subito. Ma non era trascorso molto, che Na-hee era venuta di nuovo a chiamarla.

«Mamma... Svegliati.»

«Eh?»

«L'ho fatta di nuovo...»

Mi-ra si era alzata di scatto, al suono imbarazzato della voce di Na-hee. «Di nuovo? Hai fatto ancora la pipì?»

«Mi dispiace, mamma...»

Mi-ra aveva stretto forte le piccole spalle della bambina. «Na-hee, per favore, se ti dispiace, allora smettila però. La mamma è davvero stanca!»

Na-hee era scoppiata in lacrime. Woo-cheol aveva capito che la situazione era più complicata del solito e si era alzato di sua spontanea volontà per consolare la bambina.

«Na-hee deve dormire qui con te, non ci sono altre coperte. Ora vado subito in lavanderia a lavarle e torno.»

«Ma vacci domani. È troppo tardi ora», aveva detto Woo-cheol con voce mezza addormentata.

«Fuori piove e, se le stendo in casa, non si asciugheranno prima di domani!»

Mi-ra era andata in bagno, avevo preso le coperte e, dopo aver sciacquato solo la parte inzuppata, era uscita. A contatto con le coperte bagnate, il cardigan grigio si era infradiciato a sua volta e, più camminava, più si sentiva stanca, finché non era arrivata alla lavanderia Binggul Bunggul di Yeonnam-dong.

Aveva aperto l'asciugatrice e vi aveva inserito le due coperte appallottolate. Si era seduta al tavolo davanti alla vetrina e aveva visto un taccuino verde chiaro aperto davanti a sé. Aveva l'aria di essere rimasto a lungo incustodito e conteneva alcune frasi piuttosto banali scritte da chissà chi. Senza troppo interesse, Mi-ra aveva gettato uno sguardo sulla pagina e aveva letto:

I giorni di primavera sono passati.

Le lacrime le avevano riempito le occhiaie, profonde come la pozzanghera di poco prima. Le erano scivolate calde lungo le guance ed erano cadute sul tavolo. Si era affrettata ad asciugarle con la mano, si era strofinata il viso ed era passata alla pagina successiva. Qualcuno aveva affidato le sue preoccupazioni a un foglio bianco, qualcun altro le aveva commentate. Mi-ra aveva preso la penna dal tavolo e d'istinto aveva scritto le parole:

Non voglio vivere. Perché la vita è così difficile?

Aveva scritto sentendosi impotente, come scomparsa. Continuava a chiedersi che senso avesse continuare a trascinarsi così. Da ragazza aveva vissuto intensamente ogni giorno, come una lavatrice che andasse ai massimi giri. Ma, da quando era diventata madre, si era dovuta occupare a tempo pieno di sua figlia. E, ora che il suo nome non contava niente da nessuna parte, si paragonava a una lavatrice rotta che in casa veniva trattata come un pezzo di ferraglia inutile. Per questo si sentiva triste e infelice. Nemmeno quando aveva reclinato la testa all'indietro le lacrime si erano fermate. E, anche se aveva tirato un respiro profondo e inghiottito la saliva, non era riuscita a trattenerne di nuove.

Visto che non potevano permettersi quel deposito da cinquanta milioni di won, Mi-ra e Woo-cheol avevano deciso di rinunciare a Yeonnam-dong e avevano indirizzato le loro ricerche verso la periferia di Seul.

Mi-ra aveva quasi aperto la porta d'ingresso per uscire e andare a vedere una casa a Gyeonggi-do, quando il cellulare aveva squillato. «Ehm, mamma, sono impegnata, ora, ti richiamo più tardi.»

«...»

«Mamma, stai piangendo?»

«Mi-ra, come facciamo con tuo padre?»

Mi-ra si era tolta le scarpe sulla soglia, era ritornata nel soggiorno e aveva appoggiato la borsa sul divano.

«Cosa succede? Non piangere e raccontami tutto.»

Al telefono si era udito un singhiozzo.

«Mamma! Continui a piangere? Mi fai preoccupare. Dimmi cosa succede, ti prego.»

Woo-cheol aveva guardato il viso di Mi-ra e aveva capito subito che si trattava di una cosa seria.

«Papà ha avuto un incidente?»

«No, nessun incidente. Tuo padre... ha un cancro allo stomaco.»

Mi-ra era crollata come un cellulare lasciato cadere sul divano.

«Vi raggiungo oggi stesso. Anzi, no, adesso. Vengo subito da voi.»

«No. Deve subire un intervento e deve essere ricoverato d'urgenza, ma il sistema delle visite è cambiato e ora può entrare in ospedale solo un tutore.»

«Quindi, anche se vado, non potrò vederlo? Non si dovrebbe poter vedere un familiare prima che venga operato?!»

«Volevo dirtelo dopo l'intervento, ma sono sola e molto spaventata e non sono riuscita a non chiamarti.»

«Vado in ospedale domani. Anzi, no, ci vado adesso.»

«No, Mi-ra... rimani lì. Ti ho chiamato senza pensare, volevo dirtelo dopo l'intervento. Tuo marito deve andare a lavorare e chi porterà Na-hee a scuola? Resta a casa.»

Mi-ra voleva mollare tutto e andare all'aeroporto. Voleva prendere un volo per Busan e correre da suo padre. Si era ricordata che, mentre aspettava di fare il suo ingresso alla cerimonia il giorno del matrimonio, fuori della porta lui le aveva detto: «Figlia mia, non sono stato abbastanza bravo per comprarti un abito da sposa all'altezza e per crescerti dandoti tutto, al pari delle figlie delle altre famiglie. Perdonami, Mi-ra. Ma sei davvero bella». Così come lui allora, con la mano destra, le aveva tenuto la sinistra tremante, adesso Mi-ra voleva tenere la mano di suo padre.

In un momento simile è importante che mio marito vada a lavorare?

Mi-ra aveva comprato il biglietto aereo. Anche se l'indomani non avrebbe potuto vedere il padre subito dopo l'intervento, voleva stargli vicino. Woo-cheol aveva detto che si sarebbe preso del tempo libero per accudire Na-hee e aveva abbracciato Mi-ra, dicendole di andare senza preoccuparsi.

Non era riuscita a vedere la casa a Gyeonggi-do che aveva un prezzo buono per loro, e la sera, al telefono, l'agenzia le aveva detto che era stata presa in affitto da qualcun altro. Suo padre era malato e la sua lavatrice continuava a lamentarsi e a fare rumori sinistri. Era tutto un disastro. Mi-ra aveva sospirato. Ma aveva deciso di cercare di calmarsi e tornare in sé. Aveva messo le mutandine di Na-hee col motivo a fragole, gli abiti da lavoro di Woo-cheol, il suo cardigan grigio e gli asciugamani nel cesto della biancheria ed era uscita di casa.

Ci aveva preso gusto ad andare alla lavanderia da sola, dopo che gli altri erano già a dormire. Le bastava vedere tutti quei ragazzi che, vestiti e pettinati a proprio gusto, si sedevano dove capitava lungo il viale del parco e si godevano la giovinezza in libertà, per sentirsi alleggerita di tutto.

Quando aveva aperto la porta della lavanderia, si era accorta che c'era un anziano in piedi davanti al tavolo. Aveva esitato un attimo, poi era entrata.

Guardandolo meglio, aveva pensato che fosse più appropriato definirlo un signore attempato. Aveva una camicia a quadri blu ben stirata e pantaloni di cotone grigi, una folta capigliatura punteggiata di bianco, e il tutto gli dava l'aria rassicurante di una persona che conduceva una vita tranquilla. Mi-ra era passata con attenzione accanto al cane jindo, seduto pacifico all'ingresso, ed era entrata. L'anziano lisciava lentamente la biancheria, tenendo al guinzaglio il cane.

Per un momento aveva temuto che avesse letto ciò che lei aveva scritto, ma poi aveva pensato che in fondo il testo era anonimo e aveva smesso di preoccuparsi. Magari, però, qualcuno aveva lasciato una risposta al suo messaggio, solo che l'anziano era ancora troppo vicino al tavolo per verificarlo senza che lui lo notasse, così aveva fatto finta di niente e aveva guardato fuori della vetrina. Si era seduta, davanti a una grossa bevanda vitaminica, soltanto dopo che anche il cane era scomparso dalla sua vista.

Il taccuino era aperto proprio sulla pagina dove lei aveva lasciato il suo messaggio di sfogo. Aveva visto che c'era una risposta, scritta con una grafia che trasmetteva serietà e intelligenza. Era possibile che fosse opera dell'anziano signore che era appena uscito dalla lavanderia? Quella grafia raffinata rispecchiava il suo aspetto. In ogni caso, era grata a chiunque lo avesse scritto, perché era come se qualcuno avesse ascoltato la sua storia. Come se qualcuno dall'altra parte avesse detto: *Sto ascoltando la tua voce*. Una voce che, come un'eco, per lungo tempo era stata udita solo da lei.

Aveva meditato sul consiglio di coltivare una pianta e sperimentare di persona come si prendano cura di noi. Poi aveva girato il tappo della bevanda vitaminica e, dopo il *clic*, ne aveva avvertito il tipico odore acidulo. Aveva pensato a quale pianta sarebbe andata bene e, sotto quel testo così accurato, aveva scritto un messaggio di ringraziamento e un racconto che faceva presagire che presto avrebbe lasciato quel posto.

Erano già passate due settimane da quando Mi-ra era andata a Busan. L'intervento, che si era svolto senza intoppi, aveva rivelato una situazione meno grave del previsto, e ora suo padre si trovava in ospedale per il ciclo di chemioterapia. Visto che la scadenza del contratto di locazione era imminente, Mi-ra era così impegnata a cercare una nuova casa che non era più riuscita a tornare alla lavanderia. Per fortuna, Na-hee aveva smesso di fare così spesso la pipì a letto.

Il signor Jang era ancora preoccupato per quella donna che aveva scritto sul taccuino di non voler più vivere. Non riusciva a togliersi di mente l'immagine dei suoi occhi vuoti, delle occhiaie bluastre e dell'aspetto malinconico.

«Avrà bevuto la bevanda multivitaminica? Forse una bottiglia sola era troppo poco, avrei dovuto comprargliene una confezione intera e, se possibile, portargliela a casa e assicurarmi che la bevesse...» disse il signor Jang guardando Jindol che scodinzolava.

Promise a se stesso che la prossima volta avrebbe comprato un'intera confezione e stese il plaid morbido sul divano. Emanava ancora il calore dell'asciugatrice, e sembrava apprezzarlo anche il cane, che infatti si raggomitolò e si accucciò accanto a lui. Il profumo della lavanderia Binggul Bunggul di Yeonnam-dong e il calore di Jindol resero quella una rasserenante notte di primavera.

◎ ◎ ◎

Il signor Jang batteva a mani nude il terreno del grande vaso inondato di sole primaverile e guardava con espressione felice le piante che avevano messo nuovi steli ed erano cresciute in fretta. Dacché erano verdi solo una settimana prima, i pomodori ciliegino ora erano diventati rosso acceso. Ne raccolse uno e lo mangiò.

«Oddio, è delizioso. Dolce dolce, come zucchero.»

Jindol annusò la mano del signor Jang.

«Lo vorresti anche tu? Questo però non va bene. Oggi ti preparo un pasto speciale, che dici? Ti cucino il petto di pollo.»

Jindol abbaiò e scodinzolò forte. Il signor Jang si tolse il cappello di paglia dal capo. Il cielo era limpido e senza una sola nuvola.

Mise una pentola d'acqua sul fuoco e vi fece bollire il petto di pollo. Ben presto la carne perse il colore roseo originario e rilasciò la schiuma di cottura, che il signor Jang rimosse abilmente dal pelo dell'acqua con un cucchiaio.

«Il cibo speciale preferito di Jindol. Ora il nonno te lo dà, aspetta solo un momento.»

Jindol, che di solito snobbava gli snack industriali comprati al supermercato dopo averli appena annusati, adorava invece quel pranzetto fatto in casa. Il signor

Jang canticchiava al pensiero di quanto il suo cane lo avrebbe apprezzato e, visto che ormai era l'ora di pranzo, tirò fuori del frigorifero un contenitore col brodo di carne e dei ravioli surgelati. Quel giorno a pranzo avrebbe mangiato ravioli di carne in brodo.

Uuuh... D'un tratto giunsero dal giardino i guaiti di Jindol. Un lamento acuto che gli trafisse i timpani. Spense in fretta il fornello e si precipitò fuori. Davanti al cancello, Jindol non riusciva a stare in piedi ed emetteva un ululato lungo, come quello di un lupo.

« Cosa succede? »

Il figlio e la nuora del signor Jang erano appena entrati in giardino e, nell'aprire il cancello, avevano travolto Jindol che era in piedi all'interno. Ora il cane aveva la zampa posteriore storta in una posa innaturale. Il signor Jang respirava affannosamente e le sue mani erano sudate. Tutto quello cui riusciva a pensare era di portare al più presto Jindol alla clinica veterinaria.

« Papà, siamo qui. »

« Perché quel cancello è così pesante? Le case indipendenti richiedono davvero tanta manutenzione... Ora vediamo insieme il progetto... »

« Quale maledetto progetto! Sta' zitto! » gridò il signor Jang al figlio, che reggeva una valigetta con sopra il nome di uno studio di architetti. Guardò affranto il cane, che lottava per rialzarsi facendo forza sulle zampe anteriori ma continuava a ricadere di lato. « Va tutto bene, Jindol. Non alzarti, sta' giù. Ora andiamo alla clinica. Siete venuti in macchina, no? »

« Sì, è qui davanti. Ma perché, papà, vorresti un passaggio? Si è fatto molto male? » disse il figlio guardando Jindol che gemeva davanti a lui.

«Sbrigati e metti in moto. Arrivo subito.»

«Ma è una macchina nuova... Ti chiamo un taxi. Probabilmente è una frattura alla zampa sinistra. Non è niente di grave. Al giorno d'oggi i cani infortunati se la cavano bene a camminare anche con degli appositi carrellini.»

Caiii.

Il signor Jang colpì suo figlio alla testa con un pugno. Non poteva sopportare che sputasse assurdità del genere, dopo aver visto Jindol sdraiato a terra dolorante.

«Ma, papà!»

«E tu saresti un dottore? Tratti così anche i tuoi pazienti? Come se i loro malanni non fossero niente di grave? Non te lo meriti proprio quel titolo, metti giù il bisturi. Bel figlio che ho! E io, patetico, che me ne andavo in giro vantandomi che fossi un medico. Proprio patetico!»

«Adesso siete un po' troppo duro...» disse la nuora.

«Tu restane fuori. Papà, perché sei così arrabbiato? Si è ferito un cane...»

«Se non vuoi essere colpito di nuovo, chiudi la bocca!»

Il signor Jang, col sangue che pulsava alle tempie, entrò in casa a recuperare il portafoglio e il cellulare, poi tornò a prendere in braccio Jindol. Le foglie gialle e secche che erano sotto la pancia del cane furono sollevate dal vento e ricaddero al suolo. Mentre camminava con l'animale addosso, la sua fronte s'imperlò di sudore.

Era difficile trovare un taxi in quella zona pedonale. Gli unici che incrociava avevano l'insegna verde per segnalare che erano occupati. Se avesse saputo che sarebbe successo qualcosa di simile, avrebbe aspettato un altro po' prima di restituire la patente. Invece, dopo averla tenuta nel portafoglio per quasi sessant'anni, l'aveva riconsegnata di sua volontà dopo l'ultimo viaggio che aveva fatto con Jindol sulla vicina costa occidentale. Sapeva che gli automobilisti anziani non erano ben accetti e, dopo aver sudato freddo in alcune occasioni, aveva ammesso a se stesso di non essere più in grado di guidare come in passato. Dapprima non ne aveva sentito la mancanza, ma col passare del tempo si era pentito amaramente di quella scelta.

Erano tanti i momenti in cui provava quel rimorso. Era un peccato non poter più guidare ascoltando musica rilassante con Jindol accucciato sul sedile del passeggero, così come dover chiedere un favore al figlio ogni volta che voleva andare in campagna a prendere una boccata d'aria. L'unica occasione per respirare un po' d'aria fresca, ormai, era durante il picnic organizzato dal centro anziani.

Il signor Jang andò avanti e indietro fra il vicolo di casa sua e quello accanto per circa cinque minuti. I guaiti di Jindol si facevano sempre più acuti, non poteva più aspettare, così decise di incamminarsi a piedi. Non aveva fatto il primo passo, che un taxi suonò il clacson e si fermò davanti a lui. Era un taxi di Busan col cartello FUORI SERVIZIO. L'insegna non era né verde né rossa, così pensò che l'autista volesse chiedergli indicazioni.

In quel momento, il finestrino del passeggero si abbassò lentamente e una donna sulla sessantina gli parlò. «Signore, salga su. Siamo venuti a trovare nostra figlia, ma non è in casa. Stiamo girando a vuoto e abbiamo visto che anche lei sta girando a vuoto. Avanti, salga su. Ha bisogno di andare alla clinica veterinaria, vero? »

Intervenne anche l'uomo, all'incirca della stessa età, che era al volante.

« Salga. La porto subito. »

Il pensiero che quello potesse essere un metodo per rapire una persona anziana gli attraversò la mente per un momento, ma non poteva lasciare che Jindol guaisse ancora a quel modo, perciò salì a bordo e si sedette sul sedile posteriore. « Allora approfitto della vostra gentilezza. Se svolta nel secondo vicolo laggiù, uscirà sulla strada principale. Poi può proseguire sempre dritto in direzione di Sinchon. »

« Va bene, grazie. Come si chiama la clinica? »

L'uomo, di bell'aspetto, premette il pulsante di ricerca vocale sul suo cellulare e pronunciò il nome che gli aveva riferito il signor Jang. Grazie alle indicazioni del navigatore, guidò con destrezza tra vicoli e strade, e in meno di dieci minuti arrivò a destinazione. Quando il signor Jang cercò di tirar fuori il portafoglio, la donna e l'uomo agitarono le mani in segno di rifiuto.

« Vada, presto. Non si preoccupi. Oltretutto oggi sono fuori servizio. »

« Ma... »

« Non ho nemmeno acceso il tassametro. Vada, presto. »

Il signor Jang ringraziò e scese dall'auto con Jindol tra le braccia. Chinò il capo e rivolse un saluto pieno di gratitudine alla coppia. Il taxi ripartì e lui entrò nella clinica, spingendo la porta d'ingresso con una spalla.

Anche se era l'ora di pranzo di un giorno feriale, l'ambulatorio era pieno di animali malati e di padroni dall'aria preoccupata. Il signor Jang vi aveva già portato Jindol altre volte e, quando l'infermiera lo vide, date le sue condizioni lo classificò come paziente urgente, accorciando i tempi d'attesa. Jindol entrò nella sala visite tremando, ma quando scorse il veterinario scodinzolò piano.

Il veterinario lo auscultò e disse che aveva bisogno di fargli una radiografia per esaminarlo in modo più accurato. Il signor Jang si sedette in sala d'attesa e aspettò con ansia. Nella sua mente vide il cane camminare nel parco con l'ausilio di un carrellino che gli reggeva le zampe posteriori.

Jindol, ti prego... Mi dispiace tanto...

Il veterinario si avvicinò al signor Jang, il cui volto era divenuto esangue, e gli tenne calorosamente la mano. «Non si preoccupi troppo. Dovrò sottoporlo a un intervento chirurgico d'urgenza. Farò del mio meglio, si fidi di me. A Jindol piaccio molto.»

Al tatto, le mani del veterinario erano ruvide, forse a causa delle frequenti disinfezioni con l'alcol, ma erano molto calde.

«Per favore, abbia cura di lui e di me.»

Mentre la porta della sala operatoria si chiudeva, il signor Jang vide Jindol sdraiato sul tavolo argentato e all'apparenza freddo. Rimase in attesa per due ore intere mentre il cane veniva sottoposto all'intervento chirurgico, senza neanche andare in bagno. Pregava solo che Jindol potesse tornare a fare le passeggiate nel parco che amava tanto.

Poi l'infermiera lo chiamò: «Il padrone di Jindol vada nella sala visite, per favore».

Quando il signor Jang entrò, il veterinario che aveva

appena completato l'intervento lo stava aspettando con la lastra di Jindol sullo schermo.

«Grazie per quel che ha fatto. Jindol sta bene?»

«Sì, l'intervento è andato bene.»

«Non dovrà utilizzare carrellini o altri ausili per la mobilità? Riuscirà a camminare sulle sue zampe?»

«Sì, camminerà da solo.»

A quelle parole, il signor Jang tirò un sospiro di sollievo. «Grazie infinite.»

«Jindol è forte. Il battito cardiaco è rimasto regolare e grazie a ciò siamo riusciti a concludere l'intervento rapidamente.» Il veterinario spiegò in dettaglio le condizioni di salute del cane con l'ausilio della lastra visualizzata sullo schermo. Aggiunse che Jindol si trovava nella sala di risveglio, ma presto sarebbe stato spostato in degenza e lo avrebbe potuto vedere. Il signor Jang s'inchinò e ringraziò ancora una volta il veterinario, prima di lasciare lo studio.

Jindol mio... te la sei vista brutta.

Dopo un po' andò in sala degenza e trovò Jindol che giaceva impotente. Man mano che l'effetto dell'anestesia svaniva, il cane tentava di alzarsi tremante per andare verso il padrone, ma si accasciava di nuovo. Una grossa fasciatura verde gli avvolgeva la zampa posteriore sinistra.

«Jindol, sta' fermo. La ferita si può riaprire. Rimani sdraiato.»

Sentendo la voce del padrone più amichevole che mai, Jindol sembrò sollevato, appoggiò il mento sulla zampa anteriore e alzò gli occhi neri al cielo. Sarebbe dovuto rimanere in ospedale per una settimana. Il signor Jang disse all'infermiera che sarebbe tornato l'indomani e lasciò la clinica veterinaria.

Prese l'autobus per tornare a casa e scese alla fermata dell'università di Hongik. Si asciugò il sudore dalla fronte col dorso della mano. Poi si accorse che la maglietta che indossava era fradicia. «Be', è andata.»

All'ingresso del parco di Yeonnam-dong erano allineati numerosi monopattini elettrici. Lungo la strada pedonale, alberata su entrambi i lati, i boccioli carnosi stavano germogliando e presto si sarebbero schiusi. Sperava che Jindol guarisse presto perché non vedeva l'ora di camminare insieme con lui lungo quella via che adorava, sotto una pioggia di fiori di ciliegio.

Quando arrivò a casa, vide che suo figlio non se n'era andato perché la Porsche fiammante era ancora parcheggiata davanti al cancello. Non aveva voglia d'incontrarlo, ma non aveva nessun altro posto dove andare se non a casa. Erano le quattro del pomeriggio, l'ora in cui il centro anziani chiudeva, e nel quartiere non c'era una sola sala da tè dove potersi rifugiare.

Non ebbe altra scelta che aprire la porta ed entrare. Quando varcò la soglia, sua nuora si alzò in piedi. «Papà, state bene? Sembrate molto sudato...»

Mentre la nuora finiva di parlare, suo figlio si schiarì la gola diverse volte. «Ho aspettato perché ho tempo solo oggi. Diamo un'occhiata e parliamone insieme.» Sulle carte che aveva davanti c'erano la pianta e i dati dell'immobile dove risiedeva attualmente il signor Jang, preceduti dalle parole in grassetto: «superficie fondiaria», «indice di copertura», «tasso di occupazione del suolo».

«Ma allora quello che dico non ti entra nemmeno nell'anticamera del cervello!»

«Non lasciarti guidare dalle emozioni, ascolta attentamente. Il progetto sarebbe costato tre milioni di won in più. Per fortuna ho un amico che è titolare di uno studio di architettura e ho ottenuto un prezzo più basso. Ho fatto tutto in buona fede, quindi, per favore, siediti e ascoltami! »

« Non ti ho mai chiesto di mostrarmi nessun tipo di fede. Guadagni davvero così pochi soldi a fare il medico in un ospedale universitario? Allora prendi tu casa in quei nuovi alloggi a Hyochang-dong. Prendila tu e lasciami in pace. O vuoi che ti dia anche tutta la mia pensione? » La palla di fuoco che il signor Jang covava dentro gli salì in gola. Mentre parlava, una vena del collo si gonfiò e lo fece diventare paonazzo dalla rabbia.

« Papà... »

« Papà, non opporti per partito preso. Pensi che io lo faccia solo per soldi? Dicono che, se si approfitta della bolla attuale, si può costruire a poco, e anche affittare e vendere vantaggiosamente. Dopo non sarà più così. Molti si sposteranno verso Euljiro o Mullae-dong perché i canoni per le proprietà commerciali qui sono troppo costosi. Dobbiamo vendere prima di allora, altrimenti subiremo una perdita. »

« I miei ricordi non sono una perdita. Indice di copertura, tasso di occupazione del suolo... Quegli alberi e quelle aiuole che tua madre e io abbiamo piantato e curato, pensi che sarei felice di darli via per prendere qualche soldo? Ho ottant'anni. Ottanta. Lasciami vivere come meglio credo! »

Di fronte alla testardaggine del signor Jang, il figlio decise di fare marcia indietro. Afferrò i disegni del progetto mezzi spiegazzati e si alzò per uscire. « Tesoro, andiamocene! » Lei seguì il marito arrabbiato che, in prossimità del cancello, vide il vaso di pomodori ciliegino rossi, gli diede un calcio e lo ruppe, spargendo la terra ovunque. Se la scrollò dai pantaloni con le mani e uscì.

Attraverso la finestra del soggiorno, il signor Jang vide ciò che il figlio aveva fatto, ma non aveva più la forza per seguirlo e rimproverarlo. Forse perché aveva bevuto troppo e si era arrabbiato, oppure perché aveva sudato quando aveva portato Jindol in clinica. Fatto sta che si sedette semplicemente sul divano, chiuse gli occhi e piegò la testa all'indietro.

«Aaah, è andata...»

Passarono alcuni giorni e suo figlio non lo contattò, né lui era intenzionato a fare marcia indietro. Anche se ormai si viveva fino a cent'anni, non c'era nessuna garanzia che sarebbe arrivato a quell'età e non voleva vendere la casa nella quale aveva investito tanti sforzi e denaro. Inoltre, se si fosse trasferito nell'appartamento di cui parlava il figlio, come avrebbe fatto a tenere Jindol? Era ovvio che, ogni volta che il cane avesse abbaiato o ululato, avrebbe ricevuto lamentele da parte dei vicini. In tal caso avrebbe dovuto sottoporlo a un intervento per l'asportazione delle corde vocali e Jindol non sarebbe stato mai più in grado di abbaiare o emettere versi. Sarebbe stato costretto a sfogare le sue emozioni solo attraverso la coda. Il signor Jang non avrebbe mai acconsentito a una cosa simile.

Una settimana dopo il ricovero di Jindol, ricevette una chiamata dalla clinica veterinaria. Un'infermiera gentile disse in tono squillante: «Il padrone di Jindol?»

«Sì, sono io.»

«Quando verrà in clinica oggi, per favore si tenga

pronto. Il direttore ha detto che Jindol potrebbe essere dimesso in giornata. Le basterà portare il guinzaglio, un sacchetto per i bisogni e dell'acqua.»

Il signor Jang fu felice all'idea di poter andare alla clinica e riportare finalmente Jindol a casa. Anche se i fiori di ciliegio erano già caduti a causa delle piogge primaverili, era entusiasta di poter camminare lungo le strade di Yeonnam-dong in sua compagnia.

«Sì, farò come dice. Non si preoccupi. È pronto per essere dimesso?»

«Sì, Jindol l'ha capito e sta già agitando il sedere.»

Sentiva il cane abbaiare sotto la voce dell'infermiera. *Oddio, il mio ragazzotto è guarito...*

Dopo aver terminato la telefonata, si affrettò ad apparecchiare per mangiare e raggiungere la clinica entro mezzogiorno. Tirò fuori del frigorifero il riso fritto che la signora Hong del centro anziani gli aveva dato la settimana prima e lo scaldò accompagnandolo al kimchi, ai germogli d'aglio, alla pasta d'acciughe e alla radice di loto stufata.

Non era riuscita ad andare a vedere la fioritura neppure una volta quell'anno, ed era ormai la fine della primavera. Si era ripromessa di andare a Yunjung-ro con Na-hee e Woo-cheol e per l'occasione aveva persino comprato per cinquantanovemila won un vestito di cotone bianco con ricami di fiori rossi sulle maniche. Tuttavia, impegnata com'era a setacciare la zona di Ilsan in cerca della nuova casa, aveva fatto passare troppo tempo e gli alberi erano ormai sfioriti. Nel vedere l'abito che era rimasto appeso nel suo armadio con ancora il cartellino del prezzo attaccato, si sentì delusa. «Il termine per restituirlo e ottenere il rimborso è passato, dovrei venderlo all'usato?» disse.

In vista dell'imminente trasloco, decise di iniziare a disfarsi degli abiti che non indossava più. Aprì l'armadio e tirò fuori i vestiti che aveva tenuto da parte pensando: *Li indosserò quando dimagrisco*, ma che poi non aveva mai messo perché non era riuscita a perdere peso; o i vestiti eleganti che aveva conservato pensando: *Potrei indossarli a un matrimonio,* ma che poi aveva abbandonato nell'armadio perché, a causa della crisi economica, eventi come matrimoni e feste per il primo compleanno si svolgevano ormai su piccola scala e non si era mai presentata l'occasione giusta. Era difficile che ci fosse l'occasione giusta per una mamma casalinga con una bambina di sette anni. Si fece coraggio e ripose i vestiti in una scatola, poi aprì la cassettiera e guardò gli orecchini, le collane e i braccialetti che metteva quando lavorava nel negozio duty-free. Davvero una volta indossava accessori così vistosi? Il pensiero la fece sorridere.

Suonò il cellulare. Era il messaggio di un'utente dell'app di abbigliamento usato. Diceva di essere interessata a uno dei vestiti da cui Mi-ra non aveva neanche rimosso il cartellino del prezzo.

Mi fai uno sconto di diecimila won?

Mi-ra si acciglò nel leggere quel messaggio sgarbato, inviato senza nemmeno salutare. Tuttavia rispose nel modo più gentile possibile, temendo che il punteggio positivo che aveva accumulato negli anni sull'app potesse peggiorare.

> Mi dispiace, ma è un vestito nuovo che non è mai stato indossato. È in condizioni eccellenti. ^^
> Ma è pur sempre un vestito usato. Fammi un piccolo sconto.

Tutta quella confidenza la irritava sempre di più, ma si trattenne.

> Tenga presente che può indossarlo fino a metà estate.
> Allora passo.

Sono seccata di non poter andare a vedere la fioritura, è vero, ma per questo devo dare via il vestito a così poco? E poi chi la conosce per parlarmi con quel tono? In momenti come questo mi verrebbe voglia di cacciare tutto nel contenitore per la raccolta degli indumenti usati e buonanotte! Poiché l'atteggiamento dell'utente la indisponeva, ma non voleva litigare, decise di non rispondere più. Mentre chiudeva la finestra dei messaggi, le cadde l'occhio sull'inserzione per un lavoro part-time semplice e ben retribuito, adatto anche a una casalinga. L'idea che fosse poco impegnativo, a tempo parziale e ben pagato l'allettava, e le sue mani reagirono d'istinto. Cliccò sull'inserzione e lesse i termini e le condizioni dell'offerta di lavoro. *Cercano qualcuno che consegni la merce in un luogo designato una o due volte alla settimana? Ma perché assoldare una casalinga per delle consegne nel distretto di Mapo-gu? Di solito non danno la preferenza agli uomini senza impicci?* C'era qualcosa di sospetto nell'annuncio, che oltretutto sconsigliava l'uso di veicoli privati, a favore di taxi o mezzi pubblici.

Mi-ra mise via il telefono e ricominciò a riordinare i vestiti. Ripose quelli che voleva portare con sé in uno scatolone che aveva preso al supermercato. Cercò di ridurre il volume della coperta invernale in fondo all'armadio mettendola in una busta sottovuoto, ma, siccome puzzava di naftalina, decise che prima l'avrebbe lavata.

Il sudore le imperlava la fronte. Pensò di accendere il ventilatore per contrastare quel caldo anomalo, peggiore dell'afa di mezz'estate, ma cambiò idea perché, prima di metterlo in funzione, voleva smontare e spolverare bene le pale. Si asciugò le tempie con le mani impolverate e proseguì.

Anche se il suo corpo era stanco per aver impacchettato tutto il giorno, si sentiva piena di energia al pensiero che più tardi sarebbe andata a lavare la coperta invernale. Sedersi in quella lavanderia automatica di notte, tra i cestelli che ruotavano e il profumo di pulito, le rischiarava la mente.

Woo-cheol lavava i piatti, e il tintinnio delle stoviglie si sentiva fin dentro la stanza dove Mi-ra stava leggendo a Na-hee *Cenerentola*, la sua favola preferita.

La bambina aprì a fatica le palpebre pesanti e guardò l'illustrazione. «Mamma, la fata è davvero così?»

«Be', neanche la mamma ha mai visto la fata madrina.»

Na-hee, delusa, chiese di nuovo: «Davvero? La fata non appare quando siamo in difficoltà? Quando siamo stanchi e affaticati? Quando siamo disperati?»

«Disperati?»

«Sì, disperati.»

«Na-hee, tu sai cos'è la disperazione?» Mi-ra chiuse il libro di fiabe che stava leggendo per porre la domanda.

«Sì, lo so, è l'opposto della speranza.»

«E la speranza che cos'è?»

«È Na-hee!»

Mi-ra sgranò gli occhi di fronte a quella risposta inaspettata. «Na-hee?»

«Sì, la nonna è venuta da Busan l'altro giorno e mi ha detto: 'Na-hee, sei la speranza della nostra famiglia. Quindi, quando andrai a scuola l'anno prossimo, ascolta attentamente i tuoi insegnanti e studia duramente!'»

Ma, mamma, cosa sei andata a dire alla bambina...?

Na-hee farfugliò qualcosa dopo l'ultima pagina del libro, poi crollò. Mi-ra le accarezzò la testa, guardandola dormire serena, e ripeté tra sé: *Scusa*. Pensava che sentirsi sempre dispiaciute e in colpa per i propri figli durante la notte fosse una condizione comune a tutte le mamme.

Più tardi, quando tutti dormivano, Mi-ra uscì con la coperta invernale. Era in microfibra grigia con un piccolo motivo a fiori. Aveva pensato di comprarne una nuova, ma, dato che ci volevano soldi, aveva deciso di lavare e rifoderare quella che aveva. *Devo risparmiare ogni centesimo*. Poiché non era riuscita a trovare un sacchetto di plastica abbastanza grande, aveva finito per trasportarla tenendola in mano.

Lungo la strada, i ciliegi erano sfioriti ma si erano riempiti di foglie nuove di un verde così brillante che sembravano colorate con l'evidenziatore. Sebbene stesse sudando, con quella soffice coperta tra le braccia, la brezza notturna dava refrigerio al suo corpo. E anche al suo umore.

Dopo un po' di tempo che era entrata nella lavanderia, Mi-ra notò che accanto al taccuino c'era un vaso di terracotta con una pianta di pomodorini, per metà rossi e per metà ancora acerbi. Doveva averlo portato l'anziano che lei sospettava avesse scritto la risposta al suo messaggio. Aprì il taccuino sul tavolo e, sotto il precedente, trovò un altro messaggio appuntato con la stessa grafia.

> Questi sono pomodorini del mio giardino. La terra è buona, portata dalla campagna, quindi ovunque li metta, purché li annaffi, cresceranno bene. Tra un po', anche quelli verdi matureranno. C'è un momento in cui questi pomodori minuscoli danno il meglio di sé. Vale lo stesso per le persone. Arriva il momento in cui l'amarezza e l'asprezza passano e la vita diventa deliziosa. Pazienti solo un po' e vedrà che quel momento arriverà! Ovunque vada, si prenda cura della sua salute.

Alla vista di quella grafia, che con quei lunghi tratti orizzontali trasmetteva calore e tranquillità, a Mi-ra venne subito in mente il signor Jang. Nella sua testa, il volto dell'anziano si sovrapponeva a quello di suo padre, che era stato operato da poco. Sgorgarono le lacrime e una cadde sulle parole del messaggio, sbavandole. Mi-ra sollevò la manica per pulirsi il moccio che le pendeva dalla punta del naso.

Ding dong. Il campanello della porta della lavanderia suonò ed entrò il signor Jang. Teneva il guinzaglio di Jindol in una mano e una coperta sottile nell'altra. Mi-ra si asciugò rapidamente le lacrime e si alzò.

L'anziano avrebbe voluto far finta di niente, ma,

poiché Mi-ra non riusciva a trattenere il pianto, le rivolse per primo la parola.

«Quei pomodorini sono perfettamente rotondi, ha visto?»

«Sì...»

Il signor Jang inserì la biancheria nella lavatrice. Non voleva mettere a disagio Mi-ra, quindi proseguì la conversazione con qualche frase di circostanza. «È venuto caldo all'improvviso e così ho già tirato fuori la coperta estiva. Dicono che in Corea non ci sono più le quattro stagioni e forse è vero.»

Mi-ra, con gli occhi lucidi, accennò un inchino ed esclamò: «Grazie. Grazie mille».

Il signor Jang sorrise come per schermirsi. «Sono imbarazzato. È una pianta del mio giardino. Non è nulla di prezioso, non mi aspettavo che...»

«Mi ha dato forza», lo interruppe Mi-ra con tono deciso. La sua voce, che fino a quel momento era stata debole e rotta, risuonò chiara. «Sì, mi ha dato forza sapere che qualcuno ha ascoltato la mia storia. Da quando sono rimasta a casa per crescere mia figlia, non c'è nessuno che mi ascolti veramente dall'istante in cui mi sveglio fino a quello in cui vado a letto. Con mio marito parliamo solo della bambina, tanto che pensavo di aver dimenticato come parlare di me stessa. Persino al supermercato, che è il posto dove vado più spesso, mi chiedono: 'Raccoglie i punti?' ma poi non ascoltano la risposta. Lei è stato la prima persona adulta che si è interessata alla mia vita.» Mi-ra continuò a parlare con voce rotta e anche il signor Jang si sentì strozzare in gola. «Quindi grazie. Anche se ora mi trasferisco e non verrò più qui...»

L'anziano prese la parola, visto che Mi-ra non riusciva più a parlare nello sforzo di trattenere le lacrime. «Anziché farle domande ho preferito risponderle con parole piane. Con un'esortazione di fiducia, per infonderle coraggio e dirle che tutto andrà bene. C'è differenza fra terminare una frase con un punto interrogativo e terminarla con un punto esclamativo.»

Più il signor Jang parlava, più i singhiozzi di Mi-ra aumentavano. Finché la porta della lavanderia non si aprì. Na-hee aveva fatto la pipì a letto e si era agitata chiedendo della madre, così Woo-cheol l'aveva portata alla lavanderia.

«Mamma! Perché piangi?»

«Tesoro, che ci fai qui?»

Na-hee, anche lei con gli occhi pieni di lacrime, guardò il signor Jang. «Mamma, sei stata sgridata dal nonno?»

A quella domanda innocente, un sorriso si diffuse sul volto del signor Jang. Gli venne in mente suo nipote Soo-chan, che studiava sodo in una scuola privata d'inglese fino a tardi per poter andare negli Stati Uniti.

«No, la mamma piange perché è felice. Perché è contenta.»

Non appena Mi-ra finì di parlare, Na-hee si accoccolò tra le sue braccia come sollevata. Poi sgranò gli occhi alla vista del vaso sul tavolo.

«Wow, quelli sono pomodorini.»

«Ce li ha dati il signore. Ringrazialo.»

Na-hee si staccò dalla madre, fece un inchino al signor Jang e disse: «Grazie».

Woo-cheol sembrava confuso e incapace di capire la situazione. «Tesoro, cos'è successo?»

«Te lo dirò più tardi, quando torniamo a casa.»

Intanto Na-hee aveva guardato il taccuino aperto

davanti a Mi-ra e aveva letto ogni parola presente sulla pagina. «'Non voglio vivere. Perché la vita è così difficile?' Eh? Ma questa è la grafia della mamma.»

Mi-ra, col volto accaldato, guardò Woo-cheol e Na-hee con occhi imbarazzati. E lo stesso fece il signor Jang. «Uh, quello è...»

«Mamma, perché non vuoi vivere? È perché è difficile? Perché faccio la pipì a letto ogni notte?»

Ancor prima di finire di parlare, Na-hee scoppiò in lacrime. Il signor Jang restò senza parole. Anche Jindol sembrava aver colto l'atmosfera e si limitava a muovere piano i suoi occhi neri.

Incurante della presenza dell'anziano, Woo-cheol emise un lungo sospiro. «Mi-ra, come fai a non voler vivere? Credi che chi vive lo faccia perché è divertente? Quante persone vivono perché lo vogliono? Se il problema è spostarti da questa zona, possiamo cercare una casa più piccola nei paraggi. Non abbiamo per forza bisogno di due stanze. Dovrò solo fare più spesso il turno di notte. Finora l'ho evitato perché Na-hee era piccola...»

«A te sta bene dove viviamo adesso? Ci sono due stanze. La nostra camera da letto e la cameretta di Na-hee. I vestiti, i libri e i giocattoli sono sparsi in disordine nel soggiorno perché non c'è altro posto dove riporli. Non possiamo nemmeno mettere una scrivania nella cameretta, e quando vengono gli insegnanti per Na-hee devo aprire il tavolo in soggiorno.»

«Ma il quartiere ti piace...»

«Pensavo che quest'anno avrei potuto riprendere il lavoro. Che avrei potuto portare a casa uno stipendio e tenere la bambina dopo la scuola. Perché so quanto è faticoso per te ogni giorno e non voglio continuare a chiederti soldi, soldi e soldi!»

Mi-ra urlava come in uno sfogo estremo e Woo-cheol abbassò la testa. Il pianto di Na-hee si fece più forte e a nulla valsero i tentativi di Mi-ra di consolarla.

Il signor Jang guardò la lavatrice e vide che mancavano trentun minuti alla fine del lavaggio e della centrifuga. Uscì dalla lavanderia col cane per lasciarli soli. Sui peli bianchi del muso di Jindol c'erano due righe viola scuro e anche il signor Jang dovette asciugarsi un principio di lacrime. Lasciata la lavanderia, s'incamminarono insieme per le strade di Yeonnam-dong. Anche se era quasi mezzanotte, il quartiere era chiassoso e affollato, come se la sera fosse appena iniziata.

«Jindol, facciamo una passeggiata?»

Jindol rispose scodinzolando. Aveva riacquistato completamente le forze dopo essere stato dimesso dalla clinica veterinaria e camminava al passo col signor Jang. Un passo silenzioso nell'allegro frastuono di Yeonnam-dong. Ma nelle orecchie del signor Jang continuava a risuonare il pianto di Na-hee, perciò presto si sedette su una panchina.

«Vedi che cosa sono i soldi, Jindol? Qualcosa che complica la vita delle persone.» Il signor Jang sospirò, preoccupato per la famiglia di Mi-ra. «Cosa dovrei fare, Jindol?»

Nella lavanderia, Mi-ra abbracciò forte Na-hee, mentre Woo-cheol si voltò e ingoiò le lacrime. Forse era per orgoglio o per il peso di essere capofamiglia, ma non voleva mostrarsi debole.

Quando il signor Jang tornò a riprendere la coperta dopo circa un'ora, la famiglia di Mi-ra se n'era già andata. Non c'era nemmeno il vaso dei pomodori. Vide il taccuino spalancato sul tavolo e una grafia stentata che doveva essere quella di Na-hee.

> Grazie, nonno. Spero di coltivare bene i pommodorini. Posso toccare il cane la prosima volta?
>
> Na-hee

Un sorriso si aprì sul suo viso quando lesse il testo con gli errori di ortografia. Neppure suo nipote Soo-chan aveva ancora imparato bene il coreano, anche se aveva superato brillantemente un test di matematica alla scuola privata. Gli venne in mente di chiamare sua nuora per farselo passare, ma poi cambiò idea pensando che lei e Dae-ju ne avrebbero approfittato per tornare a trovarlo e insistere col progetto della ristrutturazione. Scrisse invece una risposta sotto il messaggio di Na-hee.

> La mia casa ha un cancello blu e si trova vicino alla zona pedonale di Yeonnam-dong. Ogni volta che vuoi vedere il cane, vieni con la mamma. Il suo nome è Jindol.

I pomodorini acerbi, da verdi, erano diventati rossi. Mi-ra aveva posizionato il vaso vicino alla finestra della cucina e l'aveva annaffiato una volta al giorno, così la piantina era cresciuta florida. Ogni volta che Na-hee vedeva un pomodoro, chiedeva se poteva raccoglierlo. «Posso mangiarlo adesso? Gli dobbiamo proprio dire grazie», diceva alla madre che borbottava lavando i piatti.

Dopo quella volta, la famiglia di Mi-ra trovò sempre più conforto in se stessa, grazie al contributo di ognuno. Non passò più giorno senza che Woo-cheol dicesse a Mi-ra che l'amava. Dapprima la cosa lo imbarazzava, quindi glielo scriveva per messaggio, ma ben presto la sera cominciò a dirle: «Hai lavorato duro oggi. Ti amo», prima di girarsi in fretta e prendere sonno.

Un piccolo sorriso apparve sul volto di Mi-ra mentre guardava il vaso dei pomodori. Il soggiorno e la cucina erano così affollati di scatoloni che non c'era spazio per muoversi, ma lei si sentiva comunque sollevata. *La nostra famiglia sarà sicuramente felice.* Con quella frase in mente, si preparava al trasloco.

Na-hee tornò a casa dopo la scuola. Si lavò le mani, rimise a posto lo zaino e non chiese cibo prima dell'ora di merenda. Era il suo modo di comportarsi da brava bambina.

«Mamma! Posso raccogliere i pomodori, oggi?» chiese a Mi-ra, dopo essersi cambiata da sola.

«Non vedi proprio l'ora di mangiarli, quei pomodori, eh?» rispose Mi-ra, che, seduta in soggiorno, stava continuando a preparare gli scatoloni.

«No, in realtà...»

«In realtà...?»

«Vorrei vedere Jindol. Non puoi raccogliere i pomodori e portarli al nonno? Così posso vedere Jindol. Il nonno ci ha scritto dove si trova la casa.» Da quel giorno, Na-hee aveva sempre accompagnato Mi-ra alla lavanderia. Portavano insieme la coperta dove la notte prima la bambina aveva disegnato una carta geografica con la pipì e ogni volta ribadiva il suo buon proposito: «Stanotte non la faccio più».

« Uhm, allora prepariamo un banchan coi pomodori e compriamo degli snack per Jindol? »

« Sì! »

Na-hee, che stava aspettando la risposta di Mi-ra, balzò in piedi.

Mi-ra colse un pomodoro dalla pianta e, quando Na-hee imparò come fare, seguì il suo esempio con un sorriso smagliante. Fece per metterne uno in bocca, ma si trattenne e lo ripose con gli altri nel cestino che teneva in mano. « Devo resistere. L'ho imparato ieri. I grandi mangiano all'orario. »

« Com'è brava la mia Na-hee. Proprio brava. Però dillo bene. »

« Gli adulti mangiano *a orario*! Sono brava, mamma? »

La voce entusiasta di Na-hee risuonò in tutta la casa. Anche mentre si vestiva, continuava a ripetere il nome di Jindol. Mi-ra sbollentò i pomodori, li pelò e li mise in una ciotola di acciaio inox. Aggiunse un cucchiaio di miele e due di aceto e mescolò il tutto con le mani. Dispose ordinatamente i pomodori conditi, dal profumo aspro e dolciastro, in un contenitore di vetro, sul quale Na-hee incollò un disegno a colori del signor Jang e Jindol.

Era l'inizio di maggio, ma faceva caldo come in piena estate. Mi-ra e Na-hee si diressero verso l'indirizzo segnato nel taccuino della lavanderia. A Yeonnam-dong era ormai raro trovare una casa che non fosse stata adibita a esercizio commerciale, quindi rintracciare quella del signor Jang si rivelò più facile del previsto.

Un lungo muro ai lati del cancello blu circondava la villetta, nel cui giardino crescevano alberi rigogliosi.

Mi-ra era di buonumore davanti al cancello. Quante case come quella ci saranno state a Hongdae? Ci si doveva sentire orgogliosi di essere riusciti a preservarle. Sopra il campanello era appesa una targhetta di legno con la scritta JANG YONG. Na-hee fece per suonare, ma Jindol la precedette abbaiando. Se il cane era a casa, doveva esserlo anche il signor Jang. Mi-ra tirò la catenella e guardò soddisfatta il sacchetto con i pomodori e gli snack di Jindol. Ma la risposta che aspettavano non arrivò. Sentirono solo il verso sempre più acuto del cane.

«Dove sarà? A quanto pare non è in casa...»

«Mamma, Jindol continua ad abbaiare!» disse Na-hee sbirciando attraverso la fessura del cancello. Poi si accovacciò per vedere meglio e gridò: «Mamma! Il nonno è disteso per terra!»

«Che cosa?»

Mi-ra batté sul cancello e chiamò il signor Jang. Na-hee la imitò.

«Nonno! Nonno!»

«Signore! Sta bene?»

Non c'era tempo per pensare. Mi-ra aveva paura che, se avesse ritardato, sarebbe potuto succedere qualcosa di grave. Prese il cellulare, chiamò il 119 e comunicò al centralino l'indirizzo della casa. L'ambulanza arrivò in meno di cinque minuti. I paramedici scavalcarono il muro e aprirono il cancello. Mi-ra e Na-hee entrarono dopo di loro.

Il signor Jang era per terra in giardino. Jindol continuava a toccargli la testa con la zampa anteriore e a premere sulla pancia per svegliarlo. Gli girava intorno e abbaiava rauco.

Il paramedico controllò il riflesso pupillare del signor Jang. «Sembra si tratti di un'emorragia cerebrale. Lo portiamo subito in ospedale. Lei è un familiare o un tutore?»

«Nessuno dei due... ma vengo con voi!»

Quando la sirena suonò nel vialetto, le auto si spostarono per far passare l'ambulanza. Mi-ra guardava agitata il signor Jang disteso sulla barella chiedendosi: *Da quanto tempo era per terra? Riprenderà i sensi? Non finirà male, vero?* Strinse forte la mano di Na-hee.

Il petto della bambina si sollevava e si abbassava dallo spavento. «Mamma, il nonno sta morendo?»

«No, no. Adesso lo portiamo in ospedale, così starà bene. Prega per lui.»

Non appena Mi-ra finì di parlare, Na-hee chiuse gli occhi, unì le mani e cominciò a sussurrare una preghiera con le piccole labbra.

«Ha il numero di telefono o un contatto del tutore?» chiese il paramedico.

«No.»

Mentre Mi-ra scuoteva la testa, il paramedico frugò nelle tasche del signor Jang. Per fortuna aveva una carta d'identità. Sapeva che, se gli fosse successo qualcosa, essendo solo, avrebbero dovuto prima di tutto identificarlo. Per questo teneva sempre il documento nella tasca posteriore dei pantaloni. Il paramedico lesse il nome e la data di nascita nel microfono della ricetrasmittente e aggiunse: «Per favore, verificate la sua identità e contattate il suo tutore». Il messaggio di risposta fu: «Abbiamo verificato l'identità. Non è stato possibile contattare il tutore». Mi-ra deglutì e promise a se stessa che quel giorno avrebbe vegliato lei sul signor Jang.

Il tempo trascorso in ambulanza sembrò interminabile, ma arrivarono al pronto soccorso in meno di dieci minuti. I paramedici estrassero la barella su cui giaceva il signor Jang e il personale che era in attesa la spinse d'urgenza verso la sala operatoria. Anche Mi-ra e Na-hee, per quel poco che potevano, unirono le forze per dare una mano.

Il signor Jang fu portato in sala operatoria. Ben presto si accese il segnale di operazione in corso e un medico in camice bianco arrivò correndo dall'estremità opposta del corridoio. Guardò Na-hee, che stava pregando, e Mi-ra, che era seduta con espressione ansiosa.

« Lei chi è? » chiese il dottore a Mi-ra in tono freddo.

« Oh, sono un tutore temporaneo... »

« Tutore temporaneo? »

Lesse il nome scritto sul camice di quell'uomo che si grattava la fronte ed emetteva un sospiro frustrato – CHIRURGO PLASTICO JANG DAE-JU – e intuì che doveva trattarsi del figlio del signor Jang.

« Siamo state noi a trovarlo. Era caduto disteso in giardino! » Na-hee si alzò dal suo posto e parlò con gli occhi spalancati.

« In giardino? Frequentate casa sua? »

« Be', ci siamo conosciuti nel quartiere e volevo portargli dei pomodori che ho preparato... »

L'uomo si passò le mani sul viso un paio di volte e poi alzò la testa. « Grazie. Dicono che sia stata una fortuna che l'abbiate scoperto in tempo. Io mi chiamo Jang Dae-ju, sono suo figlio. »

« Oh, meno male, sono contenta. »

Dae-ju era pallido in volto e fissava la sala operatoria. Mi-ra gli raccontò come si erano conosciuti, lei e il signor Jang. Dae-ju si diede la colpa pensando di essere responsabile del malore di suo padre. Non lo disse a

Mi-ra, ma a se stesso stringendosi il petto, che era stata colpa dei suoi piani.

Presto arrivò sua moglie. «Tesoro! Come sta tuo padre?»

«È in sala operatoria.»

«Ero a un incontro coi genitori nella scuola di Soo-chan e sono venuta subito dopo aver ricevuto la chiamata. Ho portato Soo-chan alla lezione d'inglese.»

Dae-ju presentò Mi-ra alla moglie, che la guardava con aria interrogativa. «Lei è la persona che ha trovato mio padre per terra. È una vicina del quartiere.»

«Salve. Grazie mille. Non è facile neppure per dei vicini intervenire in tempo...»

«Penso anch'io che siamo state fortunate», disse Mi-ra.

«Ora che sono qui io, lei può andare. Ha fatto già molto.»

«No, non me la sento di andare. Resto ancora un po'.» Sebbene fosse preoccupata per Jindol, che era rimasto da solo in giardino, Mi-ra aveva deciso di restare.

Dopo circa due ore, la porta della sala operatoria si aprì. Il medico disse che per fortuna era stato trovato in tempo e che l'intervento era andato bene; il signor Jang doveva solo riprendere conoscenza, non avrebbe avuto conseguenze. Dae-ju, sua moglie, Mi-ra e Na-hee tirarono un sospiro di sollievo. E Mi-ra sentì di poter tornare a casa in pace.

«Mamma! Il nonno starà bene perché abbiamo chiamato subito l'ambulanza, vero?» gridò Na-hee con voce squillante.

«Esatto, proprio così. Hanno detto che presto starà bene.»

«Mamma, ma Jindol è solo, chi gli darà da mangiare? Avrà fame...»

Era quasi l'ora di cena e Mi-ra si rivolse alla coppia con cautela. «Avrete certamente altro per la testa, ora, volete che andiamo noi a portare da mangiare a Jindol?»

«Le sarei molto grato se potesse farlo», rispose Daeju prontamente.

Ma sua moglie gli diede una gomitata. «Vuoi dare le chiavi a delle sconosciute?»

«Allora vuoi andarci tu?»

«No. Me ne sono andata nel bel mezzo dell'incontro coi genitori. Devo tornare a scuola al più presto.»

◎ ◎ ◎

Mi-ra e Na-hee erano di nuovo davanti al cancello blu. Dall'interno si udivano i lunghi guaiti di Jindol. Mi-ra inserì nella serratura la chiave che le aveva dato Daeju, le fece fare un mezzo giro e la porta si aprì con un *clic*. Na-hee restò a bocca aperta di fronte a quella villetta a due piani, come non ne aveva mai viste. «Wow, è una casa a due piani, mamma. C'è un'altra casa sopra la casa!»

«Sì, è una bella abitazione.»

«Sembra un castello dove vive una principessa!»

Jindol, che era rimasto dietro il cancello tutto il giorno, emise di nuovo un lungo ululato.

«Jindol, il nonno tornerà a casa presto.» Il cuore di Mi-ra si spezzò nel vedere il cane vagare intorno alla casa in cerca del padrone.

«Sì, Jindol. Il nonno tornerà sicuramente presto», disse Na-hee.

Mi-ra chiamò Dae-ju per dirgli che era arrivata, e ora avrebbe dato da mangiare a Jindol e se ne sarebbe andata. Lui rispose che intendeva sdebitarsi, ma lei replicò che era sufficiente il pensiero e riattaccò.

Digitò il codice d'ingresso che le aveva dato Dae-ju ed entrò. Quanto il giardino era ben tenuto, tanto l'interno della casa era arredato con gusto. Anche se si vedevano i segni del tempo, il bel divano in pelle e il tavolo da pranzo in legno attirarono la sua attenzione.

Al signor Jang quel tavolo piaceva particolarmente. Era in legno di noce ed era percorso da venature variegate, ma lisce e levigate. Lo schienale delle sedie era stupendo, come sormontato da una corona, anche se in alcuni punti presentava delle scalfitture.

La ciotola di Jindol era posta accanto al tavolo. Il signor Jang era stato molto premuroso a sceglierne una con la base ad altezza regolabile, dal momento che il cane era di taglia piuttosto grossa. Mi-ra aprì il sacchetto delle crocchette, riempì la ciotola e sostituì l'acqua. Jindol strofinò la testa sulla gamba di Na-hee e bevve di gusto.

«Mamma, Jindol avrà paura da solo. Non possiamo portarlo a casa nostra?»

Anche Mi-ra si sentiva in colpa a lasciare Jindol da solo in quella grande casa. Così chiamò Dae-ju e gli chiese se poteva portare Jindol a casa sua, e lui accettò prontamente.

Mi-ra, Na-hee e Jindol camminavano lungo il viale del parco di Yeonnam-dong. Mi-ra teneva il guinzaglio e Na-hee il sacchetto di crocchette. Dopo aver pianto a lungo, Jindol si era sentito rassicurato dalle carezze di Mi-ra e l'aveva seguita volentieri. L'aria calda avvolgeva tutti e tre.

«Mamma, sei brava a tenere il guinzaglio. Pensavo che non sapessi farlo», disse Na-hee, come affascinata dalla cosa.

«Da giovane, anche la mamma ha avuto un cane jindo bianco così, sai? La casa in cui vivevo da bambina aveva un giardino come quello del signor Jang, perciò potevamo tenerlo. L'aveva portato il nonno di Busan e i suoi occhi erano neri e scintillanti come quelli di Jindol.»

«Davvero? Ma perché non lo prendiamo anche noi un cucciolo?»

«Vorresti un cucciolo?»

«Sì! Ji-hoo si vanta del suo cane e gli ho detto che anch'io ne avrò uno, ma lui mi prende in giro e dice che non è vero, perché casa nostra è troppo piccola. È vero che casa nostra è troppo piccola per un cane?»

Mi-ra si fermò e si accovacciò per guardare negli occhi Na-hee. «Ji-hoo ti ha detto così?»

«Sì! Io gli ho detto che non era vero, allora lui mi ha spinto!»

«...»

«E allora anch'io l'ho colpito. Mi hai detto che devo andare d'accordo coi compagni. Scusa, mamma.»

«Perdona tu la mamma. Mi dispiace di non averti creduto. Davvero Ji-hoo ti ha colpita?»

«Sì, quando eravamo sotto lo scivolo. E io ero triste perché nessuno mi credeva. Non è giusto!»

Mi-ra abbracciò Na-hee. Sentì il suo piccolo petto gonfiarsi e poi emettere un sospiro, come se stesse ricordando l'ingiustizia subita.

Jindol strofinò il muso sulla schiena di Mi-ra. Il corpo di Jindol era caldo quanto quello di un umano.

◎ ◎ ◎

Il signor Jang si svegliò dopo un lungo sonno. Non appena ebbe riaperto gli occhi, la prima cosa che gli venne in mente fu Jindol. Il suo ultimo ricordo prima di perdere conoscenza era stato Jindol che saltava su e giù dal suo corpo e abbaiava rumorosamente. Dae-ju raccontò al signor Jang che Mi-ra lo aveva trovato in tempo, quindi per fortuna l'intervento era andato bene e non c'erano state conseguenze importanti. Aggiunse che, se non fosse stato per lei, sarebbe potuto finire male. Il signor Jang si sentì sollevato quando seppe che anche Jindol era sotto le cure di Mi-ra.

Dae-ju aveva fatto in modo di procurarsi una stanza singola in ospedale, così da non lasciare da solo il signor Jang, come a casa. Il signor Jang fece schioccare la lingua, pensando che i figli davvero non sapevano cosa provavano i genitori. Non solo non poteva tenere Jindol con sé, ma lì dentro non aveva nessuno con cui parlare e c'era così tanto silenzio che poteva persino sentire gli spruzzi d'acqua dell'umidificatore.

Tuttavia, l'atteggiamento di Dae-ju era cambiato. Aveva un carattere difficile, quindi non si perdeva molto in chiacchiere, ma faceva sempre visita al signor Jang durante l'ora dei pasti.

Quel giorno andò a trovarlo anche Mi-ra. Il signor Jang era in piedi davanti al lavandino. Si era bagnato le mani con l'acqua e si era pettinato il ciuffo di lato. Poiché non aveva nessuno che lo accudisse, si era dovuto lavare i capelli in quel modo.

Toc toc.

«Avanti.»

La porta si aprì ed entrarono Mi-ra, con in mano una confezione di bevande, e Na-hee, con un sorriso smagliante. «Nonno! Stai bene adesso?»

«Ci vediamo anche qui.»

«Buongiorno, signor Jang. Si sente un po' meglio?»

Sedettero tutti e tre intorno al tavolo rotondo accanto al letto. Mi-ra non riuscì a nascondere la tristezza nel vedere il signor Jang così magro, dopo tre settimane d'ospedale. Tuttavia era contenta, perché la sua convalescenza procedeva bene.

«La ringrazio per essersi presa cura di Jindol. Ha bisogno di andare spesso a fare passeggiate per i bisogni.»

«Ci sto pensando io. Quando andiamo a passeggiare a Yeonnam-dong, Jindol fa i bisogni. Io metto i guanti, li raccolgo, li chiudo in un sacchetto e li butto via quando torno a casa», disse Na-hee.

«Sei diventata una padroncina perfetta. Grazie.»

«Anche Jindol è contento!» Na-hee fece un sorriso smagliante, mostrando i denti tra le labbra.

«Quando pensa che sarà dimesso dall'ospedale? Presto dovremo trasferirci», disse Mi-ra con cautela.

«Volevo proprio parlarle di questa faccenda.»

«Sì?»

«Sembrava molto turbata quando ha scritto che se ne sarebbe andata.»

«Purtroppo non ho scelta...» Mi-ra abbassò lo sguardo e fissò la bottiglia di succo di mela sul tavolo.

Il signor Jang parlò come se avesse preso una decisione. «Che ne dice di sistemare casa mia e venire a stare lì?»

«Eh?» Sorpresa da quella proposta inattesa, Mi-ra guardò Na-hee.

«Mamma! A me piace moltissimo! C'è il giardino e c'è anche Jindol!»

«La mia casa ha tre stanze al pianterreno e tre al primo piano. Di sopra ci sono un bagno, una cucina e un soggiorno. Il sogno di mia moglie era vivere nella stessa casa con nostro figlio, quando si fosse sposato. Così al piano superiore avevamo predisposto la caldaia, il bagno, e montato infissi della più alta qualità per l'epoca.»

«Però come possiamo...»

«Trasformiamo il vano della scala che porta dal pianterreno al primo piano in lavanderia e costruiamo una scala esterna. Dato che dovrà usarla anche Na-hee, magari non la facciamo troppo ripida. Non avete già versato un acconto per la casa in cui pensavate di trasferirvi, vero?»

«Avevo intenzione di rivederla un'ultima volta oggi, prima di prendere una decisione...»

Il signor Jang diede una pacca sul tavolo e il volto gli si illuminò in un largo sorriso. «Benissimo, allora!»

«No. La ringrazio per il pensiero, ma non posso accettare.»

«Mio figlio mi ha detto che non ha nemmeno accettato una ricompensa e che per lei bastava il pensiero. Al giorno d'oggi, le persone amano le cose materiali più del loro cuore, ma ho l'impressione che lei venga da un'epoca passata. Quindi, visto che ascolta le parole degli anziani, ora ascolti me. I lavori di ristrutturazione non richiederanno più di due settimane. Oggi ho ricevuto tutti i preventivi dallo studio di architettura che mi ha presentato mio figlio. Lo consideri un mio desiderio, mia salvatrice.»

Il signor Jang posò una mano sulla spalla di Mi-ra, che teneva ancora la testa abbassata in segno di rispetto.

«Da tempo dicevo a mia moglie che avremmo dovuto avere una figlia femmina perché, soltanto con un figlio maschio, in vecchiaia ci saremmo sentiti soli. E ora ho guadagnato una figlia e anche una nipote.»

«Grazie.» Le lacrime di Mi-ra caddero sul tavolo rotondo. Era come se avesse trovato il suo faro in un mare buio e desolato. Tirò un forte sospiro. In quel momento tutta la tensione che si era accumulata nella sua testa fu alleviata di colpo. «Grazie.»

Coi primi giorni dell'estate, tutti i pomodori dell'aiuola erano diventati rossi. Il signor Jang e Woo-cheol, con indosso cappelli di paglia, stavano dando il fertilizzante agli alberi e ai fiori del giardino, in particolare ai giuggioli.

Woo-cheol si deterse il sudore con l'asciugamano che teneva intorno al collo. «Signore, quando arriva l'autunno, prepariamo il tè con le foglie del giuggiolo e lo beviamo insieme?»

«Il tè di giuggiolo è ottimo, ma se si fanno seccare le giuggiole e le si mescola con la radice di angelica gigante, di angelica inginocchiata e con altri ingredienti si può preparare lo ssanghwa-tang, che è ottimo da bere caldo in inverno. Dicono che sciolga tutta la fatica!»

«Lo ssanghwa-tang con le giuggiole?»

«Le giuggiole di casa nostra sono particolarmente dolci. Così addolcito e bevuto caldo, lo ssanghwa-tang è un toccasana contro il raffreddore.»

«Anche lei non vede l'ora che arrivi l'inverno, eh?»

Mentre sul volto del signor Jang si disegnava un sorriso felice, si udì la voce di Na-hee scendere dal piano di sopra. «Nonno, riposati un minuto e vieni a mangiare qualcosa.»

Mi-ra portò una frittella di calamari, gamberetti e vongole cosparsa di erba cipollina e una bottiglia di makgeolli, e dispose tutto sul tavolo. «Woo-cheol, vieni anche tu.»

«In effetti volevo proprio bere un po' di makgeolli... Rinfreschiamoci con un bicchiere.»

Il cellulare che il signor Jang teneva in tasca squillò. Era una chiamata dall'America. Quando premette il pulsante di risposta vide il volto di Soo-chan.

«Nonno! Mi manchi. Non vedo l'ora di venire a casa tua, durante le vacanze, a giocare con Jindol. *I miss you, granpa.*»

Il signor Jang annuì con un gran sorriso.

Quando Jindol sentì Soo-chan chiamare il suo nome, si avvicinò al tavolo e si mise seduto.

Qualcuno suonò al cancello. Mi-ra si affacciò ed esclamò felice: «Mamma, sei tu?»

«Oh, è venuto anche papà», disse Woo-cheol.

«Hanno deciso di venire per festeggiare la fine della terapia di papà.»

«Che bella notizia! Anch'io voglio conoscerli e salutarli.» Il signor Jang si alzò e si aggiustò i vestiti.

Mi-ra aprì la porta. Quando i suoi genitori entrarono, Jindol abbaiò, andò loro incontro con un balzo e girò intorno a entrambi scodinzolando.

«Oh, cielo, siete le persone che mi hanno dato un passaggio in taxi quella volta...»

«Oddio, è vero. Il cucciolo con la zampa ferita!»

«Che incredibile coincidenza! Jindol, sono arrivati i benefattori che ti hanno salvato la vita.»

«No, ma quali benefattori! È lei a essere il benefattore di nostra figlia, per averle affittato questa bella casa a quel prezzo...»

Il padre di Mi-ra, accanto alla moglie che si stava asciugando le lacrime, disse: «Bene, allora non perdiamoci in chiacchiere. Questo pesce lo abbiamo portato da Busan. È fresco fresco, quindi mangiamolo tutti insieme. Oh, guarda, c'è pure il makgeolli».

Anche Jindol li seguì fino al tavolo, scodinzolando. Le coperte, appese allo stendibiancheria poco distante, emanavano il profumo dell'ammorbidente della lavanderia Binggul Bunggul di Yeonnam-dong.

Quel profumo portato dal vento ricordò d'improvviso al signor Jang il volto dell'uomo disegnato nel taccuino verde chiaro. *Sono sicuro che ci siamo già incontrati da qualche parte...*

II

AMORE DI MEZZ'ESTATE

Nello studio tutto quanto era in ordine e senza un granello di polvere. Entrò e per prima cosa aprì la finestra dell'ingresso, poi quella della cucina adiacente. L'aria dell'alba d'inizio estate penetrò da entrambi i lati e le correnti s'incontrarono al centro. Il vento lambiva ogni angolo dello studio, diffondendo il profumo dei fiori di lillà che sbocciavano lungo il viale del parco. Con le finestre aperte, gli ambienti profumavano senza il bisogno di deodoranti.

Scaffali bassi correvano lungo una parete della sala, pieni di libri e di copioni rilegati in rosso, giallo e blu. Anche se il rivestimento della copertina era usurato e la carta spessa e arricciata, si trattava di una raccolta di titoli di successo, accumulata con cura e dedizione. Su una copertina colse di sfuggita la scritta in grassetto: «Sceneggiatura di Oh Kyung-hee». Yeo-reum si sedette alla scrivania davanti alla finestra da cui entrava il vento estivo. Sì. Quella era la postazione dell'assistente sceneggiatrice Han Yeo-reum.

Più tardi, prese dalla veranda uno straccio che si era perfettamente asciugato al sole ed entrò nella stanza più grande, dove c'era lo spazio di lavoro dell'autrice Kyung-hee: una poltrona in pelle beige, con lo schienale addossato a una tenda bianca, e una grande scrivania grigio tortora su cui erano posizionati un computer portatile bianco, una lampada dello stesso colore con cinque livelli di luminosità e un portapenne in ceramica anch'esso bianco, che conteneva tre matite con la gomma incorporata e la mina appuntita.

Eliminò delicatamente la polvere dal monitor e dal coperchio in plastica che copriva la tastiera collegata al portatile. Tolse il coperchio e pulì i tasti prima con un panno umido, poi con uno asciutto, perché non rimanessero tracce d'acqua.

«Yeo-reum, sei già qui?» disse, entrando, la famosa autrice, una donna di mezza età vestita in jeans e camicia bianca.

«Sì! Vedo che anche lei è mattiniera.»

«Oggi mi sono svegliata presto e sono venuta qui prima. Ho comprato delle brioche in una pasticceria lungo la strada, facciamo colazione insieme?»

Kyung-hee diede a Yeo-reum un sacchetto di plastica trasparente contenente vari tipi di brioche.

«Wow, sono croissant?»

«Ti piacciono i croissant, vero? Dicono che in questo posto li facciano particolarmente buoni.»

«Grazie. Vuole bere qualcosa? Preparo il caffè?»

«Sì, dai, facciamo una pausa caffè tutte insieme.»

Yeo-reum si diresse in cucina.

Kyung-hee era stata messa sotto contratto all'età di trentatré anni e da allora aveva inanellato un successo dopo l'altro ogni tre anni. Era un'autrice di punta e s'interfacciava direttamente col direttore di produzione dell'emittente. Dato che riceveva un anticipo e delle royalties consistenti per ogni sceneggiatura, aveva pensato di aprire uno studio a Gangnam, ma poi si era detta che l'atmosfera residenziale di Hongdae era molto meglio. In particolare, Yeonnam-dong la faceva sentire più giovane perché era pieno di ragazze e ragazzi che incrociava lungo il tragitto. Inoltre, per lei, era una fonte d'ispirazione.

Yeo-reum ammirava Kyung-hee, perché le sue sceneggiature erano potenti e originali. Anche quando trattavano argomenti banali o quotidiani, celavano una sapienza narrativa in grado di far emergere persino le emozioni più delicate. Tuttavia la sua ossessione rendeva la vita difficile non solo a Yeo-reum, ma anche alle altre due assistenti, al punto che, scimmiottando il nome del celebre stilista André Kim, tra di loro avevano preso a chiamarla André Kyung-hee, per via dei suoi gusti in fatto di vestiti e arredamento, contraddistinti da una smaccata predilezione per il bianco, simbolo di purezza e innocenza.

Yeo-reum estrasse dal sacchetto un croissant semplice, uno al burro e marmellata d'arance e uno alla panna montata e fragole, li porzionò con un coltello e li dispose su un vassoio bianco orlato di fiocchi blu. Portò il vassoio sul tavolo, versò nelle tazze le bustine di caffè solubile alla nocciola e le riempì di acqua bollente.

Mentre il profumo del caffè si diffondeva nell'aria, Kyung-hee uscì dalla sua stanza e si sedette al tavolo. «Che buon profumo. Hai partecipato al concorso anche tu, vero?» disse mentre raccoglieva in un tovagliolo bianco le briciole cadute dal croissant.

«Sì, ma non so bene come sia andata...» Yeo-reum aveva una voce sconfortata, diversa dal solito.

«Tu sei un germoglio. Vedrai che, passata la brutta stagione, fiorirai.»

«La ringrazio, negli ultimi giorni mi sono sentita un po' in ansia e giù di morale.»

«La primavera quest'anno sta arrivando prima del solito e sento che tu fiorirai con lei. Ma, prima della primavera, c'è sempre l'ultima coda di freddo invernale. L'importante è che tu non ti lasci scoraggiare dal freddo. Va bene?» Kyung-hee la guardò con intensità.

Yeo-reum diede un grosso morso al croissant con la panna. «È delizioso.»

«Mangialo pure tutto. Probabilmente ti chiameranno oggi o domani. Devi mostrarti sicura, qualunque sia il risultato», disse Kyung-hee con quel caratteristico sorriso che le arricciava la punta del naso.

Quel giorno i candidati selezionati sarebbero stati convocati per un colloquio prima della pubblicazione dei risultati sul sito dell'emittente. Sebbene la procedura fosse segreta, qualcuno aveva scritto in un gruppo condiviso di aver già affrontato il colloquio in passato e che era durato circa un'ora. Yeo-reum si tolse il croissant di bocca e guardò il telefono. Di solito suonava di continuo per l'arrivo di notifiche relative a sondaggi d'opinione, addebiti di rate di abbonamenti o mutui, e persino i numeri vincenti della lotteria settimanale, ma quel giorno non aveva squillato neppure una volta.

Yeo-reum non stava nella pelle. Andava avanti e indietro dal bagno e non smetteva di guardare l'orologio. Lo stesso valeva per le altre assistenti.

In quel momento uno dei tre cellulari sulla scrivania vibrò. Era il suo! Stava ricevendo una chiamata da un numero che iniziava col prefisso 02. *Che zona di Seul è? Yeouido o Sangam-dong? Saranno sicuramente quelli dell'emittente.* Si schiarì la voce e rispose: «Pronto?»

«Sì, questo è l'ufficio del procuratore del distretto occidentale. Da verifiche ci risulta che sia stato aperto un conto corrente bancario intestato alla signora Han Yeo-reum, utilizzato per commettere frodi finanziarie.»

Questa storia, secondo cui aveva un conto in banca pieno di soldi, le giungeva nuova. Le sarebbe sembrata molto più credibile una telefonata di qualcuno che le chiedeva soldi per il conto della cena a base di samgyeopsal che si era dimenticata di pagare la sera prima, dopo essersi ubriacata. L'adrenalina di quell'attesa le aguzzò l'ingegno. «Riattacca, prima che te la faccia vedere io, l'operazione illegale», disse con tono basso e pacato. La persona all'altro capo del telefono, che parlava con accento cinese, fu colta di sorpresa e Yeo-reum interruppe bruscamente la chiamata. Le altre la guardavano con aria interrogativa, ma lei si vergognò di ammettere che si trattava di un tentativo di phishing.

In quel momento squillò un altro dei cellulari sul tavolo.

«Pronto? Grazie! Grazie davvero!» Mi-jin, che era seduta di fronte a lei, continuava a chinare la testa tenendo il telefono vicino all'orecchio, poi mise giù.

«Erano quelli dell'emittente?» chiese Yeo-reum.

Mi-jin annuì e sfoggiò un sorriso smagliante. «Sì. Chiameranno presto anche te. Penso che abbiano iniziato ora il giro di telefonate. Non vedo l'ora di dirlo ai miei genitori.»

«Sì, chiamali subito. Saranno felicissimi.»

Yeo-reum sorrise, nascondendo l'invidia.

«Brava, Mi-jin.» Bo-young si congratulò con un'espressione triste.

«Bo-young, tieni anche tu il telefono vicino. Vedrai che ti chiameranno presto.» Mi-jin sorrise e andò in bagno.

Yeo-reum provò invidia nel sentire le risate che provenivano da oltre la porta. La gioia della madre, l'orgoglio del padre: non sentiva le loro parole, ma era come se risuonassero dentro di lei. *Ottimo. È fantastico. Hai lavorato così duramente e alla fine è andata bene. Buon per te. Sapevamo che ce l'avresti fatta. Avremmo scommesso 2000 a 1 che lo avresti superato.*

Il telefono non squillò più e Kyung-hee tornò nella sua stanza. Chiamò Mi-jin, si congratulò e le diede un premio in denaro. Le disse di mangiare fuori con la sua famiglia e di mandarle una foto che immortalasse l'uscita. Per ulteriore premura nei suoi confronti, le disse che era sufficiente che venisse a lavorare solo fino a che non fosse arrivato un sostituto.

Dopo che tutti se ne furono andati, Kyung-hee si avvicinò alla scrivania di Yeo-reum. «Ci sono giorni in cui è più dura. Abbi pazienza e non rimuginarci troppo o impazzirai.» Accarezzò caldamente la spalla di Yeo-reum e tornò nella sua stanza.

Yeo-reum rimase in silenzio e si alzò. Anche se nessuno glielo aveva chiesto, prese l'iniziativa di portare a lavare le tende bianche dell'ingresso. Mentre ne staccava una, si punse con uno spillo. Si succhiò il sangue dall'anulare e uscì.

Anche quel giorno Yeonnam-dong era pieno di vita. Lasciato lo studio, Yeo-reum si guardò intorno. Vide una coppia che si era data appuntamento nel parco, un uomo con un mazzo di fiori in mano e un anziano signore a passeggio con un cane bianco di razza jindo. C'erano sorrisi sui volti delle persone. *Sono tutti felici tranne me. Pensavo che questa volta ce l'avrei fatta...* Le lacrime le salirono agli occhi, ma Yeo-reum guardò avanti e camminò con passo deciso, reggendo le tende piegate ordinatamente in una borsa eco per la spesa.

Come ogni volta che entrava nella lavanderia Binggul Bunggul di Yeonnam-dong, si sentì subito molto meglio grazie al profumo avvolgente e delicato dell'ammorbidente, che sapeva di cotone e lavanda. Si fermò davanti al display della cassa, selezionò una lavatrice e pagò con la carta che Kyung-hee metteva a disposizione per le spese dello studio, gli snack, il bucato e così via. Ma, nell'osservare i volti sorridenti dei passanti attraverso la vetrina, di nuovo si rattristò. *Dicono che gli sceneggiatori di serie TV dovrebbero amare gli esseri umani e scrivere di loro, ma io credo di non essere ancora in grado di farlo, sono troppo concentrata su me stessa.*

Yeo-reum fissava il vuoto con occhi cupi di infelicità. Era ormai assistente da cinque anni e una collega che scriveva da meno di due era stata assunta prima di lei... Per di più si vergognava di quella stupida invidia, che le impediva di congratularsi sinceramente.

Notò il taccuino posto sul tavolo. *C'era anche la volta scorsa, non se lo sono ancora ripreso,* pensò aprendolo. Sulle pagine erano stati annotati diversi messaggi. Qualcuno aveva scritto che non voleva più vivere, qualcun altro consigliava di coltivare piante. A catturare la sua attenzione, però, fu una grafia malferma come quella di un bambino, ma che con tutta probabilità apparteneva a un adulto.

> Sono così stanco di suonare per strada senza pubblico. Quale brano dovrei cantare affinché alle persone arrivi la mia voce?

Provava uno strano senso di affinità con quella persona che suonava per strada senza pubblico. Un cantante che canta brani che nessuno ascolta è come un romanziere che scrive senza avere lettori o uno sceneggiatore le cui storie non passeranno mai sugli schermi. Yeoreum sospirò e annotò sul taccuino la canzone che avrebbe voluto ascoltare in quel momento.

> Anche se non si addice a questo rigoglioso inizio di stagione, che ne dici di cantare *Camminiamo insieme*? Per me questa giornata così calda è più fredda dell'inverno. È proprio una di quelle giornate in cui vorrei che qualcuno camminasse con me. Una giornata triste in cui mi sento smarrita, in cui non so più se la strada che ho intrapreso è giusta e se, continuando a percorrerla, arriverò mai dove desidero.
> La fatina delle canzoni

Mentre si firmava « La fatina delle canzoni », le venne da ridere. Si vedeva tutt'altro che piccola e preziosa come una fatina. *Ma sì, che te ne importa!* Sorrise innocentemente. Ogni volta che confidava i suoi sentimenti a qualcuno che si trovava nella sua stessa situazione, stranamente si sentiva confortata, come dopo aver gustato una ciotola di bibimbap. Era come se quella persona fosse dalla sua parte.

Rientrò nello studio, ma non c'era più nessuno. Riappese le tende pulite canticchiando *Camminiamo insieme* per cercare di alleviare lo sconforto. Come le aveva consigliato Kyung-hee quella mattina, uscì dallo studio ripromettendosi di non lasciarsi scoraggiare dalle circostanze.

Fuori era quasi buio, ma il fogliame ondeggiante di quegli alberi di cui non conosceva il nome rendeva l'atmosfera radiosa. Da Yeonnam-dong, superò l'incrocio di Donggyo-dong e proseguì verso la stazione della metropolitana di Sinchon. Ma, per qualche ragione, quel giorno aveva voglia di camminare un po' di più, così si diresse verso la piazza di fianco al grande magazzino Hyundai.

Intorno alla scultura rossa a forma di periscopio, un gruppo di sette ragazzi ballava la break dance al ritmo della musica che proveniva a tutto volume da un amplificatore da battaglia. I passanti, tutti in cerchio, applaudivano e li riprendevano coi telefonini, e i b-boy, incitati dagli applausi, si cimentavano in evoluzioni sempre più veloci e complesse. Mentre si faceva spazio tra la gente, Yeo-reum udì una melodia modulata dalla voce grave di un cantante. Seguì quel motivo calmo e caloroso che emergeva in mezzo ai forti applausi e, come ipnotizzata, arrivò davanti all'uscita 3 della fermata della metropolitana di Sinchon.

Camminiamo insieme, camminiamo insieme stasera, camminiamo sino alla fine guardando le stelle cadenti, io sarò sempre al tuo fianco.

La canzone che era venuta in mente a Yeo-reum adesso era eseguita dalla viva voce di qualcuno. Un cantante che, con un microfono e un piccolo amplificatore, si accompagnava alla chitarra. Un cartello sulla custodia vuota pubblicizzava il nome del suo canale YouTube: HA-JUN.

Yeo-reum non poté fare a meno di fermarsi ad ascoltarlo. Come se la scena si fosse congelata, restò immobile finché l'uomo non finì di cantare. Nella sua mente, invece, scorrevano veloci le immagini di quel giorno e di tutti i precedenti in cui era rimasta davanti al portatile fino all'alba a scrivere la sceneggiatura per il concorso. Le lacrime le inondarono il viso. Le asciugò in fretta con la mano e, come tornata in sé, prese dalla borsa un portafoglio rosso che le era stato regalato con dentro una banconota da diecimila won che, si diceva, avrebbe portato altri soldi. Voleva ripagare Ha-jun per quei minuti di conforto che la sua voce le aveva donato e offrirgli un piccolo contributo.

C'è qualcuno qui che vuole camminare con te! Mentre si avvicinava alla custodia aperta per lasciare la banconota, mille pensieri le attraversarono la mente. Pensò che diecimila won erano sufficienti per trenta takoyaki, tre panini del minimarket e la corsa in taxi per tornare a casa nei giorni più difficili, dopo aver lavorato tutta la notte. Fu colta da un'esitazione e la mano indugiò. *In fondo sono diecimila won. Non sono centomila né un milione. Sono solo diecimila! Aiutare gli artisti squattrinati è qualcosa di cui andare orgogliosi! Sì, però non devi buttare via i soldi solo perché quel tipo ti affascina!*

Soffiava un vento calmo. Vedendo Yeo-reum tentennare, Ha-jun soffermò lo sguardo su di lei. *Che c'è? Faccio tanta paura? Non sono poi così brutto.* Lei si sentì quasi un po' offesa, ma tutto svanì quando vide da vicino Ha-jun cantare con le sue belle labbra sotto il naso affilato. Sentì il suo cuore ridestarsi.

Chiuse forte gli occhi e mise la banconota nella custodia della chitarra. Ha-jun posò di nuovo lo sguardo su di lei e chinò la testa per ringraziarla. Poi lo riportò verso il marciapiede vuoto, e il cuore di Yeo-reum parve sprofondare. Per paura che notasse il rossore che le aveva invaso le guance, girò i tacchi e corse dritta alla stazione di Sinchon. Il cuore le batteva forte, ma non era tutta colpa della fatica. *Wow, che caldo. Wow, perché il cuore mi batte così? Ma perché parlo da sola?*

Si fece vento al viso con la mano e, quando accostò il portafoglio per oltrepassare il tornello, udì un segnale acustico e vide comparire il messaggio: «Credito insufficiente».

«Eh? Che cosa significa?»

Yeo-reum provò con un'altra carta, ma neanche quella funzionò. Allora aprì rapidamente l'app del suo conto online per verificare. Esattamente quel pomeriggio, più o meno nel momento in cui Mi-jin aveva ricevuto la telefonata che le comunicava di aver vinto il concorso per l'emittente televisiva, le erano state addebitate le spese per il tteokbokki, il samgyeopsal, il pollo e le bevande alcoliche che aveva consumato il mese precedente, e ora il conto risultava prosciugato. *Ah, Han Yeo-reum, hai mangiato veramente tanto.*

C'era una rimanenza di appena novecento won. Per fortuna aveva tenuto in un cassetto della scrivania un assegno per le emergenze... Pensò di chiamare sua madre e chiederle di farle un bonifico istantaneo, ma il cellulare continuava a notificarle che era quasi scarico. *Eh? Non mi fare questo. No, per favore...*

Il cuore le batteva più forte di quando aveva stabilito un contatto visivo con Ha-jun. Premette il pulsante di accensione del cellulare, ma con suo grande sconforto il logo Apple non apparve sullo schermo. Cercò una cabina telefonica, tuttavia erano diventate così rare che ormai si trovavano solo nei musei. Fermò tre diversi passanti e chiese loro di prestarle il telefono per una chiamata d'emergenza, ma tutti e tre rifiutarono. Non le restava altra scelta, così risalì di nuovo le scale.

Va bene, invece di riprendermi tutti i soldi, chiederò indietro solo cinquemila won. In pratica recupero il resto. Ebbene sì. Succedono anche cose del genere. Ah, che vergogna...

Uscì dalla stazione della metropolitana coi capelli arruffati e vide Ha-jun che continuava a cantare senza pubblico. Deglutì rumorosamente e si avvicinò piano alla custodia della chitarra. Nel vederla ricomparire, Ha-jun sorrise e manifestò il suo compiacimento. Anche Yeo-reum sorrise goffamente, poi si chinò, prese cinquemila won dalla custodia e fece per andarsene.

Ha-jun smise di cantare e, colto alla sprovvista, gridò nel microfono: «Ehi, tu! Lascia stare i miei soldi!»

La gente smise di camminare e formò un capannello.

Yeo-reum si fermò, si voltò e parlò balbettando, incapace persino di alzare il capo per l'imbarazzo. «Scusa. Prima ho messo troppi soldi senza controllare quanto mi fosse rimasto... Per favore, fai finta che sia il resto!»

«Cosa? Anche se la canzone non ti è piaciuta, non esiste che mi dai i soldi e poi te li riprendi... Ma, poi, era così brutta?»

Yeo-reum strizzò gli occhi, affranta. «Il mese scorso ho speso un sacco di soldi in cibo e alcol e ho prosciugato il conto. Ti ho dato diecimila won senza accorgermi che ero rimasta a secco. Peccato che adesso non ho neppure due spicci per prendere la metropolitana e tornare a casa. Ma non voglio riprendermi tutto quello che ti ho dato, solo cinquemila won. E non perché la canzone non valga!»

Ha-jun comprese la situazione e annuì con un sorriso, come deliziato dall'onestà e dal coraggio della ragazza. Le persone intorno scoppiarono a ridere e lei, piena d'imbarazzo, tornò alla stazione della metropolitana coi cinquemila won in mano.

Ha-jun aprì la porta della piccola mansarda posta all'angolo di una traversa di Yeonnam-dong e uscì sul pianerottolo. La sua figura, sotto la luce del sole, era smagliante come quella del protagonista di un drama per adolescenti. Non si poteva dire lo stesso della mansarda, che non aveva le file di lampadine colorate come quelle dei bar, né una panca liscia e comoda su cui sedersi a suonare romanticamente la chitarra. Di liscio e comodo c'era ben poco in quella vecchia panca che fungeva anche da tavolo e che, a sedertici sopra, ti trafiggeva di schegge il sedere.

Nella lavanderia incontrò Se-woong, che aveva incrociato anche il giorno prima al bar karaoke hawaiano. Aveva cantato con una voce così stentorea *You Don't Know Man* di Buzz, che lui lo aveva sentito dall'altra stanza. Se-woong lo riconobbe e lo salutò per primo con un inchino. Ha-jun sorrise imbarazzato e ricambiò.

Pochi giorni prima, Se-woong aveva restituito il tesserino da dipendente e aveva lasciato l'azienda dove lavorava ormai da diversi anni. A dirla tutta, era stato costretto a lasciarla. Potrebbe sembrare eccessivo che un impiegato venga licenziato per aver digitato male dei numeri, ma Se-woong lavorava in una società d'investimenti. L'attenzione richiesta per le sue mansioni era massima e il suo capo non smetteva di ripetergli di ricontrollare tutto due volte. Così, da impiegato in una società d'investimenti, si era ritrovato a ingrossare le file dei disoccupati, e ora trascorreva il tempo cantando nel bar karaoke e facendo il bucato nella lavanderia self-service.

Un po' titubante, lasciò la lavanderia a mani vuote e si diresse verso la stanza 201 di Shineville.

Non ha fatto il bucato? Ha-jun inclinò la testa, premette il pulsante con un movimento familiare della mano e selezionò i profumati fogli di ammorbidente tipici della lavanderia.

Vide l'acqua tiepida salire attraverso l'oblò e le prime bolle comparire dopo che i vestiti erano stati cullati nel cestello diverse volte. Quello era il momento in cui veniva rilasciato il detersivo. Solo a quel punto, come finalmente sollevato, Ha-jun si sedette al tavolo e aprì il taccuino verde chiaro. Quando, sotto il suo, lesse il messaggio che gli suggeriva di cantare *Camminiamo insieme*, si ricordò della ragazza che aveva incontrato la sera prima. Non conosceva né il nome né l'età, ma solo il viso. E ripensando all'episodio dei soldi scoppiò a ridere. *Spero che sia tornata a casa sana e salva. Ma come si fa a non avere neppure cinquemila won?*

Bip bip. Proprio in quel momento gli arrivò un messaggio sul cellulare. Era la banca che gli comunicava l'addebito sulla carta di credito.

Eccolo qui un altro squattrinato. Ha-jun sorrise amaramente e cliccò sull'app di YouTube. Aprì il suo canale per controllare il numero degli iscritti, ma era fermo a dodici. Eppure il giorno prima si era esibito per strada. Se i follower non crescevano, evidentemente doveva esserci un problema con la sua voce, con la scelta delle canzoni, oppure la verità era che non aveva affatto la stoffa del cantante. Mentre rimuginava sul suo insuccesso, il numero dei follower aumentò di uno e gli occhi gli brillarono. *Sì! Un follower oggi, uno domani, e prima o poi anch'io riceverò la targa d'argento! Avanti, venite! Così, presto potrò trasferirmi in un appartamento con l'aria condizionata!*

Pieno di entusiasmo, aprì il taccuino verde chiaro e scrisse un messaggio di risposta alla persona che gli aveva consigliato il pezzo da cantare firmandosi «La fatina delle canzoni».

> Alcune estati sono vivaci, altre emozionanti. Ma anche per me l'estate è crudele. Le notti afose e insonni di Seul ti fanno sentire perso, come un pesce azzurro che, dopo aver sempre vissuto in acque fredde, arriva in una città enorme e sfavillante senza avere la minima idea di dove andare.
>
> Ma, grazie alla fatina delle canzoni, finalmente ieri ho cantato un pezzo che mi ha soddisfatto. Grazie per avermi fatto conoscere la gioia di cantare un brano che mi rappresenta, anziché una canzone popolare. Inoltre ieri, nel pubblico, c'erano persone davvero simpatiche. Se avrò occasione d'incontrarti, mi piacerebbe raccontarti l'episodio che mi è capitato. Grazie ancora, mia fatina delle canzoni!

Yeo-reum stava guardando il posto vuoto lasciato da Mi-jin, dopo che aveva vinto il concorso. L'assistente che avrebbe dovuto sostituirla, dopo appena pochi giorni, non era riuscita a reggere la fatica e a nascondere le occhiaie, così ormai non si faceva vedere da due giorni. *Ebbene sì. Scrivere è una prova di resistenza*, si disse Yeo-reum mentre mangiava del cioccolato alla propria scrivania. *Il cioccolato fondente al cento per cento non fa ingrassare*, ripeteva tra sé. Erano tutti fuori per il pranzo, invece lei aveva comunicato che l'avrebbe saltato perché stava poco bene, ma intanto aveva già aperto diverse confezioni di cioccolatini e snack. *Se è questo che vuoi, allora mangia e basta.*

Era bello stare da soli nello studio perché era silenzioso. A volte il ticchettio delle tastiere delle altre assistenti si sovrapponeva al suo e, quando ciò accadeva, ne era così distratta da non riuscire a immergersi nel ritmo della scrittura. Pensava che anche per le altre fosse lo stesso. In fondo si trattava di persone sensibili... Tant'è che tutte, lei compresa, lavoravano con gli auricolari nelle orecchie.

All'improvviso le tornò in mente Ha-jun e cercò su YouTube il nome del canale che aveva letto sulla custodia della chitarra. Da quel che poteva vedere nella foto, aveva una carnagione più chiara e una chioma più bella della sua. L'ultimo video s'intitolava *Per strada alla stazione di Sinchon, camminiamo insieme*. L'aveva registrato il giorno in cui lei si era ripresa i cinquemila won. Per sicurezza lo scorse velocemente sino alla fine e verificò che quella scena era stata tagliata. Tirò un sospiro di sollievo. Pensò che, se quell'episodio fosse stato reso pubblico, probabilmente non sarebbe stata più in grado di camminare dalle parti della stazione di Sinchon a testa alta.

Si sentì grata. Se avesse voluto, Ha-jun avrebbe potuto aumentare il numero di visualizzazioni o di iscritti al suo canale facendo leva sulla diffusa aggressività presente sul web e caricando un video dal titolo: *Ragazza del pubblico dà la mancia a un musicista di strada e poi se la riprende*. Invece era stato così corretto da tagliare quella parte e pubblicare solo la sua esibizione. In segno di gratitudine, Yeo-reum s'iscrisse al canale e riprodusse il video da capo. L'inizio conteneva una parte del concerto che Yeo-reum si era persa perché stava guardando l'esibizione di break dance nel punto della piazza dove si trovava la scultura rossa a forma di periscopio.

Ha-jun diceva: «Oggi vi farò ascoltare un brano che mi è stato consigliato da una persona che mi ha detto: 'È estate, ma fa freddo come se fosse inverno e vorrei che qualcuno mi camminasse a fianco'. Ebbene, io oggi vorrei portare un po' di conforto a quella persona».

Oh! Yeo-reum si coprì la bocca. Si ricordò del messaggio che aveva scritto alla lavanderia Binggul Bunggul di Yeonnam-dong. Ormai mancavano venti minuti alla fine della pausa pranzo, ma pensò che Kyung-hee avrebbe acconsentito volentieri, se le avesse detto che andava a fare il bucato, così raccolse tutti i cuscini dalle sedie e lasciò in fretta lo studio.

In quel momento, l'asciugatrice contenente la biancheria di Ha-jun emise il segnale acustico che annunciava il completamento del programma di lavaggio, e il ragazzo la svuotò canticchiando.

Benché non sapesse cosa aspettarsi, Yeo-reum camminava sempre più veloce attraverso il viale del parco che, in quel sabato a pranzo, era percorso da un andirivieni di persone.

Nel frattempo, Ha-jun aveva fatto ritorno alla mansarda col bucato pulito, per poi andare al minimarket per il quale lavorava part-time. Quindi i due non s'incontrarono.

Quando Yeo-reum entrò nella lavanderia Binggul Bunggul, la trovò vuota, ma avvertì il profumo caldo e accogliente emanato dall'asciugatrice appena usata e trovò un nuovo messaggio sul taccuino verde chiaro. Era stato scritto sotto il suo, e pensò che fosse opera di Ha-jun. Fece subito una ricerca sui pesci azzurri che vivono in acque fredde e s'imbatté nell'aringa. Annuì con la testa. Esattamente un pesce azzurro senza un posto dove andare nel caldo tropicale di una città grande e caotica. Quel riferimento le fece aumentare la curiosità su Ha-jun, anche se nello stesso tempo si sentiva presa in giro da quell'appellativo ripetuto di continuo. *Fatina, fatina... Ah, sono proprio stufa.*

Wow, sarà l'incontro del destino? Sarà quello che aspettavo? Sarà davvero lui? E allora, se pure fosse? Penserà che sono una che non ha nemmeno cinquemila won!

Yeo-reum scosse la testa e prese la penna. Si chiedeva cosa avrebbe dovuto scrivere per mantenere collegate le loro storie. Anche se sentiva uno sfarfallio immotivato nello stomaco, quella sensazione che riprovava per la prima volta dopo tanto tempo la faceva sentire bene. Piegò gli angoli della bocca, intenzionata a scrivere il suo messaggio di risposta sul taccuino, quando il cellulare squillò. «Ehi, Bo-young.»

«Sono rientrata in studio dopo aver pranzato con Kyung-hee ma non c'eri. Dove sei?»

«Oh, sono qui alla lavanderia automatica. Ho notato che sia i nostri cuscini sia quelli di Kyung-hee erano molto sporchi. Metto su il lavaggio veloce e torno subito.»

«Va bene, la avverto.»

Si udì la voce calma di Kyung-hee dietro quella di Bo-young: «Non ha nemmeno pranzato per bene.

Dille di finire il bucato e poi di mangiare qualcosa. Può usare la mia carta».

«Hai sentito?»

«Sì, ho sentito. Per favore, ringraziala.»

Yeo-reum riattaccò rapidamente il telefono. Sebbene avesse un peso sul cuore, perché aveva usato con Kyung-hee un pretesto che lei non avrebbe potuto respingere a causa della sua ossessione per il pulito, non riusciva a placarne il battito. Scrisse in modo ordinato sotto il messaggio di Ha-jun, assicurandosi di non distorcere nulla.

> Dato che hai menzionato il pesce azzurro, vorrei dirti – TMI Too Much Information! – che il mio segno zodiacale è Pesci. Quella dei Pesci è una costellazione poco visibile perché la sua stella più luminosa, il nodo che tiene insieme i due pesci, ha una magnitudine di appena 3,6. Al momento non sono ancora riuscita a individuarla, ma magari un giorno la troverò? Così come un giorno qualcuno forse riconoscerà la qualità della mia scrittura?
>
> Di nuovo TMI! Ma del resto sono una che scrive per mestiere. Ahahah. La stella più luminosa è una stella poco appariscente, ma è pur sempre una stella, quindi la noterò, così come un giorno qualcuno noterà me. Per questo la canzone di oggi è *Stella*!
>
> La fatina delle canzoni

Yeo-reum si sentiva in imbarazzo all'idea che potessero incontrarsi. *Quando per la prima volta mi sono firmata così, non ci avevo dato peso. Poco importava che fossi o non fossi graziosa come una fata. Ma ora è diverso. Riderà di me quando mi vedrà e mi chiederà se sono proprio io. Eppure non esiste mica solo Campanellino come fata, no? Ce n'è* una anche in Cenerentola *che, per quanto vecchia, è una fiaba che continua ad ammaliare! E lì la vera eroina, la fata madrina, è di taglia generosa!*

Yeo-reum decise che con quella storia di suggerire i brani aveva chiuso.

Yeo-reum, che Kyung-hee aveva sempre rimproverato di non essere molto brava con le trame romantiche, all'improvviso era cambiata. Nello scrivere dei due protagonisti, esplorava a fondo le emozioni, le metteva alla prova e introduceva colpi di scena nella relazione amorosa. Notando il suo sguardo più luminoso negli ultimi giorni, Kyung-hee le aveva persino chiesto se stesse uscendo con qualcuno, ma Yeo-reum aveva scosso timidamente la testa.

Sebbene le macchie di caffè fossero quasi invisibili, Yeo-reum continuava a portare i cuscini in lavanderia e lo stesso faceva con le tende, dietro il pretesto che avevano accumulato troppa polvere. Nel vederla comportarsi in modo più ossessivo di lei, Kyung-hee era seriamente preoccupata che Yeo-reum stesse sviluppando la sua stessa malattia, ma lei in realtà inventava solo scuse per andare alla lavanderia ogni volta che ne aveva la possibilità. Quel giorno ci era andata con la giustificazione che il plaid che d'inverno teneva sulle ginocchia era sporco, ma nel taccuino verde chiaro non aveva trovato il messaggio di Ha-jun. Era già una settimana che non si faceva vivo.

Mentre era lì, arrivò Se-woong, con indosso una maglietta senza maniche e una gomma da masticare tra i denti.

Yeo-reum continuava a rimuginare tra sé. *Sei così occupato? È già passata una settimana. Per quanto si sia impegnati, bisogna pur fare il bucato una volta alla settimana. O forse non lo trovi più divertente?*

Assunse un'espressione imbronciata, poi voltò pagina, giusto per essere sicura, e notò uno strappo, intorno al quale si leggevano ancora dei frammenti di parole. *Ma che...? Dalle dimensioni, sembra proprio un pezzetto di carta strappato per avvolgerci la gomma da masticare! Non l'avrà mica scritto lì il messaggio? Pare proprio di sì. Ma in fondo a me che importa, cosa lo apro ancora a fare questo taccuino?*

Lo sguardo di Yeo-reum si posò su Se-woong, che soffiava bolle con la gomma da masticare e le faceva scoppiare con uno schiocco mentre toglieva il bucato dall'asciugatrice.

«Mi scusi, per caso ha strappato lei un pezzetto di questa pagina per gettare la gomma?»

Il chewing-gum si appiccicò alle labbra di Se-woong, colto di sorpresa dallo sguardo infuocato e battagliero di Yeo-reum.

«Ah, bene, non importa! Continui pure a fare quello che stava facendo, signore.»

«Signore? Guardi che ho appena più di trent'anni, signora. Ma cos'è quel taccuino?»

«Cosa? Signora? Perché non mi chiama direttamente nonna? Si faccia gli affari suoi.»

In quel momento, una notifica sul cellulare di Yeo-reum la avvertì che Ha-jun aveva caricato un nuovo video. Aprì subito YouTube e, alla vista di lui che cantava *Stella*, il cuore le riprese a battere forte. Soltanto che adesso era ancora più curiosa di quello che lui poteva aver scritto su quel pezzetto di foglio strappato.

Alzò gli occhi al cielo e sbuffò in direzione di Se-woong, che continuava a masticare la gomma e a piegare il bucato pulito. Uff.

Non se la sentì di scrivere a Ha-jun per proporgli un altro brano in risposta a quel messaggio che magari non aveva scritto lui. Così recuperò il plaid asciutto e tornò allo studio.

◎ ◎ ◎

Prima che il calore per il lavaggio e l'asciugatura del bucato di Yeo-reum si fosse dissipato, Ha-jun aprì con entusiasmo il taccuino sul tavolo, ma non trovò nessun messaggio della fatina. Mise da parte la delusione, curioso di cercare altre notizie sul suo conto e sfogliò le pagine successive finché anche lui non s'imbatté nello strappo. *Cosa!? Chi è stato...?*

Cercò di ricostruire il messaggio a partire dai frammenti che erano rimasti, ma verificò che era impossibile. *L'avevo scritto con tanta sincerità...*

Ha-jun deglutì senza motivo. *Be', immagino sia per questo che non hai lasciato un messaggio, giusto? Hai visto che ti avevo scritto, ma hai preferito non rispondere, è così?*

In preda all'agitazione, Ha-jun si chiese se ciò che aveva scritto non fosse un po' troppo audace e scosse la testa. *Sarebbe troppo riscriverlo da capo. Assolutamente esagerato. No! Ma magari non l'ha visto. Qualcuno potrebbe averlo strappato prima che lei abbia potuto leggerlo. E se invece lo ha strappato lei perché si è sentita a disagio dopo averlo letto?*

All'insaputa di Ha-jun, le cellule amorose che erano germogliate nel suo corpo stavano entrando in collisione tra loro. I due brani consigliati da una persona che si firmava «La fatina delle canzoni» erano stati ben accolti dal pubblico per strada e il numero d'iscritti al canale YouTube era salito a quota trenta. Ha-jun avrebbe voluto ringraziarla, non con quella grafia storta e sgraziata, ma a voce, di persona. A essere onesti, cominciava a mancargli. Nel messaggio strappato aveva scritto:

Ciao, fatina. Posso avere un tuo contatto?

Ma ora non aveva più il coraggio di riproporle la domanda. Temeva che potesse essersi arrabbiata.
Quando mancavano tre minuti al completamento dell'asciugatura, prese in fretta la penna e scrisse nella pagina successiva:

Hai visto il mio messaggio sulla pagina strappata? Diceva: «Ciao, fatina. Posso avere un tuo contatto?» Penso che tu non l'abbia visto, quindi provo a rifarti la domanda. Mi daresti un tuo contatto? Mi piacerebbe prendere un caffè in tua compagnia.

Ha-jun aveva espresso i suoi sentimenti in modo piuttosto rozzo e scarno. Quando suonò il segnale acustico che indicava che l'asciugatrice aveva terminato, tornò a casa col bucato pulito. Il suo cuore traboccava di emozione.

◎ ◎ ◎

Ha-jun fece ritorno nella mansarda dopo aver lavorato nel minimarket per quattro ore e si preparò ad andare a suonare in strada. Quel giorno non riusciva a scegliere una canzone. Pensò di cantare i brani che la fatina gli aveva indicato ma, poiché aveva intenzione di fare una diretta su YouTube, decise di sceglierne uno diverso. Arrivò davanti alla grande insegna in marmo che segnava l'inizio del Parco forestale della linea Gyeongui e svoltò verso Donggyo-dong. Camminava con la chitarra in spalla e l'amplificatore in mano, pensando a quale brano cantare.

Arrivato davanti all'uscita 3 della stazione della metropolitana di Sinchon, sistemò il microfono sull'asta, regolò l'amplificazione ripetendo: «Ah, ah, uno, due, tre, prova», e completò il controllo del suono. Sopra la custodia della chitarra aperta davanti a sé mise il solito cartello col nome del suo canale YouTube e sorrise ricordandosi della ragazza che aveva preso cinquemila won dalle sue mance. Da quel giorno Ha-jun si era sentito bene con se stesso. Sembrava che la fortuna lo stesse finalmente baciando. Per questo aveva segnato quella data sulla banconota da diecimila won che la donna aveva messo nelle mance e l'aveva conservata nel portafoglio come un talismano.

Erano le otto e Ha-jun diede una pennata alla chitarra, si schiarì la voce, chiuse la mano a coppa e batté sulla cassa armonica quattro volte.

Poi iniziò a cantare.

Ti penso anche se non conosco il tuo nome. Chissà se riconoscerei il tuo volto. Sei arrivata da me come una fatina. Campanellino mio, dove mi porterai? Voliamo insieme fino al termine della notte. Per favore, tienimi la mano.

Si era collegato in diretta su YouTube Live e, pensando alla fatina, aveva cominciato a improvvisare versi. La sua mano sinistra si muoveva da sola sul manico della chitarra, la destra spazzava dolcemente le corde in su e in giù, come in una danza. A poco a poco i follower cominciarono a collegarsi e i passanti a radunarsi, attirati dalle dolci parole che provenivano dalle sue labbra. Cantava a occhi chiusi, così attraente con quelle sopracciglia folte e il naso sottile, da attirare gli sguardi anche senza cantare.

> *Con quale nome posso chiamarti, io che di te conosco solo il profumo? Fatina, dimmi il tuo nome, mostrami il tuo viso. Non conosco nulla tranne il profumo di cotone che lasci dietro di te. Nient'altro.*

Quando Ha-jun finì di cantare e riaprì gli occhi, davanti a lui c'erano più spettatori di quanti non ne avesse mai avuti da quando aveva cominciato a suonare per strada. Decine di flash e cellulari illuminati si stagliavano contro il cielo notturno. Ma la sua attenzione fu attirata dalla ragazza dei cinquemila won, che si nascondeva nel pubblico col volto mezzo coperto. Vederla lo rese così felice che scoppiò a ridere. «Piacere di rivederti.»

«Bis bis!» La gente lo acclamava, la custodia della chitarra era piena di banconote da cinquemila e diecimila won. Ma a Ha-jun l'attenzione del pubblico interessava più dei soldi. Era orgoglioso di essere finalmente apprezzato. Mentre osservava a uno a uno ogni spettatore, vide la ragazza avvicinarsi alla custodia e depositarvi una banconota da diecimila won.

«Mi pare di capire che hai bevuto un po' meno questo mese», le disse Ha-jun.

«Questo mese non ho avuto molti svaghi. Però un

po' di romanticismo sì.» Yeo-reum era stata colta di sorpresa, ma aveva risposto senza imbarazzo. Di fronte alla sua sincerità, Ha-jun sfoggiò un sorriso ampio e splendente.

Eh, ma se mi sorridi così...

«Hai detto qualcosa?» chiese Ha-jun, perplesso.

«Io?»

«Mi era sembrato che avessi detto qualcosa.»

«No! Niente affatto! Ti ho dato il doppio della mancia anche questa volta? No, stavolta è giusto. Okay, ehm, è stato un piacere ascoltarti.» Yeo-reum arrossì senza rendersene conto e corse via.

Ha-jun la guardò andarsene e questa volta sorrise. La ragazza dei cinquemila won gli piaceva. *Quant'è carina,* pensò.

Riprese a suonare per soddisfare le richieste di bis, riproponendo i brani che gli aveva suggerito la fatina della lavanderia.

Il concerto di quel giorno era stato un successo. Era riuscito ad arrivare ai passanti che di solito camminavano di fretta guardando il cellulare o che gettavano un'occhiata indifferente per poi proseguire lungo la loro strada. Ha-jun si addormentò rigustando ogni momento.

Tutti i piani di Yeo-reum di ascoltare il concerto standosene in disparte erano falliti miseramente. Quando Ha-jun aveva presentato il brano *Fairy*, «fata», spiegando che era stata lei a ispirarlo, non aveva potuto fare a meno di avvicinarsi alla custodia per lasciare una mancia che rimediasse anche al precedente errore. E, quando lui le aveva rivolto quel sorriso smagliante, lei aveva sentito di nuovo quel formicolio nello stomaco e un tuffo al cuore.

Alla fine del brano, era corsa via a prendere l'autobus. Aveva fatto più in fretta che aveva potuto, per riflettere meglio sul significato di quella canzone che Ha-jun aveva scritto dicendo di aver pensato alla fatina. Senza che lui lo sapesse, era andata alla lavanderia Binggul Bunggul di Yeonnam-dong per ripercorrere i messaggi che si erano scambiati fino a quel punto.

Era salita sull'autobus col cuore che le batteva a mille e con le orecchie ancora piene della voce di Ha-jun. L'ora di punta era passata da un po', ma l'autobus per Hongdae era affollato e Yeo-reum, in piedi, si era specchiata nel finestrino. Non che ambisse ad avere capelli lisci e lucenti come perle, ma certo quei cespugli crespi e sciupati non si addicevano molto a una fata. Sua madre la lodava di continuo per la fronte bassa, rotonda e piena. Le diceva che era fortunata; un vero capolavoro della natura, ai suoi occhi, con quel naso un po' all'insù. Nei cinque anni in cui aveva lavorato come assistente sceneggiatrice, però, aveva messo su dieci chili e non aveva esattamente un bell'aspetto. Le guance le si erano gonfiate come se tenesse sempre in bocca due caramelle e, anche se l'estate prima, al matrimonio di sua cugina, la nonna materna le aveva detto che stava benissimo così, neanche quelle si confacevano a una fatina.

E poi gli occhi! Con l'intervento di blefaroplastica che aveva ricevuto come regalo per il diploma di maturità, aveva ottenuto quella doppia palpebra che le delineava così bene lo sguardo. E, forse perché ci aveva speso dei soldi, quella era la parte del viso di cui si sentiva più sicura. Tuttavia anche la doppia palpebra, che era stata intagliata col bisturi e quindi sarebbe dovuta durare nel tempo, con l'aumentare del peso aveva ceduto, e adesso formava come un salsicciotto sopra la linea degli occhi. *E tu saresti una fatina? Un elfo, forse. O una Maga Magò.*

Tutta l'esaltazione che si era accumulata nel cuore di Yeo-reum improvvisamente scemò, come se qualcuno avesse premuto il pulsante di spegnimento.

Arrivata alla lavanderia, trovò un anziano che faceva il bucato in compagnia di un cane di razza jindo. Nonostante l'età, sembrava destreggiarsi molto bene coi comandi della cassa automatica. Appena la vide entrare, il cane bianco, seduto accanto al tavolo, agitò la coda per salutarla e questo le bastò per farle riaffiorare il sorriso.

«Le faccio subito spazio», disse gentile il vecchietto, guadagnando altri punti.

«Faccia con calma. Non ho portato la biancheria. Non so neppure perché sono venuta.»

«Fa bene prendersi una pausa ogni tanto. È scritto anche lì. Non ho mai incontrato il proprietario, ma sembra una brava persona.» L'anziano indicò sulla bacheca un volantino che, sotto la parola in inglese NOTICE, recitava in caratteri grossi e chiari: PRENDITI UNA PAUSA OGNI TANTO.

«Ha ragione, sembra davvero una brava persona.»

Con un sorriso gentile, l'anziano lasciò la lavanderia in compagnia del suo jindo, non prima di averle rivolto un saluto e la raccomandazione di prendersi cura di sé.

Yeo-reum aprì il taccuino e lo richiuse subito dopo aver letto cosa aveva scritto Ha-jun.

Con quale sfrontatezza ti sei definita fatina? Perché pensavi che non l'avresti mai incontrato, ecco perché! Era arrabbiata con se stessa. Con la scusa del lavoro a tempo pieno, aveva iniziato a nutrirsi di noodles istantanei e a ingollare caffè solubile e cioccolato a volontà, tanto da mettere su diversi chili.

Si pizzicò i rotolini sul fianco. *Ahi! Mi fai male. Okay, scusa. Mi dispiace di essere sempre cattiva con te. Questa non è ciccia, ma capacità di scrittura accumulata stando ore e ore seduta alla scrivania a sgobbare! Ha-jun? Puoi incontrarlo tranquillamente. Non sei messa così male per ora. C'è chi dice che anche le bambole brutte sono adorabili, no?*

Quando all'anziano mancavano dieci minuti al completamento del lavaggio, Yeo-reum prese la penna, ma la posò subito dopo perché, nello stesso istante, le arrivò la notifica di un messaggio sul cellulare.

Perché non sei ancora un'autrice?

Era il giocatore di baseball esordiente che aveva incontrato cinque anni prima, quando aveva iniziato a lavorare come assistente alla sceneggiatura. Quella mattina gli aveva inviato alcune domande per documentarsi in vista di un nuovo lavoro. Avevano la stessa età e, all'epoca, dopo il primo piacevole incontro, erano andati insieme a cena o a bere qualcosa più di una decina di volte, e ogni tanto persino al cinema. Lui aveva inviato a Yeo-reum segnali romantici ma, quando lei gli aveva detto che in quel momento doveva concentrarsi sul lavoro e non aveva tempo per una relazione, lui si era tirato indietro. E adesso, dopo cinque anni, lei lo aveva risentito per rivolgergli quelle domande di sport.

Era cambiato molto nel frattempo. Non era più il novellino che rideva sguaiatamente davanti a una montagna di patatine fritte e due bicchieri di birra alla spina in un bar che aveva la migliore salsa al peperoncino. Era stato eletto MPV, miglior giocatore assoluto del campionato, ed era riuscito ad aggiudicarsi un ingaggio milionario, tanto che ormai era di quelli che consegnavano le chiavi della macchina ai vetturieri degli hotel di lusso o dei wine bar di alto livello di Cheongdam-dong. In cinque anni si era ben che sbarazzato dell'etichetta di debuttante. *Invece io? Ho scritto così tanto che i polpastrelli si sono consumati, ma non sono ancora diventata una sceneggiatrice che può firmare col suo nome i copioni. Detto ciò, come si permette di rivolgermi una domanda così scortese?*

Rimase per un istante interdetta, poi scrisse:

Scusa?

La risposta non tardò ad arrivare.

> Perché sei ancora un'assistente? Non avevi detto che non volevi uscire con me perché dovevi scrivere? Ahahah!

Ma tu guarda questo?! Ha voglia di litigare forse? Sospirò e provò a formulare una risposta attingendo ai suoi ferri del mestiere, ma non riusciva a trovare le parole giuste. Non sapeva neanche lei perché in cinque anni non fosse stato selezionato nemmeno uno dei suoi soggetti. Eppure non era stato per quell'obiettivo che aveva sacrificato l'amore e la giovinezza ed era rimasta seduta alla scrivania tutto l'anno, stagione dopo stagione, fissando il cursore sul monitor fino a lasciare l'impronta nel cuscino della sedia? Perché non era ancora diventata una sceneggiatrice a tutti gli effetti? Non sapeva cosa rispondere. Si dimenticò persino di lasciare il suo numero sotto il messaggio di Ha-jun.

Anche momenti come quello le sembravano un lusso.

> La verità è che le fate esistono solo nelle fiabe. Nella realtà non c'è nulla di altrettanto magico del far oscillare una bacchetta e trasformare una zucca in carrozza. Le fate non esistono. Ci ricorderemo di questo quando ci guarderemo l'uno negli occhi dell'altra, vero? Noi viviamo in un documentario amaro, non in una dolce fiaba dove l'aria è permeata del profumo di torte appena sfornate. La realtà è così... amara. La vita è più simile a un film in bianco e nero che a un colorato cartone Disney.

Dopo aver chiuso il taccuino, Yeo-reum se ne andò via a passi pesanti. Ma forse Ha-jun stava soltanto cercando la musa, la fata ispiratrice... Ebbe l'impulso di tornare indietro, solo che era già arrivata alla fine di Yeonnam-dong.

Si sedette a un tavolino con l'ombrellone, davanti a un minimarket, e aprì una lattina di birra. La bevve d'un fiato, assaporandone il gusto speziato e la fresca frizzantezza. *Ah, che buona. Si può rinunciare a tutto, tranne alla birra in lattina.*

La posò accanto ad altre quattro.

«Ne vuoi ancora?»

Yeo-reum alzò la testa e vide Se-woong in piedi davanti a lei. Anche quel giorno indossava una maglietta senza maniche con una stampa di foglie di palma.

«Meglio tirarle fuori del frigo due alla volta. Se diventa tiepida, perde il sapore.»

Da quando s'incontravano spesso alla lavanderia Binggul Bunggul, tra di loro si era creato un certo legame. Non era perfetto, ma come amico di quartiere non le dispiaceva.

«Di che sa, se diventa tiepida?» Se-woong si sedette di fronte a Yeo-reum.

«È un po' insapore. Ma tu non lavori? Vaghi per il quartiere così, come un perdigiorno. Hai vinto alla lotteria?»

«Sono stato licenziato qualche tempo fa. E sono anche stato scaricato dalla mia ragazza.»

«Oh! Mi dispiace. Come mai?»

«Diceva che non amava le relazioni tiepide. E io non sopporto quelli che pensano solo ai soldi. Infatti vorrei lasciare tutto, smettere di cercare lavoro e andarmene alle Hawaii. A scuola ero ossessionato dai numeri, dai voti, dai punteggi ai test d'inglese e, quando poi ho trovato lavoro, i numeri hanno continuato a perseguitarmi... Perché mai adesso dovrei rimettermi in riga e diventare un noioso numero anch'io?»

«Un noioso numero, eh?»

«O, come diceva lei, 'un insulso scovolino per granchi'... I miei gestiscono un ristorante di granchi a Daejeon.»

«Pfff, 'scovolino per granchi' mi sembra troppo. Però un po' t'invidio. Vado matta per i granchi marinati con salsa di soia. Ma quali sono i tuoi sogni? Che cosa hai in mente di fare?»

«Sogni?»

«Sì, sogni.» Yeo-reum si portò alla bocca l'ennesima lattina di birra tiepida.

«Sogni... Non sono quelle cose che vedi quando dormi?»

«Non hai un briciolo di romanticismo. Sei proprio tiepido.»

Era Se-woong a essere stato licenziato e ad aver avuto il cuore spezzato, ma fu Yeo-reum a buttar giù le cinque lattine di birra che aveva comprato. Scivolarono giù con la stessa facilità con cui si vede il verde degli alberi in estate.

Yeo-reum prese la borsa e camminò a zigzag lungo il viale del parco. Dopo un po', si voltò e gridò ad alta voce a Se-woong, lasciandolo sconcertato: «Ehi, zio! Se hai qualche dubbio, vai alla lavanderia self-service. La lavanderia Binggul Bunggul di Yeonnam-dong! *Hic!* C'è un taccuino verde chiaro. Le risposte sono tutte lì! *Hic!*»

Quella sera Se-woong andò alla lavanderia con una vecchia coperta. Per una sorta di ribellione, ogni giorno indossava la solita maglietta senza maniche con sopra grandi foglie di palma, come quelle che si vedono a Waikiki Beach, perciò non aveva tanto bucato da fare. Dopo aver cercato qualcosa da lavare, alla fine era uscito dalla stanza 201 del residence Shineville con una coperta che odorava ancora del profumo della sua ex.

Avviò la lavatrice e aprì il taccuino verde chiaro che fino a quel momento non aveva degnato di attenzione. Era pieno di messaggi scritti con grafie diverse l'una dall'altra come impronte digitali. *Ma che diamine sono tutte queste risposte? Neppure se venisse un guru inginoc-*

chiato potrebbe risolvermi i problemi. Poi, stanco e svogliato, prese la penna con l'atteggiamento mentale di chi non ha niente da perdere e scrisse:

Non ho nessun pensiero né preoccupazione, ma per favore datemi dei numeri per la lotteria.

◎ ◎ ◎

Yeo-reum aggrottò la fronte e si girò dall'altra parte mentre la luce del sole mattutino investiva il letto. Aveva la nausea. Si sentiva come se fosse sdraiata su una tavola da surf, anziché sul letto, in mezzo alle onde impetuose del mare aperto. Se qualcuno le avesse mostrato una bottiglia di alcol, avrebbe seppellito la faccia nel water e dato il cinque al Tristo Mietitore. Tra le disgrazie, la buona notizia era che Kyung-hee le aveva concesso un giorno di vacanza prima della messa in onda della sua ultima fatica.

Restò distesa finché i marosi della sbornia non si furono calmati. Quando riaprì gli occhi, erano quasi le undici.

Appena prese il telefono, diede un calcio alla coperta. «Eh? Che diavolo...?»

Si stropicciò gli occhi appannati per guardare meglio e lesse il messaggio:

Ciao, fatina

Oddio, e questo cos'è? La sbornia della sera prima aveva dato animo a Yeo-reum. Spinta dal coraggio che le avevano infuso quelle cinque lattine di birra, era andata alla lavanderia, aveva aperto il taccuino e aveva scritto undici cifre sotto il precedente messaggio: il suo numero di telefono, che iniziava con 010.

Yeo-reum si affrettò a controllare la sua immagine del profilo sull'app di messaggistica. Dopo aver iniziato a lavorare come assistente sceneggiatrice, aveva smesso di prendersi cura del proprio aspetto, ma per fortuna non aveva pubblicato selfie né foto in cui compariva la sua faccia. Come immagine del profilo, aveva caricato il volantino con la frase PRENDITI UNA PAUSA OGNI TANTO, che aveva fotografato sulla bacheca della lavanderia qualche giorno prima. Quanto agli scatti pubblicati, contenevano quasi tutti immagini del parco di Yeonnam-dong o del set di una serie che aveva visitato qualche tempo prima. Di suo, aveva solo una foto scattata da Mi-jin, che la ritraeva di spalle.

Uff. Tirò un sospiro di sollievo, si afferrò i capelli e li arruffò. *Ah! Ma che ho fatto? Come mi è venuto in mente di scrivere che le fate sono miraggi che svaniscono quando ci si avvicina? E di lasciargli il numero di telefono!*

In quel momento arrivò la notifica di un nuovo messaggio di Ha-jun.

> Fatina, forse non ti sei ancora alzata? Svegliati, presto, il sole è alto nel cielo. Dicono che le belle ragazze siano dormiglione, quindi, fatina... anche tu sei bella? Non vedo l'ora d'incontrarti.

Nel leggere « belle ragazze », Yeo-reum strabuzzò gli occhi, calciò definitivamente via la coperta e si mise a sedere sul letto.

> Hai ragione, è proprio una bella giornata.
> Finalmente ti sei svegliata. Non sai da quanto aspetto.

Perché?
Volevo ringraziarti.
Per cosa?
Per avermi lasciato il tuo numero e per essere stata la mia musa ispiratrice.
Ieri ho bevuto troppo. Ho scritto il numero in modo un po' impulsivo.
Impulsivo? Eri arrabbiata?
No. Un po', forse.
Perché?
Perché ci sono giorni in cui mi capita di essere arrabbiata e ieri era quel tipo di giornata.
Quindi ieri hai bevuto troppo e oggi hai dormito troppo? Va bene, è sabato...
Vorrei stendere una coperta da qualche parte a Yeontral Park.
Prima ti offro il pranzo e poi con calma troviamo un posto dove stendere la coperta.
Pranzo?
Devo offrire un pranzo alla fatina. Grazie a te, il numero d'iscritti al mio canale YouTube è lievitato. Ho composto una canzone pensando a te ed è stata un successo. È popopolarissima!

Yeo-reum si strofinò gli occhi. Andò sulla pagina YouTube di Ha-jun e vide che il numero degli iscritti era balzato alle stelle. Non credeva ai suoi occhi. Da quando il giorno prima aveva caricato il video in cui cantava *Fairy*, i follower avevano superato la soglia dei centomila. Non solo. Il video era popolarissimo e figurava in cima alla lista dei più visti. Allora non era piaciuto solo a lei...

Yeo-reum cliccò sul video. La voce graffiante e profonda di Ha-jun, in contrasto col romanticismo della canzone, aveva creato una magia inaspettata e ora il brano stava accumulando visualizzazioni. Nell'ascoltarlo, Yeo-reum era entrata in uno stato di trance, da cui la ridestò solo il suono di un'altra notifica.

> Se non vuoi mangiare, ti offro da bere. Ci vuole un brindisi per festeggiare!
> A dire il vero, non so cosa mi sia preso... Ma questo tipo d'incontri non fa per me... mi mettono a disagio. Scusa, lo so che lasciandoti il numero ho creato false aspettative. Mi dispiace tanto.

Yeo-reum posò il dito e inviò il messaggio. Nella sua mente, si era già immaginata quell'uscita a due e aveva già deciso persino cosa indossare per l'occasione. Tuttavia, rispetto a lui, che un passo alla volta stava diventando un vero cantante, lei era così insignificante che non riusciva neppure a passare un concorso. Era come quegli abiti che rimangono invenduti, anche se vengono esposti in vetrina a ogni stagione, o quei capi antiquati che nessuno degna di uno sguardo.

Si sentiva davvero inutile.

Immaginando la faccia arrabbiata o delusa che avrebbe fatto Ha-jun nello scoprire che la fatina era lei, dopo una breve esitazione Yeo-reum aveva premuto il pulsante d'invio del messaggio. E per molto tempo non c'era stata risposta.

«È un prodotto in promozione: paghi uno e prendi due.» Quando Ha-jun fece passare il lettore ottico sul codice a barre del cono gelato, un messaggio sul display lo informò dell'offerta in corso.

Le due ragazzine in fila lo stavano fissando.

«Prendetene un altro. È in promozione 'paghi uno e prendi due'.»

Una delle studentesse tirò fuori un portamonete col disegno di un gelato e gli disse, cauta: «Tu sei uno youtuber, vero? Ha-jun, quello del brano *Fairy*?»

«Ehm... sì.» Ha-jun sorrise timidamente e le due ragazzine scoppiarono a ridere.

«Sei così bello. Anche la canzone è davvero bella! Mi sono iscritta al tuo canale e metto 'mi piace' ogni giorno!»

«Grazie.»

Continuando a guardare Ha-jun, che sorrideva imbarazzato, una delle ragazzine gli porse il secondo gelato. «Ecco!»

Le due amiche uscirono dal minimarket e Ha-Jun rimase sorpreso e incredulo che lo avessero riconosciuto. In quel momento gli giunse il suono di notifica di una mail. Una grande casa discografica gli chiedeva d'incontrarlo.

Non ci posso credere. È fantastico.

Quando anche il cliente successivo lo riconobbe, Ha-jun cominciò a capire meglio cosa gli stava succedendo. «Ci siamo. Finalmente ci siamo.»

Si era trasferito a Seul e aveva suonato la chitarra da solo in una mansarda all'angolo con Yeonnam-dong, cantato canzoni senza pubblico, montato e caricato video che venivano visualizzati da meno di dieci persone, e ogni giorno al minimarket aveva scansionato codici a barre e raccolto mozziconi di sigarette o bottiglie di soju e ciotole di ramen vuote, abbandonate in giro da qualche cliente. Ora quell'epoca sembrava finalmente volgere al termine. Eppure, tutto quello cui riusciva a pensare era la fata.

Voleva dirle grazie. Farle sapere, prima di tutti, che grazie a lei era successo qualcosa di bello.

◎ ◎ ◎

Yeo-reum aveva la testa china sulla tastiera. Era così fiacca che, più che essersi appoggiata, era crollata.

«Yeo-reum, ci fermiamo qui e andiamo a casa?»

Yeo-reum si rialzò al suono della domanda che proveniva dallo studio di Kyung-hee. «No! La prossima settimana va in onda la serie, quale andare a casa! Prendo un caffè e ci sono.»

«Allora vai in una spa o da qualche altra parte a fare una pausa. Fatti accompagnare da Bo-young ed Eun-ji, se vuoi. Basta che rientriate prima che arrivi il produttore esecutivo. Conosci l'orario della riunione?»

«Davvero posso?» Yeo-reum sollevò lo sguardo verso Kyung-hee. E lo stesso fecero Bo-young e la nuova assistente sceneggiatrice Eun-ji, che erano sedute di fronte a lei.

«Ricordatevi di bere un po' di sikhye, dopo. Sapete che lo ssambap di maiale che fanno al bar della spa è davvero delizioso? Mangiatelo con la zuppa di alghe e uova.» Kyung-hee tirò fuori una carta di credito dal portafoglio.

«Grazie!» Il tono della risposta fu squillante, come non capitava spesso a tre assistenti alla sceneggiatura come loro.

Alleviarono la fatica in una spa per sole donne vicino alla stazione dell'università di Sogang. Passarono diverse volte dal vapore caldo della sauna ai getti rinfrescanti delle docce. Poi andarono nel bar della spa, famoso per il delizioso ssambap di maiale.

Avvolsero la foglia di cavolo intorno al riso bianco e alla pancetta saltata in padella con olio, aglio e peperoncino, e la gustarono in accompagnamento con la zuppa di alghe. Un boccone paradisiaco. Yeo-reum chiuse gli occhi per assaporare meglio quella felicità e strinse la bocca come per preservarla.

«Hai aggiornato il tuo numero di cellulare sul sito dell'emittente? Se hanno quello sbagliato, anche se ti selezionano, non potranno contattarti», disse Bo-young a Yeo-reum, dopo aver dato un morso a un cetriolo croccante.

«Certo, l'ho aggiornato. E ho lasciato anche un secondo numero di riserva. Se non trovano me, possono chiamare mia madre. Ma il problema non è il numero. Il problema è riuscire a far emergere la propria sceneggiatura tra oltre duemila.»

«Ma perché hai cambiato numero all'improvviso?» chiese Eun-ji, col suo bello sguardo e la frangia dritta.

«Uhm...» La risposta di Yeo-reum non fu pronta.

Bo-young rinforzò le parole di Eun-ji. «Di questi tempi cambiare numero crea un sacco di problemi. È rognoso perché ormai il numero serve da username per tante applicazioni. E in fondo tu non hai cambiato operatore, e neppure cellulare.»

«Be', ho consultato i tarocchi e il numero non corrispondeva alla mia personalità!»

«I tarocchi danno anche informazioni del genere?» chiese Eun-ji con espressione innocente.

«Ovviamente no, ingenua! È solo che mi ero stufata

di aspettare... Non ce la facevo più... Così l'ho cambiato.» Yeo-reum finì la frase in calare.

«Intendi i risultati del concorso? Hai ragione. Anch'io a volte vorrei mandare tutto all'aria e ricominciare da capo», annuì concorde Bo-young, con un baffo di ssamjang sulle labbra.

«È vero! Avete sentito questo brano? È di un cantante che sta avendo un successo incredibile.» Eun-ji, col telefono in mano, cambiò argomento di conversazione e riprodusse il pezzo.

Bo-young rispose subito: «Ma chi, Ha-jun? Quello della fata? Mi piace un sacco quella canzone. Se ne innamorano tutti quelli che l'ascoltano. E poi il cantante è meraviglioso».

Quando la voce di Ha-jun raggiunse le sue orecchie, a Yeo-reum andò di traverso l'acqua che stava bevendo.

Eun-ji rincarò la dose, entusiasta: «È davvero figo. È stato notato da poco per una grande casa discografica e adesso è numero uno in tutte le classifiche musicali. Ma la cosa più sorprendente è la storia che c'è dietro la canzone!»

La replica di Bo-young non si fece attendere. «Esatto! La lavanderia self-service. Pare che lì dentro ci fosse una specie di taccuino in cui lui aveva scritto in cerca di suggerimenti per un brano da cantare. Lei ha risposto e poi hanno continuato a scriversi. Lei gli ha detto che era una fata e, mentre pensava a lei, lui ha improvvisato quella canzone che adesso è diventata un grande successo! È fantastico, solo che a quanto pare non l'ha mai incontrata. E ieri, in un'intervista, ha detto che non aspetta altro!»

«Intervista? Quando l'ha caricata? Non l'ho mica vista...» chiese Eun-ji.

«Ieri. Il video dovrebbe intitolarsi *Non vedo l'ora d'incontrarti, fatina.*»

Le persone erano interessate alla storia che c'era dietro la canzone di Ha-jun tanto quanto al suo bel viso, ed erano curiosissime di scoprire l'identità della fata ispiratrice. Su Internet c'erano fan che suggerivano di stilare un elenco delle lavanderie self-service di Yeonnam-dong e di partire per una spedizione sulle sue tracce.

Ha-jun aveva smesso di suonare per strada e Yeoreum aveva iniziato a prendere la metropolitana alla vicina stazione di Hongdae, anziché in quella più lontana di Sinchon.

Il canale YouTube era ormai gestito dalla sua casa discografica e lui aveva smesso di caricare video. Quello dell'intervista in cui diceva di voler incontrare la sua fata era stato un'eccezione, che aveva suscitato un interesse ancora più esplosivo. Ecco perché Yeoreum aveva una paura matta. Se l'identità della fata fosse stata svelata, la delusione del pubblico sarebbe stata enorme.

«Secondo te, perché non si fa vedere?» chiese Eunji a Bo-young.

«Forse si sente a disagio, sente il peso della responsabilità. Al giorno d'oggi, se digiti solo tre lettere del tuo nome sui social, ti appare il profilo, e se lo cerchi su Google ti esce di tutto, dalle foto di laurea alle vicende più turbolente del tuo passato. Magari non vuole mettersi in quella situazione. Tu che ne pensi, Yeoreum?»

«Penso che sia una fata che non si piace. Altrimenti che problema avrebbe a svelare le foto di laurea e il suo passato turbolento? In fondo anche quelle cose fanno parte di lei. Quindi la ragione potrebbe essere che non le piace la se stessa di allora. O che non le piace la se stessa di adesso. Forse per questo vuole nascondersi.»

Eun-ji e Bo-young annuirono in silenzio. Poi Bo-young aggiunse: «Ma questa è una storia che assomiglia a un drama più di un drama stesso! Spero che prima o poi si faccia viva».

Eun-ji annuì di nuovo, d'accordo con Bo-young. «Esatto! Magari, adesso che ha caricato quell'intervista, si farà viva. Aspetta, c'è un commento. La fata... Eh? Questa tizia dice di essere la fata e che oggi si presenterà nel posto in cui lui suonava!»

Yeo-reum reagì sorpresa. «Davvero? La fata ha commentato? Si farà vedere nel posto dove lui suonava?»

Bo-young prese il telefono con un'espressione esaltata e andò sul canale YouTube di Ha-jun. Ed Eun-ji continuò a seguire l'evolversi della situazione sul suo.

«Sì! Oh, mio Dio, questa donna è fantastica. Si sta rivelando pubblicamente in questo modo. Ha lasciato un altro commento: 'Non voglio farti aspettare ancora. Per favore, canta per me oggi. Sarò alle otto nel luogo in cui ci siamo incontrati per la prima volta. La tua fata ti aspetterà lì'.»

Dopo che Eun-ji ebbe finito di parlare, Yeo-reum domandò di nuovo: «Ma davvero dice di essere la fata? La protagonista di quella canzone?»

«Sì! Dice che si rivelerà oggi. Oh, mio Dio. Se la riunione finisce presto, andiamo anche noi!»

Bo-young disse che Ha-jun aveva caricato un nuovo video e lo riprodusse. Sullo schermo apparve lui che, pieno di emozione, diceva sorridente: «Ci vediamo oggi, mia fata».

Yeo-reum scosse la testa, incredula. «Ma la fata sono io. Sono stata io a scambiare i messaggi alla lavanderia... Ore otto, uscita 3 della stazione della metropolitana di Sinchon, la strada dove ci siamo incontrati per la prima volta. Che ne sa, questa donna?»

Bo-young la ridestò dai suoi pensieri. «Yeo-reum! Dobbiamo andare, ora. C'è la riunione col produttore esecutivo. La direttrice di produzione Seo è molto severa!»

Le parole «produttore esecutivo» uscite dalla bocca di Bo-young interruppero tutto.

La direttrice Seo era una donna della stessa età di Yeo-reum. Dentro di sé disprezzava le assistenti sceneggiatrici e spesso chiedeva loro di andare a prenderle il caffè o di fare commissioni per suo conto. Ogni volta che ciò accadeva, Kyung-hee s'indisponeva più di Yeo-reum e lei, notandolo, cambiava rapidamente atteggiamento.

Per evitare di arrivare in ritardo all'incontro, le tre ragazze si diressero velocemente negli spogliatoi. Appena tornarono in ufficio, la direttrice rimproverò Yeo-reum: «Sei assistente da diversi anni e non sai nemmeno organizzare una scaletta? Devo lavorare due volte?»

Non le piaceva la sensazione di avere una persona della stessa età come capo. Ci stava male ancor più perché, dentro di sé, non si sentiva sua subalterna.

«Questi ultimi giorni non sono stata molto...»

«E pensi di potertelo permettere? Non si può sentire una cosa simile da un professionista.»

Bo-young ed Eun-ji ascoltavano la conversazione tesa tra le due col fiato sospeso.

«Ecco perché sono tanti anni che sei una semplice assistente. Mi-jin ha lavorato bene ed è stata scelta subito. Tu hai molti più anni di esperienza, ma sei ancora a questo punto. Per quanto tempo ancora andrai avanti così? Non ti senti in imbarazzo a rimanere indietro rispetto a chi è arrivato dopo? Se non hai le competenze, lascia subito questo lavoro e trovatene un altro. Ho visto molte persone invecchiare senza riuscire ad andare avanti.»

Yeo-reum scoppiò in lacrime. Anche il produttore esecutivo sembrava in imbarazzo. Non era da Yeo-reum piangere per un rimprovero. Aveva un carattere maturo per cui accettava le critiche e sapeva scusarsi per gli errori. Anche Kyung-hee uscì dalla sua stanza dopo aver sentito i singhiozzi.

«Yeo-reum, cosa sta succedendo? Direttrice, cosa le ha detto?»

«Nulla... io non ho detto niente di male o di sbagliato. La signorina si è messa a piangere da sola.»

Kyung-hee rientrò nella sua stanza portando con sé Yeo-reum che, con gli occhi gonfi di lacrime, disse: «Non c'è niente di sbagliato nelle sue parole. Tutto quello che ha detto la direttrice è corretto. Perché sono ancora a questo punto? Me lo dica».

«Oh, Yeo-reum, sfogati con me, da brava. Ma poi mi dici cosa ti sta succedendo in questi giorni?»

Yeo-reum pianse a lungo, ma poi si sentì sollevata, come se i nuvoloni neri dentro di lei si fossero dissolti in pioggia.

«Ecco, io...» Cominciò a parlare e raccontò tutto a

Kyung-hee. Dal momento in cui aveva lasciato il suo primo messaggio nel taccuino della lavanderia Binggul Bunggul di Yeonnam-dong, a ora che era bloccata a un bivio e non riusciva a presentarsi davanti a Hajun, che stava cercando la fata, al fatto che alle otto sarebbe apparsa una nuova fata.

Kyung-hee ascoltò in silenzio la storia di Yeo-reum e le mise una mano sulla schiena.

Le lacrime scorrevano lungo le guance di Yeo-reum e cadevano sul pavimento. «Non è da me... Mi sento così insignificante, così piccola, così inguardabile. Non ho il coraggio di mostrarmi davanti a quella persona, perciò mi nascondo, anche se so che nascondersi non va bene. Sono arrabbiata con me stessa perché non riesco a mostrare chi sono veramente. Le chiedo davvero scusa...»

Kyung-hee, dopo aver ascoltato con attenzione, le parlò col cuore in mano. «Davvero ti fa stare così l'idea di non essere ancora diventata una sceneggiatrice? Non è questa la Han Yeo-reum che conosco. Oggi non sei all'altezza del tuo nome. La Yeo-reum che conosco è una donna forte e piena di passione. Allora insegui la tua passione e ripeti a te stessa: 'Io sono Han Yeo-reum, io sono quella fata!'»

Yeo-reum, che scuoteva le spalle e versava lacrime, si asciugò il viso col palmo della mano.

«Ma come può una come me essere una fata?»

«La fata è proprio una persona come te. Una che ti fa sentire bene quando la incontri. Chi altri se no? Quindi vai, sbrigati, Han Yeo-reum!»

Kyung-hee incoraggiò Yeo-reum spinta dal ricordo di un uomo che aveva lasciato in un tempo che non sarebbe tornato mai più. Non voleva che Yeo-reum, con l'avanzare dell'età, diventasse come lei, ossessionata dai vestiti e dai computer bianchi.

◎ ◎ ◎

Mentre Yeo-reum versava lacrime davanti a Kyung-hee, Ha-jun si preparava a suonare in strada. Su un punto era stato chiaro, quando aveva firmato il contratto con la grande casa discografica: la sua vita sentimentale non poteva essere toccata. Aveva detto che l'avrebbe saputa gestire al meglio, quindi aveva chiesto a tutti di fidarsi di lui. L'amministratore delegato non ne era stato contento, ma aveva acconsentito perché stava già pensando di far lavorare Ha-jun come compositore e paroliere al servizio dell'etichetta, non come idol.

Anche il giorno in cui si era trasferito nell'appartamento di Yeoksam-dong che la casa discografica gli aveva messo a disposizione, Ha-jun aveva pensato alla fata. Quella fata che forse aveva visto in volto, forse aveva già incontrato, e che era titolare di un numero di telefono che non esisteva più. Sentiva che, se avesse lasciato Yeonnam-dong, si sarebbe allontanato da lei ancora di più.

Ha-jun lasciò la macchina in un parcheggio pubblico vicino alla stazione della metropolitana di Sinchon. Le mani gli tremavano leggermente mentre accordava la chitarra. *Fa' che si presenti...* Le era grato per avergli dato un coraggio forse più grande di lui. Mancavano solo dieci minuti all'orario concordato. Il cuore gli batteva forte come il giorno in cui aveva preso in mano la chitarra per la prima volta.

I fan che avevano guardato il video di YouTube in cui annunciava il concerto erano già accorsi a riempire la via dell'università di Yonsei. Aspettavano che arrivassero le otto nei pressi dell'uscita 3 della metropolitana. Il clamore si spandeva fin dentro l'abitacolo. Quando mancavano cinque minuti alle otto, Ha-jun scese dall'auto per arrivare sul posto prima della fata. Come sempre, la folla esultò quando lo vide apparire con la chitarra in spalla e l'amplificatore in mano.

Dopo aver collegato l'amplificatore e ingoiato la saliva, disse al microfono: «Gente, che ore sono?»

Col dito sul pulsante di registrazione video dei telefoni, in attesa dell'inizio dell'esibizione, il pubblico gridò all'unisono: «Le sette e cinquantanove!»

Dopo aver fatto un altro respiro profondo, Ha-jun aggiunse: «Inizierò a cantare alle otto».

I fan applaudirono. Aspettavano tutti l'arrivo della fata. «Si presenterà alle otto, vero? Sarà davvero carina come una fata?» Il mormorio della gente raggiunse le orecchie di Ha-jun.

Per favore, fatti vedere. O, se preferisci, non farlo. Ma il mio numero è sempre lo stesso, quindi per favore chiamami, rimuginava tra sé. Poi, alle otto in punto, toccò dolcemente le corde della chitarra e iniziò a cantare un brano che aveva pensato per lei. Tutto intorno si fece silenzio ma, quando la fata non comparve, la gente iniziò a rumoreggiare pensando di essere vittima di uno scherzo. Finché, con l'avvio del ritornello, non si materializzò una donna dal viso pallido, vestita di un vaporoso abito bianco e ornata di morbidi capelli lisci, lunghi fino alla vita. Una fata a tutti gli effetti.

«Mi hai aspettato molto? Piacere di conoscerti.»

La donna tese la mano per stringere quella di Ha-jun mentre lui interrompeva la canzone.

Ha-jun la fissò per un momento con sguardo assente, poi chiuse gli occhi e fece un respiro profondo. Si alzò una leggera brezza e la donna aggiunse, un po' stupita: «Non sei felice? Sono io».

Il volto di Ha-jun s'indurì quando la vide sorridere. E la donna che aveva inscenato quella commedia, illudendolo di essere la fata, sorrise ancora di più per celare la sua ansia. In quel momento una pioggia torrenziale rese impossibile vedere davanti a sé. Le persone, in preda al panico per la pioggia improvvisa, si coprivano la testa con le mani e si riversavano verso le scale della metropolitana o sotto il portico della libreria per evitare la pioggia, che cadeva sempre più forte.

Con i capelli mossi che nei giorni di pioggia diventavano ancora più ricci, gli occhi gonfi come salsicce, il viso senza un filo trucco e indosso dei jeans tutti bagnati e una maglietta grigia, in quel momento Yeo-reum apparve di fronte a Ha-jun.

Quando lui le rivolse un sorriso luminoso, le persone inclinarono la testa per sbirciare e iniziarono a mormorare nel vedere Yeo-reum vestita in modo casual. Lei aveva preso la grande decisione e aveva corso fino a lì, ma ora si era fatta di nuovo piccola. Aveva pensato di essere in grado di presentarsi a Ha-jun con sicurezza, ma non riusciva ad aprire bocca.

La donna vestita di bianco si avvicinò, tirò fuori il fazzoletto dalla borsa e asciugò i capelli bagnati di Ha-jun. Yeo-reum fece un passo indietro. La pioggia cadeva ora così forte che si sentiva solo il suo picchiettio. Era impossibile ascoltarsi e Yeo-reum sentì il desiderio di andarsene. *Come previsto, sono tutt'altro che una fata. Vattene, prima di fare una figura peggiore! Torna indietro, nelle retrovie, nel posto che spetta all'assistente sceneggiatrice Han Yeo-reum!*

Yeo-reum iniziò a correre, ma presto sentì dei passi dietro di lei. Era Ha-jun che correva più veloce di lei, calpestando il selciato pieno d'acqua piovana. Si tolse la camicia e la allargò sopra la testa di Yeo-reum, che si fermò a guardarlo.

«Siamo tutti bagnati. Vuoi andare a fare il bucato?» chiese sorridendo Ha-jun.

«Eh?»

«Vuoi andare con me a Yeonnam-dong a fare il bucato?»

Yeo-reum replicò allo stesso modo a quella domanda inaspettata. «Eh?»

«Fata, non senti?»

«Eh, come l'hai capito?» chiese sorpresa.

«Come facevo a non capirlo? Abbiamo lo stesso profumo. Il profumo della lavanderia Binggul Bunggul di Yeonnam-dong.»

Yeo-reum si annusò i vestiti. Il caratteristico profumo di cotone della lavanderia era diventato più intenso. «Quando lo hai capito?»

Ha-jun rispose pensando che con quello sguardo sorpreso Yeo-reum fosse molto carina. «Quando sei tornata a riprenderti cinquemila won mi è venuto il dubbio. Quando poi sei tornata a darmene diecimila ne ho avuto la certezza.»

Ha-jun aveva capito che Yeo-reum era la fata perché l'aveva riconosciuta dal profumo quando lei era tornata a riprendersi i soldi della mancia. E aveva avuto la conferma che fosse lei quando, la sera in cui aveva cantato la canzone *Fairy*, lei gli aveva lasciato per mancia diecimila won. Ecco chi era la fata!

Yeo-reum era stordita. Alla fine, lei era ogni ricciolo dei suoi capelli e si vergognò di se stessa per averli odiati, rifiutati, nascosti. Si vergognò anche di aver rinnegato la passione che provava nello stare seduta a scrivere da cinque anni su quella sedia che aveva ormai la sua impronta. Era dispiaciuta per se stessa.

«Sapevi che ero io e non sei rimasto deluso?» Pensava di essere l'unica a conoscere l'identità di Ha-jun, invece, il fatto che anche Ha-jun conoscesse la sua la irritava. Per questo glielo aveva chiesto in modo così diretto.

«Quando smetterà di piovere? Non vorrei prendermi un raffreddore.»

«Cambi argomento. Quindi sei rimasto deluso nello scoprire che ero io la fata!» Yeo-reum spalancò gli occhi.

Ha-jun si schiarì la gola un paio di volte e disse: «Vuoi camminare con me?»

Le guance di Yeo-reum diventarono rosse come l'acqua di fiori di pesco, che si dice sia propizia all'amore, se la si tiene sulle unghie fino a quando non cade la prima neve. I due camminarono sotto la pioggia battente con l'ombrello.

«Ma dove stiamo andando esattamente?»

«Alla lavanderia automatica. Devo fare il bucato. I vestiti sono tutti bagnati.» Ha-jun guardò Yeo-reum e Yeo-reum sorrise radiosa mentre guardava la fata dai capelli ricci riflessa negli occhi di Ha-jun.

III

L'OMBRELLO

Zzz... zzz. Il cellulare sul tavolino del caffè prese a vibrare, insieme con la rosa avvolta nel cellophane lì accanto. Yeon-woo guardò lo schermo lampeggiante. I messaggi arrivavano l'uno dopo l'altro, in una vibrazione continua che faceva pensare a una telefonata. Gyeong-ho era ancora in bagno e l'attenzione di Yeon-woo si focalizzò sul cellulare che tremava sul tavolo. *Chi è? Sarà urgente? Dovranno richiamare... Non si aspettava una telefonata? Ma sì, dall'università!*

Nel momento in cui le domande nella mente di Yeon-woo trovarono una risposta, la mano che reggeva una tazza di americano ghiacciato andò dritta al cellulare. Quando toccò lo schermo, le apparve la richiesta d'inserimento del PIN. Senza esitare, Yeon-woo digitò i numeri 0505 che ripetevano il giorno del loro anniversario, e subito si aprì la finestra di una chat. Il mittente dei messaggi che continuavano ad arrivare era Jaeman, un compagno di corso di Gyeong-ho.

> Anche oggi giochi con la pivella?

Davanti a quella schermata, le si spezzò il cuore.

Di riflesso, scrollò in alto per guardare i messaggi precedenti. Parlavano di letto e ragazze ingenue, giochi di conquista e «battute di caccia», locali e avventure di una notte. Scambi di storie e spiritosaggini, compresi i racconti degli appuntamenti con Yeon-woo, delle loro notti passate insieme. A Yeon-woo tremavano le mani. Le si offuscò la vista e le venne la nausea.

Era ancora persa a pensare se fosse stato davvero Gyeong-ho a inviare quei messaggi, quando sentì la sua voce: «Ma che stai facendo?»

Yeon-woo si strinse al petto il cellulare. «Mi spieghi cosa vuol dire? Io sarei una pivella?»

In preda al panico, Gyeong-ho cercò di strapparle il telefono di mano. «Dammelo! Non si leggono le chat degli altri», gridò.

Yeon-woo arretrò sullo schienale della sedia. Le tremavano le labbra. «Non l'ho fatto apposta, pensavo ti stesse contattando l'università... L'ho preso perché so che se ti chiamano non puoi non rispondere...»

«Ridammi il telefono! Come ti permetti d'impicciarti così degli affari degli altri? Non ti facevo quel genere di persona!»

Ferita da quelle parole pronunciate con rabbia, lei mollò la presa.

Gyeong-ho ne approfittò per afferrare il telefono. Guardò la finestra della chat, i messaggi e le foto. Quindi tornò a rivolgersi a Yeon-woo. «Hai sbirciato qualcos'altro?»

Lei aveva gli occhi fissi sulla rosa sul tavolo. «... Fammi vedere.»

«Ma cosa devo farti vedere? Sono solo scherzi e battute tra noi ragazzi!» replicò Gyeong-ho, distogliendo lo sguardo.

«Lascialo decidere a me se sono solo scherzi oppure no», disse Yeon-woo, in tono più deciso.

Imbarazzato, Gyeong-ho abbassò la voce, come per

consolarla. «Sono solo battute tra ragazzi. Stavo dando il mio contributo alla chat. Non significa nulla, davvero. Okay? Su, questo comportamento non è da te. Ti sei sempre fidata. Anzi, ci fidiamo l'uno dell'altra. È per questo che stiamo insieme da un anno, no? Guardami, cerca di calmarti. Hai solo frainteso.»

Frainteso? Era tutto troppo esplicito per poter essere un fraintendimento. In quello che aveva scritto non c'era nemmeno una parola adatta a descrivere una persona amata. I messaggi raccontavano, senza filtro, dettagli intimi come la dimensione del seno di Yeon-woo o i gemiti che emetteva durante l'apice del piacere. In una chat con tre studenti dell'ultimo anno, non aveva neppure esitato a condividere una storia di cui solo loro due erano a conoscenza.

Da quando stavano insieme, Gyeong-ho non aveva mai visto la sua ragazza così contrariata.

Yeon-woo prese la parola, come un giocatore che fa la prima mossa: «Per oggi mi è passata la voglia».

«È colpa tua. Perché hai guardato il mio telefono?»

«Perché davvero... davvero credevo che fosse una chiamata urgente dall'università...»

Gyeong-ho corrugò la fronte e sospirò. «Quindi vuoi andartene a casa? E la prenotazione? È per oggi, non si può più annullare. Avevo scelto un hotel speciale per il nostro primo anniversario... Avrei fatto meglio a prenotare il motel in cui andiamo di solito. Invece ho sprecato soldi per niente.»

Yeon-woo si alzò e guardò Gyeong-ho con disprezzo. «Quindi vuoi che ti rimborsi?»

«No, non è quello che intendevo. È che hai semplicemente frainteso tutto...»

Aveva sentito abbastanza. Yeon-woo aprì la porta del bar e uscì. Pioveva a dirotto.

Gyeong-ho le corse dietro con in mano la rosa e un lungo ombrello nero. «Prendi questo.»

«No, non serve. Me ne vado e basta.»

Yeon-woo fece per incamminarsi sotto la pioggia, ma Gyeong-ho la trattenne. «Ma perché ti sei messa a guardare il mio telefono? Perché stai facendo tutta questa scenata, quando ti bastava non guardarlo? Non sarebbe successo nulla e saremmo andati nell'hotel che avevo prenotato, avremmo acceso le candeline sulla torta e ci saremmo divertiti.»

«Sai cosa penso?»

«Cosa?»

Yeon-woo strinse forte le mani, che stavano ancora tremando, e parlò scandendo ogni parola. «Non so nemmeno con chi sono stata in questo anno. È triste e mi fa paura. Non sei la persona che credevo. Il problema non è che ho visto i messaggi, ma che tu hai scritto quelle cose. Se non lo avessi fatto, tutto questo non sarebbe successo. Giocare con la pivella. Il seno piccolo... Dammi il cellulare. Fammi vedere. Avanti. Voglio leggerlo di nuovo.»

Nel sentire la voce di Yeon-woo che irrompeva attraverso le fitte gocce di pioggia, visibilmente imbarazzato Gyeong-ho si toccò la tasca dei pantaloni, dove teneva il cellulare.

Con un'espressione diversa dal solito, Yeon-woo l'afferrò a sua volta. Voleva andare sino in fondo e scoperchiare a ogni costo quel vaso di Pandora del XXI secolo.

I passanti si voltavano a guardarli e sussurravano

tra loro, ma Yeon-woo li ignorava e continuava a strattonarlo. «Avanti, dammelo.»

Gyeong-ho fece una smorfia infastidita, come se gli stesse per esplodere il cervello. «Dai, è imbarazzante.»

«Allora dammelo. Fammelo vedere e non ti chiedo più niente.»

Sorpreso dalla determinazione di Yeon-woo, Gyeong-ho alzò ancora di più la voce. «Ti ho detto di piantarla! Jeong Yeon-woo!»

«Non la pianto finché non mi dai il cellulare... Se sei così sicuro di te, allora dammelo, no?» D'un tratto, gli infilò la mano nella tasca.

Preso alla sprovvista, Gyeong-ho indietreggiò, ma mise male il piede sul marciapiede reso scivoloso dalla pioggia e inciampò, finendo per dare una spallata a Yeon-woo. «Ehi, Yeon-woo! Vuoi darti una calmata?»

«Mica ti ho spinto!»

«Non mi hai spinto, ma mi stavi facendo cadere. Piantala. Vai a casa e basta. Per l'hotel e il resto, consideriamoli soldi sprecati e finiamola.»

Quando la parola «hotel» uscì dalla bocca di Gyeong-ho, gli occhi di Yeon-woo s'incendiarono di nuovo. «Oh, di'! Ma stai pensando ancora all'albergo?»

«Oh? Come ti permetti di rivolgerti a me in questo modo? Yeon-woo, non ti credevo capace di tanto. Ti credevo una ragazza tranquilla e riservata. Sei anche astemia, tant'è che alla festa scolastica ti ho fatto da cavaliere nero.* Sei sempre stata così? Sei sempre stata così sfacciata?»

---

* In Corea si chiama «cavaliere nero» la persona che si offre per bere al posto di qualcun altro (in genere una donna) durante le serate alcoliche. (*N.d.T.*)

«Sì. E tu sei davvero cattivo.»

«Va bene, mi dispiace. Però adesso basta, finiamola.»

Indifferente all'arroganza di Gyeong-ho, Yeon-woo tentò un altro attacco a sorpresa per recuperare il cellulare, ma si sentì colpire al braccio da qualcosa che sembrava un bastone. L'ombrello nero di Gyeong-ho.

Quell'ombrello nero, abbastanza grande per due persone, cadde per terra insieme con la rosa confezionata con cura. Il significato di amore eterno del fiore sfumò coi petali che si sfaldavano sotto la pioggia, per poi essere calpestati e trasformati in forme irriconoscibili dai piedi di Gyeong-ho che se ne andava. Ormai era impossibile distinguere se fossero petali o residui di spazzatura, sporchi e desolanti.

Quel giorno, la previsione del servizio meteorologico nazionale di un indice di umidità percepita del novantotto per cento si era rivelata corretta. Era l'inizio di settembre e, sebbene fosse quasi autunno, la temperatura era aumentata vertiginosamente. Il braccio colpito dall'ombrello pulsava e faceva male. Yeon-woo, che era rimasta immobile nel punto da cui Gyeong-ho se n'era andato, raccolse l'ombrello e se lo trascinò fino all'ingresso di Shineville, camminando sotto la pioggia scrosciante. Quell'ombrello nero non serviva più a ripararsi. Era solo un rottame che le faceva persino ribrezzo toccare.

Aprì la porta d'ingresso della stanza 301 di Shineville. Il monolocale, che quand'era con Gyeong-ho le sembrava angusto, adesso era vuoto e spazioso. Entrò, fradicia di pioggia, e si sedette sul tappeto accanto al letto. Posato vicino all'ingresso, l'ombrello nero gocciolava ancora. Yeon-woo si rannicchiò con la schiena contro il letto. Sembrava che la pioggia continuasse a scrosciarle addosso. Si abbracciò le ginocchia e vi appoggiò la testa.

La notte scura passò e arrivò l'alba. Yeon-woo aveva passato ancora un po' di tempo a pensare, prima di addormentarsi. Poi aveva sognato di essere di nuovo seduta in quel bar e si era svegliata. Cosa sarebbe successo se non gli avesse guardato il telefono? Sarebbe stato peggio? Chinò di nuovo la testa. Il suono che aveva sentito nel momento in cui l'ombrello l'aveva colpita non era stato lo schiocco dell'asta che si rompeva, ma di qualcosa nel suo cuore che veniva fatto a pezzi.

Yeon-woo controllò il cellulare. Non c'erano né chiamate né messaggi. Fissò con orrore i volti sorridenti di loro due che facevano da sfondo allo schermo. Non sapeva più quale fosse il vero volto di Park Gyeong-ho. *Cosa ho fatto di così sbagliato? Senza accorgermene, magari anch'io ho ferito i tuoi sentimenti? Per questo ti sei sfogato parlando troppo coi tuoi amici. È stata colpa mia che ho guardato il tuo cellulare senza permesso. Forse mi dovrei scusare?* La mente di Yeon-woo era un groviglio di emozioni, dall'angoscia alla confusione, fino a un'autocritica inutile che riempì la voragine che il senso di tradimento le aveva scavato nel cuore.

L'acqua piovana gocciolava anche dal vestito nero a palloncino che Yeon-woo aveva comprato apposta per quel giorno, spendendo metà paga del suo lavoro part-time. Scosse la testa e la chinò di nuovo. Le pesavano persino i capelli...

◎ ◎ ◎

Il primo giorno del semestre, alla facoltà di Arte, non si parlava d'altro che della rottura di Yeon-woo e Gyeong-ho. Era stato così anche quando avevano annunciato di essere ufficialmente una coppia. L'unione di Yeon-woo, così silenziosa e tranquilla che a volte ci si dimenticava della sua presenza, e Gyeong-ho, responsabile del consiglio studentesco e dell'organizzazione di vari eventi, era stata una sorprendente ventata di freschezza per i compagni del dipartimento. Tuttavia stavolta, trattandosi di una rottura, la notizia ebbe un'eco assai più grande. La verità sul motivo che l'aveva determinata passò di bocca in bocca, la curiosità crebbe gonfiandosi come pasta lievitata e gradualmente riempì gli stretti corridoi della facoltà di Arte. L'odore acre dell'impasto in fermentazione raggiunse anche Yeon-woo, per bocca di due compagni di corso con cui non aveva mai scambiato più di un cenno di saluto e che ora confabulavano a bassa voce.

«Davvero è stata sorpresa a spiare il cellulare di Gyeong-ho? Ho sentito che è per questo che è stata scaricata...»

«Io ho sentito che è sempre stata gelosa. In maniera folle. L'hanno confermato anche diversi compagni degli anni successivi. Gyeong-ho non ci ha visto più e pare che abbiano avuto anche uno scontro.»

Era sempre stata gelosa? *In maniera folle?* Sebbene solo loro due, che erano i diretti interessati, potessero conoscere il vero motivo della rottura, non sopportava di sentire la gente spettegolare a quel modo. «Ma che ne sapete di me e di lui per parlare così?»

Nel sentirla che li apostrofava in quei termini, nonostante la risaputa riservatezza, i due studenti sgranarono gli occhi per la sorpresa. Yeon-woo estrasse gli auricolari dalla borsa, li infilò nelle orecchie e attraversò decisa il corridoio. Non aveva acceso la musica. Il suo era solo un atto d'isolamento dal mondo esterno.

Cercò di non darvi troppa importanza, ma era sicura che i «compagni degli anni successivi» di cui parlavano quei due fossero persone che erano nella stessa chat di Gyeong-ho. Yeon-woo pensava di poterci passare sopra con dignità, invece non era riuscita a trattenersi dall'inveire contro i due compagni, al pensiero delle labbra sottili di Gyeong-ho che spiattellavano in giro ogni momento della loro relazione, fino a quella rottura turbolenta, gettando acqua sporca su un anno che pure li aveva visti vicini.

Più Yeon-woo rimaneva in silenzio, più l'odore di pasta fermentata dilagava. Le voci fluttuavano per i corridoi della facoltà come gonggal-ppang gonfi e vuoti. Dopo l'assemblea inaugurale d'inizio semestre che si era tenuta il venerdì, tre giorni dopo l'inizio dei corsi, nella mente di tutti gli studenti Yeon-woo era diventata quella che era stata picchiata perché se l'era cercata. La notizia che Gyeong-ho l'avesse colpita con un ombrello era stata fatta circolare dalle bocche maleodoranti di alcol dei suoi amici presenti nella chat di gruppo. Gli altri studenti non potevano sapere che avevano deciso di spargere quella storia apposta, per far passare Yeon-woo per una matta e insabbiare così tutte le altre meschinità di basso livello che il gruppo si scambiava via chat, compresi i voti al fisico delle ragazze.

Ignari della verità, gli studenti non si concentravano sul fatto che Yeon-woo fosse stata colpita, ma si chiedevano perché fosse accaduto o perché Gyeong-ho, che ricopriva un ruolo di responsabilità nel consiglio studentesco, l'avesse picchiata. E così fioccavano le speculazioni e alla fine ognuno esprimeva il proprio giudizio avventato sulla rottura, sottolineando come fosse stata tutta colpa di Yeon-woo e del suo carattere ossessivo e suscettibile.

Era un sabato sera ozioso e la pioggia batteva contro il vetro della finestra. Il notiziario aveva annunciato l'arrivo di un tifone autunnale. Da quel giorno Yeon-woo odiava la pioggia e non sopportava nemmeno la vista degli ombrelli. Le bastava stringere un manico e sentire il freddo del metallo sotto le dita perché le tornasse subito in mente il marciapiede davanti a quel bar. I petali di rosa calpestati e la pioggia che le cadeva addosso sempre più fitta.

Yeon-woo effettuò l'accesso alla home page dell'università. Inserì numero di matricola e password ed entrò nella sua pagina personale. Tra le opzioni presenti, selezionò la richiesta di congedo. Aveva saltato le lezioni solo per tre giorni, ma ora voleva prendersi un periodo di aspettativa. Se avesse lasciato la scuola per un anno, la gente avrebbe smesso di parlare? O forse la sua storia sarebbe stata dimenticata solo con l'arrivo di nuovi pettegolezzi? Yeon-woo sospirò davanti allo schermo del portatile. D'un tratto si sentì sprofondare, aveva bisogno di prendere una boccata d'aria.

Si alzò dalla scrivania e aprì la finestra. Aveva smesso di piovere e tirava vento. Dal terzo piano Yeon-woo vedeva gli alberi del parco di Yeonnam-dong ondeggiare avanti e indietro, inermi. Quando la brezza fresca entrò nella stanza, si sentì molto meglio. *Bene, ora esco. Faccio il bucato e compro del tteokbokki. Se rimango qui ancora un po' finirò per farmi divorare dal malumore.*

Yeon-woo uscì di casa col cesto della biancheria. All'interno, il vestito nero a palloncino aveva inzuppato anche gli altri indumenti.

Il vento faceva cadere con tonfi sordi i cartelli dei caffè lungo il viale del parco.

«Quella non è Jeong Yeon-woo?»

«Sì, è proprio Jeong Yeon-woo.»

A parlare erano due membri della chat di gruppo di Gyeong-ho. Sentendo qualcuno che la nominava alle sue spalle, Yeon-woo si fermò e si voltò d'istinto. Era in una situazione in cui non sapeva se salutare o no. Dato che erano studenti dell'ultimo anno, si sentiva in dovere di salutarli, tuttavia, non essendo volti amici, si limitò a chinare leggermente la testa.

«Yeon-woo, stai bene? Ho sentito che neanche ieri sei venuta in facoltà. Se è per quello che ci siamo scritti in chat... Non abbiamo detto niente di speciale, perché hai reagito così?» iniziò uno di loro, ma Yeon-woo si girò di nuovo e riprese a camminare.

Allora si fece avanti l'altro studente, con indosso una maglietta grigia. «Sì, erano solo battute tra di noi. Hai detto che quella con Gyeong-ho è stata la tua prima storia, giusto? È normale essere un po' impacciati le prime volte. Perché non beviamo qualcosa insieme e ci racconti? Offriamo noi.»

Il primo che aveva riconosciuto Yeon-woo la chiamò ad alta voce e la fermò. «Ehi! Quando parla uno studente più grande, dovresti almeno fingere di ascoltare. O rispondere. Guarda che lo diciamo per te.»

Yeon-woo smise di camminare e strinse i denti. Si sentiva le guance in fiamme.

Quello con la maglietta grigia continuò: «Guarda che Gyeong-ho è un bravo ragazzo. Non dovresti odiarlo così tanto. Se posso essere sincero, non c'era nessun bisogno di controllargli il telefono. Comunque come non detto, eh, buona fortuna. Ciao».

Yeon-woo strinse le labbra ed evitò il loro sguardo. Poi, da lontano, vide Gyeong-ho che camminava verso di loro, così si affrettò in direzione della lavanderia automatica Binggul Bunggul di Yeonnam-dong. Quando uscivano insieme, abitare vicini era stato una benedizione, ma adesso che avevano rotto era un disastro. Se prima le parole «coincidenza» e «incontro» erano sinonimi di romanticismo, adesso che si erano lasciati erano diventate spiacevoli come vedere uno sputo sull'asfalto.

Dovrei prendere un congedo e trasferirmi? Visto che, finché frequenterà l'università, vivrà qui, dovremo continuare a incontrarci in questo modo? Quel vestito nero sembrava aver conservato il caldo, l'odore, l'umidità e il senso di tradimento di quel giorno. Non vedeva l'ora di buttarlo in lavatrice.

Non appena entrò nella lavanderia, il suo stomaco in subbuglio si calmò. Da sempre interessata ai diffusori e ai profumi, Yeon-woo aveva riconosciuto in quell'ambiente una fragranza mista di ambra e cotone. Il risultato era così buono che aveva messo in casa dei diffusori con le stesse essenze, anche se l'effetto ottenuto era diverso. Quando entrava in quella lavanderia, si sentiva sempre avvolgere da un'atmosfera calda e accogliente, come se qualcuno le dicesse: *Che importa se c'è una macchia? Ci penso io a far venire tutto bello pulito.* Quel posto le rasserenava il cuore.

Fortunatamente c'era una lavatrice vuota, quindi poté usarla senza dover aspettare. Aprì l'oblò e inserì il vestito nero selezionando il lavaggio per capi scuri. Come se avvertisse il peso del tradimento impregnato in quei vestiti, il cestello si mosse piano a destra e a sinistra, poi iniziò a riempirsi di acqua tiepida. Yeon-woo sorrise al proprio riflesso nel vetro dell'oblò. Mentre innumerevoli bolle bianche si sollevavano, sussurrò: «Fallo tornare bello pulito...»

Quando la lavatrice passò in modalità risciacquo, Yeon-woo andò a sedersi al tavolo vicino alla finestra. Anche quel giorno il taccuino verde chiaro era lì. Una volta, mentre aspettava il bucato, lo aveva aperto e vi aveva visto annotate frasi come:

Uff, devo andare in bagno. Quando finisce la lavatrice?

Da allora non l'aveva più toccato. Forse a causa della sua timidezza, si sentiva a disagio a leggere i pensieri di altri senza permesso, anche se erano semplici scarabocchi.

Ma quel giorno era diverso. Non poter esprimere quello che aveva dentro le creava ansia. Desiderava aggrapparsi a quel blocco di carta e sfogarsi. La tensione che aveva accumulato e trattenuto stava diventando insopportabile e sentiva che, se non avesse dato sfogo ai suoi sentimenti, presto sarebbe esplosa. Così, dopo aver messo il vestito nell'asciugatrice, prese la penna. *Tanto nessuno saprà che l'ho scritto io. Nessuno mi riconoscerà...* Con una grafia minuta e ordinata scrisse un pensiero sul retro di una pagina su cui qualcun altro aveva lasciato una richiesta di numeri della lotteria che sembrava scherzosa, ma nascondeva un fondo di verità. E, anche mentre scriveva, continuava a interrogarsi su chi potesse leggere quel suo sfogo e arrivare a riconoscerla.

> Nel giorno in cui festeggiavo il primo anniversario col mio ragazzo, ho scoperchiato il vaso di Pandora. Mi è capitato per caso di guardare nel suo cellulare. Non era mia intenzione, ma è successo e ho scoperto di tutto. Ho letto parole che hanno ferito i miei sentimenti e racconti che mi hanno fatto dubitare che quei messaggi fossero stati scritti proprio da lui. Così ci siamo lasciati.
> Non mi piace essere oggetto di pettegolezzi all'università e nemmeno mi va di andare a lezione. Prenderò un periodo di pausa dagli studi, ma non ho voglia di trasferirmi... questo quartiere mi piace troppo. Adoro sentire il profumo dell'erba e degli alberi quando passeggio a Yeontral Park o sorseggiare una cioccolata calda mentre cammino da sola, in primavera, sotto una pioggia di fiori di ciliegio. Cosa dovrei fare? Dato che sono stata io a scoperchiare il vaso di Pandora, dovrei andarmene?
> Se hai intuito chi sono, spero che terrai per te queste mie parole. Te lo chiedo per favore. Non voglio essere di nuovo sulla bocca di tutti.

Mentre Yeon-woo scriveva l'ultima parola, un suono segnalò che l'asciugatrice aveva completato il ciclo. Sperando che quelle riflessioni, a lungo meditate, non scatenassero altre chiacchiere, chiuse ordinatamente il taccuino.

Estrasse il vestito e sentì spandersi nell'aria il profumo caratteristico della lavanderia. Affondò il naso nel tessuto poi, con un leggero sorriso, aprì la porta a vetri e uscì. Come se la pioggia la stesse aspettando, iniziò a cadere a dirotto e Yeon-woo, sorpresa dalle gocce che le martellavano la testa, tornò nella lavanderia, imitata da un gatto dal pelo bianco pezzato di giallo.

Miao miao. Il gatto strofinò la testa contro le sue Converse beige e fece le fusa. A contatto con la morbida pelliccia del cucciolo, che era poco più grande del suo palmo, Yeon-woo si sentì subito meglio. «Anche tu sei entrato qui per ripararti dalla pioggia? Dov'è la tua mamma?»

Miao miao. Il miagolio del gatto era debole e sommesso, come il pianto di un bambino, ma al tempo stesso netto e vitreo come uno schiocco di biglie. Quando Yeon-woo si sedette e gli accarezzò la testa, il gattino emise un ronzio simile a quello di una vecchia radio e presto le salì in grembo e si accucciò fra le sue braccia.

«Hai fame per caso?» Yeon-woo si ricordò di aver visto degli spot che pubblicizzavano cibi e latte specifici per i cuccioli. «Allora vieni con la tua sorellona. Oh, non so se sei un fratellino o una sorellina, in ogni caso vieni con me!»

Miao miao.

«Mmm... Anche se non so ancora se sei maschio o femmina, che ne dici se ti chiamo Me Ah-ri? Me di cognome e Ah-ri di nome. Ti piace? Perché è stato il tifone Meahri a portarti qui.»

Il gattino continuava a miagolare, ma i suoi occhi neri scintillavano, come se avesse compreso le sue parole. Yeon-woo avvolse Me Ah-ri nel vestito nero ancora tiepido e il cucciolo sembrò apprezzare quel calduccio e prese a fare le fusa ancora più forte. Il problema adesso era lei. Non aveva l'ombrello per ripararsi dalla pioggia sempre più scrosciante. *Dovrei provarci? Se corro potrei cavarmela in fretta... Uno, due, tre!* Strinse Me Ah-ri tra le braccia e aprì la porta. Nel momento in cui pensava di sentire la pioggia fredda addosso, un ombrello bianco si aprì sopra la sua testa.

« La pioggia è fredda. Siamo ormai a settembre e se t'inzuppi puoi ammalarti... »

Yeon-woo si trovò di fronte una donna con in mano un ombrello bianco. Era sulla trentina, con indosso un paio di pantaloni neri e una camicia beige. Il tono calmo della voce le conferiva un'aria nobile e gentile.

« Ah, grazie. »

« Usa questo. Il mio studio è qui vicino, ci arrivo facilmente, se la pioggia ci concede un attimo di tregua. » La donna le diede l'ombrello che aveva in mano.

« Ma no, grazie davvero... anch'io abito qui vicino, a Shineville. »

« Oh, vivi a Shineville? A quale numero? Piacere di conoscerti, anch'io ho lo studio lì. Non ci siamo mai incontrate perché quando l'ho preso in affitto ero impegnata con le riprese di un drama. »

« Ah, lei è la sceneggiatrice di drama... Salve, mi chiamo Jeong Yeon-woo e vivo nell'appartamento 301. »

« Piacere, io mi chiamo Oh Kyung-hee. Dato che siamo vicine di casa, a maggior ragione non devi ammalarti. E poi voi siete in due. Prendi l'ombrello e non ti preoccupare. Se vi raffreddate entrambi, allora sì che è un problema. » Kyung-hee indicò Ah-ri, il gattino tra le braccia di Yeon-woo, e le porse di nuovo l'ombrello.

Forse perché era bianco, la ragazza non avvertì nessun senso di oppressione e, anzi, nell'afferrare il manico, sentì il piacevole calore della mano di Kyung-hee. Chinò il capo e salutò. «Grazie. Vado a casa a prendere un ombrello e torno. Neppure lei deve bagnarsi. Se prendesse un raffreddore, sarebbe un guaio.»

Kyung-hee sorrise. «Non disturbarti, resterò qui per un po' a guardare la pioggia e ad approfittare del caffè gratis mentre aspetto il bucato. Vai, presto. Il gattino altrimenti si ammala. E, l'ombrello, consideralo un regalo.»

«Non so se posso accettare... Ma grazie davvero. Grazie.»

Kyung-hee le sorrise un'ultima volta ed entrò nella lavanderia.

Yeon-woo si avviò. Il manico era ancora caldo. Era come se stesse stringendo la mano di Kyung-hee. Dopo alcuni passi, si fermò per guardare un'ultima volta la lavanderia in cui era entrata la donna e un sorriso luminoso si aprì sul suo volto. *È davvero una brava persona. È così calorosa. Che tipo di testi scriverà? Dovrò cercare il suo nome su Internet.*

Contrariamente al suo nome dolce, che significava «eco», durante la notte il tifone Meahri si era intensificato sulla penisola coreana, con tanto di forti tuoni e fulmini, e al mattino la pioggia aveva cominciato a cadere ancora più copiosa. Seppur spaventata dalle condizioni del tempo, Yeon-woo aveva deciso di uscire per portare Ah-ri dal veterinario e accertarsi che stesse bene, visto che chissà da quanto viveva per strada.

«Andiamo?» disse al gattino, che era sdraiato sul letto.

Grazie al servizio di consegna rapida, era riuscita a farsi recapitare già quella mattina presto il trasportino viola che aveva ordinato la sera prima. *Dopo i contadini, che mi permettono di mangiare cibo delizioso ogni giorno, la categoria cui sono più grata sono i fattorini. La Corea del Sud è una vera potenza nelle consegne!*

Quando Yeon-woo aprì lo sportello del trasportino, Ah-ri lo studiò circospetto e con la coda dritta.

«Dai, Ah-ri, entra! Sai dove stiamo andando? Già che ci siamo controlliamo anche se sei una sorellina o un fratellino!»

Ah-ri esplorò la gabbietta con curiosità, ma non appena Yeon-woo chiuse lo sportello iniziò a miagolare spaventato. Per calmarlo, la ragazza mise una coperta sopra l'apertura, in modo che il micio non potesse vedere fuori. L'aveva imparato la sera prima, guardando alcuni video su YouTube che insegnavano a prendersi cura dei cuccioli. Anziché passare la sera ad angosciarsi per il maltempo, aveva pensato al suo futuro con Ah-ri. Ed era una delle ragioni per cui era infinitamente grata a quel batuffolo di pelo, poco più grande del palmo della sua mano, che riusciva a tenerle occupata la mente.

Con una mano prese il trasportino, mentre nell'altra stringeva l'ombrello che Kyung-hee le aveva regalato il giorno prima e in cui percepiva ancora il suo calore. Anche per merito della coperta, Ah-ri rimase tranquillo durante il tragitto in taxi e riuscirono ad arrivare a destinazione senza problemi.

Yeon-woo scese davanti alla stazione di Sinchon e, per la prima volta nella vita, varcò la soglia di una clinica veterinaria. Lei che era arrivata alla veneranda età di ventitré anni senza mai aver avuto un animale domestico, rimase spiazzata dal questionario che l'infermiera le diede da compilare alla reception. Le numerose domande riguardavano la razza dell'animale, il sesso, l'età, l'alimentazione, la data dell'ultimo controllo sanitario, la frequenza con cui veniva sottoposto alla pulizia dentale e l'avvenuta o no sterilizzazione. Yeon-woo spiegò all'infermiera che aveva trovato Ah-ri il giorno prima e che non aveva quasi nessuna informazione su di lui. «L'ho trovato ieri per strada. Non so che età abbia, né se sia maschio o femmina. Gli ho a malapena dato un nome. Posso limitarmi a scrivere quello?»

«D'accordo, quindi ha adottato un gatto randagio, giusto? Scriva il nome, io intanto avverto il medico. Per favore, si sieda e aspetti un momento.»

Yeon-woo si sedette nella sala d'attesa e Ah-ri ricominciò a miagolare, forse per la paura di trovarsi in un luogo sconosciuto.

Miao. Miao miao.

«Ah-ri, va tutto bene. Vogliamo solo assicurarci che tu sia sano. Stai tranquillo, non è un posto di cui aver paura. Qui si prenderanno cura di te.» Accarezzò delicatamente la parte superiore del trasportino e Ah-ri si calmò.

Mentre aspettavano il loro turno, la porta della clinica si aprì ed entrò un uomo anziano insieme con un cane jindo bianco.

L'infermiera li accolse con un sorriso amichevole. «Ma buongiorno! Siete qui per la visita di controllo?»

«Buongiorno. Sì, ho portato qui Jindol apposta.» L'anziano prese un fazzoletto dal taschino sinistro della camicia a quadri e si asciugò i capelli fradici di pioggia.

«È venuto a piedi con questo tempaccio?»

«No, per fortuna mi ha dato un passaggio l'inquilino del piano di sopra. È stato molto gentile. Soprattutto perché si è alzato il vento e ha scatenato una vera bufera...»

«Che bravo vicino. Ora inserisco i dati di Jindol. Intanto, per favore, si sieda e aspetti un momento.»

Mentre l'infermiera digitava sulla tastiera, il signor Jang si accomodò nella sala d'attesa vicino a Yeon-woo e Jindol si accucciò accanto alle gambe del padrone, aspettando con pazienza il suo turno. Yeon-woo guardò il cane e, quando sollevò gli occhi, il signor Jang le rivolse un cenno di saluto.

Miao. Dal trasportino, Ah-ri sembrò rispondere per lei.

«Ah, ma qui c'è un gattino», disse l'anziano, sorridente come se stesse parlando del nipotino.

«... Sì, l'ho trovato ieri per strada», rispose un po' schiva Yeon-woo, che non era abituata a parlare con gli estranei.

«Dicono che i gatti scelgano i loro proprietari, quindi ieri lei è stata scelta!»

«Sono stata scelta?»

«Sì, al giorno d'oggi i giovani che adottano gatti randagi usano questa espressione.»

Sentendosi ancora più sorpresa e felice, Yeon-woo si chiese se davvero quel piccolo batuffolo di lana l'avesse scelta come sua padrona e un sorriso si disegnò sulle sue labbra.

«Adesso nessuno vuole usare più l'espressione 'animali da compagnia', perché si dice che gli animali non nascano per dare piacere alle persone. Se li chiami così ti danno del vecchio retrogrado. Eppure cani e gatti *sono* animali da compagnia. La parola coreana è composta dai caratteri 'compagno' e 'animale' e si riferisce proprio al fatto che uomo e animale fanno affidamento l'uno sull'altro. Anche voi due state per diventare buoni amici.»

Buoni amici? L'espressione suonò strana a Yeon-woo, che non aveva mai avuto un vero amico in vita sua, ma le piacque. Pensò di nuovo a quanto fosse meravigliosa e strana quella connessione e accarezzò Ah-ri. Poi l'infermiera la chiamò: «La padrona di Ah-ri è attesa nella sala visite».

Fu accolta da un veterinario con indosso un camice blu e i capelli pettinati all'indietro che si abbinavano bene al suo viso chiaro. «Buongiorno. Quindi l'ha trovato per strada ieri? Per prima cosa, posso dare un'occhiata ad Ah-ri?» La sua voce era bassa ma dolce e gentile, e i suoi modi affabili ispirarono fiducia a Yeon-woo, che di solito si sentiva a disagio con gli estranei o nei luoghi che non conosceva.

«Va tutto bene, va tutto bene», sussurrava ad Ah-ri, come se stesse confortando un bambino, mentre il veterinario gli esaminava i denti e le orecchie. Per un attimo, Yeon-woo si dimenticò perfino di trovarsi in mezzo a un tifone.

Ah-ri era maschio e aveva circa due mesi. A detta del veterinario, la mamma poteva essere una randagia che lo aveva perso oppure lo aveva abbandonato considerandolo il più debole della cucciolata. Le orecchie, i denti e la pelle erano sani e l'infermiera le avrebbe indicato il cibo e il latte da somministrargli.

Quando la visita fu conclusa e Yeon-woo tornò in sala d'attesa, Jindol e il signor Jang non c'erano più. Al loro posto sedevano i padroni di un pelosissimo bichon bianco e di un Welsh corgi dalle orecchie a punta.

Yeon-woo era dispiaciuta di non aver potuto salutare adeguatamente il padrone di Jindol. *Mi ha spiegato cosa significa essere buoni amici e non ho potuto nemmeno dirgli grazie. Spero di avere la possibilità di rivederlo la prossima volta.*

L'infermiera chiamò Yeon-woo, che pensava al musetto di Jindol chiedendosi se un cane e un gatto potessero fare amicizia, e le disse che poteva accomodarsi per pagare il cibo, il latte e la visita del gattino.

Si dice che gli animali domestici si crescano col cuore e si mantengano col portafoglio. Chissà quanto mi costerà. Preoccupata, Yeon-woo sgranò gli occhi quando vide che il costo della visita era inferiore al previsto. «È giusto così?»

«Sì, ai padroni che portano qui un gatto o un cane randagio o abbandonato, il nostro direttore riserva un trattamento speciale per la prima visita. Dice che, portandoli qui, le persone dimostrano di voler essere dei bravi padroni per gli animali che hanno incontrato per caso, quindi non vuole spaventarle. E, siccome le cure per gli animali costano care, mi raccomando, faccia il possibile perché il suo gatto non si ammali.» L'infermiera sorrise e le restituì la carta di credito.

Quando Yeon-woo tornò a casa e aprì il trasportino, Ah-ri saltò fuori come se non stesse aspettando altro. Per dimostrare quanto fosse stanco di starsene rinchiuso, stiracchiò le due zampe anteriori e scosse la testa, prima d'iniziare a esplorare di nuovo l'ambiente circostante. Annusò attentamente il letto e il tappeto, poi strofinò il muso contro la gamba di Yeon-woo e prese a fare le fusa.

«Ti senti meglio? Sei sollevato adesso? Vieni che ti do il latte, sorellina. Anzi, fratellino.»

Mentre Yeon-woo versava il liquido nella ciotola, Ah-ri tirò fuori la minuscola lingua rosa e iniziò a lappare vigorosamente. Era impossibile resistere a tanta dolcezza, così la ragazza prese dalla scrivania un album per schizzi a carta ruvida e una matita 4B che aveva infilato tra un liner e un pennello per le sopracciglia, e iniziò a tracciare una linea curva, poi un'altra e un'altra ancora finché, in men che non si dica, non terminò il disegno di Ah-ri che beveva il latte.

«Questo sei tu, Ah-ri. Ti piace?» Sorrise con espressione orgogliosa, poi prese un nastro adesivo arancione dal cassetto e attaccò il disegno a un pannello della libreria. «Sembra quasi una foto. Ti somiglia, vero?»

Ah-ri mostrò di gradire rotolando felice. Nel disegno non era stato trascurato nessun dettaglio, neanche i baffetti appena visibili ai lati del musetto e la corta peluria sotto il mento. *Del resto, sono una studentessa di Arte, no?* Sebbene avesse presentato richiesta per sospendere gli studi e non andasse a lezione da tre giorni, nemmeno a quelle aperte al pubblico, le era venuta voglia di riprendere in mano la matita. Ripensò al giorno in cui aveva guardato il tramonto dal suo monolocale, intriso dell'odore della pittura a olio, e aveva dato le ultime pennellate a un dipinto.

Quanto vorrei sentire di nuovo l'odore dei colori... Persa nei suoi pensieri, Yeon-woo guardò fuori della finestra e vide che il tifone si era ormai allontanato, lasciandosi alle spalle solo una leggera brezza. *Chissà se qualcuno avrà letto i pensieri che ho lasciato alla lavanderia Binggul Bunggul di Yeonnam-dong? In realtà io non ero granché interessata agli altri messaggi; quindi perché qualcuno dovrebbe aver prestato attenzione al mio? Tuttavia, chissà, magari qualcuno lo ha letto... Dovrei imparare a mostrare più interesse verso ciò che mi circonda...*

Yeon-woo uscì di casa dopo aver verificato che Ah-ri dormiva profondamente accanto al letto. Aveva un'andatura diversa dal giorno prima e, ora che non pioveva più, al posto dell'ombrello teneva in mano un sacchetto di gelatine al mango che i suoi genitori le avevano portato dal Vietnam. Sopra c'era la foto di un mango che ti riempiva la bocca di dolcezza solo a guardarlo e un post-it con la sua grafia.

Sarebbe fantastico se qualcuno leggesse la mia storia e potesse dare una risposta alla mia domanda, ponendo fine a questa situazione che sembra senza uscita. Yeon-woo avanzò con piglio ancora più deciso. Sentiva che, alla lavanderia, avrebbe trovato la chiave per risolvere tutti i suoi problemi.

Mentre Yeon-woo si avvicinava alla lavanderia con passo deciso, sul posto era appena arrivato Se-woong, che anche quel giorno, sognando le Hawaii, aveva indosso la solita maglietta con le palme e controllava con trepidazione i numeri della lotteria. Giorni prima qualcuno aveva risposto alla sua richiesta di una combinazione vincente e lui, convinto che bisognasse dare una chance alla fortuna, li aveva giocati senza esitazione, salvo poi infilare in tasca la ricevuta e dimenticarsene, finché non l'aveva ritrovata al momento di mettere i vestiti in lavatrice. Non sapeva spiegarsi perché, eppure aveva una bella sensazione. Il suo cuore palpitava a più non posso, come se stesse per ricevere una fortuna inaspettata. *Potrebbe essere l'occasione per non dover mai più tornare a essere un impiegato, col collo rigido e teso tutto il giorno a guardare cifre che girano vertiginosamente sullo schermo. Questi sei numeri potrebbero cambiare la mia vita, essere un'ancora di salvezza mandata da Dio...!*

Tutti e sei i numeri corrispondevano. Aveva vinto alla lotteria! Di colpo il cuore gli si fermò. Pensò di chiamare i suoi genitori, nel ristorante di granchi a Daejeon, ma poi cambiò idea. Ripensò alla storia del fratello minore del suo collega, che si era buttato dalla finestra per aver perso due milioni di won per una truffa di voice phishing, e inviò una foto del biglietto vincente alla sua ex, So-young, che l'aveva lasciato per i soldi, dicendogli che prima o poi anche lei avrebbe fatto quella fine, se avesse continuato a uscire con lui. Dopo aver sentito quella storia, Se-woong aveva passato le serate su YouTube a cercare video sui vari metodi di voice phishing.

> Ho vinto alla lotteria. Adesso ho abbastanza soldi da comprarmi persino una casa. Invece di prendere il treno, prendiamo un volo in prima classe e andiamo alle Hawaii!

Se-woong premette il pulsante di invio e si mise a saltare e a piangere di felicità. Voleva mettere il biglietto nelle mani salate di sua madre, che per tutta la vita si era punta e tagliata pulendo i duri gusci dei granchi. Sentiva già risuonare dentro di sé la gioia di vivere, quando ricevette la risposta di So-young.

> Controlla bene. Sembrano i numeri vincenti dell'estrazione precedente.

Bu-bum. L'aereo per le Hawaii partito dal suo cuore si era schiantato senza nemmeno decollare. Come aveva detto So-young, quella era l'estrazione vincente della settimana prima. I numeri, che già detestava, erano diventati ancora più disgustosi. Era anche molto deluso da se stesso, per non aver sfruttato l'opportunità datagli da Dio con quelle sei cifre. Si rivide di nuovo alle prese coi numeri dei test valutativi, degli stipendi e dei prestiti, e strappò il biglietto della lotteria. *Numeri di merda. Con me avete chiuso. Ah, immagino che questa sia la risposta. Libertà dai numeri. Da oggi dormirò sonni tranquilli! Libero dai dannati numeri! Me ne vado alle Hawaii a ballare la hula! Chi se ne frega?*

Fuori della vetrina della lavanderia, un uomo guardava Se-woong asciugarsi le lacrime, per poi esibirsi in una comica danza. Aveva una lunga cicatrice sulla guancia sinistra, che sembrava fosse stata incisa con un coltello. Sebbene avesse il volto semicelato da un cappello, la ferita era così profonda che era impossibile non notarla.

Quando Yeon-woo arrivò alla lavanderia Binggul Bunggul, non c'era nessuno. Forse perché era aperta ventiquattr'ore su ventiquattro, la gente la utilizzava molto anche di notte. Lei di solito aveva paura di camminare al buio, perciò non ci era mai andata così tardi, ma ora aveva pensato d'iniziare a farlo. Posò le gelatine al mango accanto alla macchina del caffè.

> Sono gelatine magiche, basta mangiarne una per sentirsi subito meglio.
> È un regalo da parte del gattino Ah-ri.

L'immagine di Ah-ri che faceva l'occhiolino sul post-it bianco era davvero carina. I delicati tratti a penna nera e le macchie gialle colorate a pastello rendevano alla perfezione l'aspetto di Ah-ri, tipico gattino randagio coreano. Guardando con orgoglio il messaggio e il disegno, Yeon-woo sospirò. *Adesso stiamo a vedere. Non restare delusa se non trovi scritto nulla!*

Si sedette al tavolo e aprì il taccuino verde chiaro. Sospirò di nuovo. A ogni pagina che girava, in lei montavano sia l'aspettativa sia la preoccupazione. Arrivò finalmente alla pagina cui aveva affidato le sue preoccupazioni e vide, sotto il suo, un lungo testo scritto a mano che proseguiva alla pagina successiva e sembrava riferirsi ai suoi dubbi. Arricciò il naso, colpita dalla sincerità che emanava quella grafia. Era grata che qualcuno avesse letto la sua storia e si fosse preso la briga di rifletterci con lei. Confidarsi era stato un rischio, perché avrebbe potuto fomentare le voci che già circolavano sul suo conto in facoltà. Invece, chiunque fosse la persona che le aveva scritto, sembrava davvero intenzionata ad aiutarla.

Il messaggio era vergato con un pennino sottile, come quello di una stilografica, e la grafia sembrava quella di una persona in là con gli anni. Con quei tratti allungati alla vecchia maniera, poteva appartenere a qualcuno della generazione precedente a quella dei suoi genitori.

> Chissà se vedrai questo messaggio prima che sia passato l'ospite indesiderato dell'autunno, il tifone Meahri. Se è così, alza la testa e guarda fuori della finestra. Vedi gli alberi mossi dal forte vento? Anche quelli che hanno più di cent'anni ondeggiano. Solo così sopravvivono senza rompersi o piegarsi. Forse è questa la saggezza degli alberi che hanno resistito a lungo al vento e alla pioggia.

Nella mia città natale c'era un enorme pioppo che, come tutti i pioppi, aveva una chioma fitta. Era così grande e rigoglioso da far sfigurare gli altri alberi. Tuttavia, quand'è arrivato un tifone, il primo a cadere è stato proprio lui. Infatti il pioppo è un albero che non mette radici profonde: di solito sono fini e ramificano in superficie.

Il castagno, invece, è un albero che cresce a rilento e impiega anni a sviluppare una chioma in grado di fare ombra. Nello stesso quartiere ce n'era uno che tutti davano per spacciato, ma si sbagliavano di grosso. I castagni sono profondamente radicati nel terreno, tant'è che, quando arrivava un tifone, il nostro oscillava ma non cedeva, perciò ha vegliato sul villaggio molto più a lungo di quanto non abbia fatto il pioppo.

Col tempo è diventato il nostro rifugio, il luogo dove talvolta noi ragazzi andavamo a piangere per la fine di un amore. Qualcuno è anche finito in ospedale, dopo essere stato colpito in testa da un ramo strappato dal vento, mentre una voce severa lo rimbrottava: «Ehi, tu, svegliati e studia». Il castagno era piccolo e cresceva lentamente, ma è rimasto sempre lì. Anche dopo diverse estati e diversi tifoni.

Hai detto di essere preoccupata che qualcuno scopra il segreto della tua identità, quindi ora anch'io ti svelerò un mio segreto. C'è stato un tempo in cui ho pianto a lungo sotto quel castagno. Ero il primogenito di una famiglia povera e numerosa e possedevo solo una matita, per questo ogni mattina arrivavo tardi a scuola, vergognandomi del tintinnio che quel lapis sparuto provocava nell'astuccio metallico che avevo nella cartella. Ero stato soprannominato «Ultimo treno» e venivo rimproverato in continuazione dall'insegnante, ma non potevo farci nulla. Quel tintinnio che mi accompagnava lungo il tragitto era così imbarazzante che, a ogni passo, la faccia mi diventava più rossa di una mela. A quel tempo essere povero mi pesava così tanto che scappavo sotto il castagno a piangere tutta la mia tristezza.

Mentre leggevo i tuoi pensieri, mi è tornato in mente l'albero che custodiva i nostri segreti e in autunno ci donava la dolcezza delle castagne. Quell'albero che tutti disprezzavano, ma che alla fine ha messo radici profonde. E ho ripensato anche a tutte le volte in cui ho pianto sotto la sua chioma.

Un giorno, anche tu che hai scritto questo messaggio ti ricorderai di questa tempesta passeggera. Se ti piace questo quartiere, sentiti libera di mettervi radici. Sarai l'albero coi rami più dritti e forti di Yeonnam-dong! Che sia un vento forte o un vento debole, se resisti, sarà semplicemente un vento che è passato.

Era come se tutta la nebbia che si sentiva in testa si fosse diradata. Yeon-woo fece scorrere la mano sul foglio pieno di quella grafia elaborata e si sentì grata per il messaggio. Le si strinse il cuore: avrebbe dovuto portare un mango vero, non solo le gelatine.

Quando alzò la testa e guardò fuori della finestra, vide le chiome degli alberi ondeggiare e, per quanto si sentisse sciocca, non poté fare a meno di pensare che quelle fronde in balia del vento fossero i suoi capelli. Si disse che anche lei stava mettendo radici, come le aveva suggerito la persona che aveva risposto al suo messaggio. Era come se sentimenti contraddittori si fossero accumulati nel suo cuore, rendendolo pesante e opaco. In fondo era tutta una questione di cuore. Ma, guardando gli alberi oscillare, Yeon-woo si disse che adesso cominciava a vederci più chiaro.

«Hai messo radici profonde oppure le stai ancora

mettendo? Se resisti, sarà solo un vento che è passato. Cerca di resistere almeno per oggi», disse, con voce un po' più forte di quella del giorno prima.

Voltò pagina e trovò una nota scarabocchiata in corsivo; per come erano tracciati i caratteri, sembrava la grafia di qualcuno abituato a scrivere tantissimo. Lo spazio tra le parole era due volte più ampio del normale, e la scrittura seguiva una linea fluida e diritta.

> Mi rivolgo a te che hai scritto questo messaggio. Non è affatto colpa tua e non hai scoperchiato nessun vaso di Pandora. Il contenitore giusto per le vicende che portano alla fine di una storia è un bidone della spazzatura. Quindi al massimo hai scoperchiato un cassonetto puzzolente. Adesso immagina di mettere in lavatrice tutti i ricordi belli e brutti che hai accumulato e volta loro le spalle. Verranno ripuliti a uno a uno. Se ti senti sopraffatta, lasciane andare uno ogni giorno e dimenticali piano piano. Se ne avrò la possibilità, mi piacerebbe offrirti una tazza di cioccolata calda!

«Grazie. Grazie mille a tutti e due.»

Non avrebbe mai immaginato che le parole di conforto di due estranei le sarebbero state di così grande aiuto. Se l'avesse saputo, avrebbe aperto prima il taccuino della lavanderia Binggul Bunggul di Yeonnam-dong e ci avrebbe scritto le sue preoccupazioni, una per una. Era come se la solidarietà che aveva ricevuto stesse rimarginando la ferita che la rottura con Gyeong-ho le aveva procurato e nuovi tessuti stessero colmando le crepe. Era meglio di un centro d'ascolto! Chissà quand'era iniziato lo scambio. Era stato il proprietario a cominciare? Non sapeva come quel taccuino verde chiaro fosse arrivato lì, ma era una fortuna avergli potuto affidare i pensieri.

Yeon-woo si sentiva diversa da quand'era arrivata. Era come se fosse diventata una persona nuova, come se fosse entrata in una lavatrice e ne fosse uscita pulita. Non c'era più la Yeon-woo ricurva sotto un vestito nero appesantito dal tradimento e dai rimorsi inutili. Era scomparsa anche la nausea che sentiva alla bocca dello stomaco. Ora voleva solo tornare a casa e accarezzare il pelo morbido di Ah-ri, altro dono della lavanderia.

Arrivata al portone d'ingresso di Shineville, Yeon-woo inserì il codice a quattro cifre nel citofono blu dell'atrio, facendo aprire la porta automatica. Quindi entrò nell'ascensore e premette il pulsante rotondo del terzo piano. *Ah-ri, la tua sorellona è quasi arrivata.* Non vedeva l'ora che il gattino l'accogliesse strofinandosi sulle sue gambe e miagolando dolcemente.

Quando uscì dall'ascensore, si trovò davanti Gyeong-ho che l'aspettava con in mano un lungo ombrello nero. «Yeon-woo...»

«Cosa ci fai qui?»

«Non può finire così. Sono stato così cattivo con te? Non ci credo. È stato solo un malinteso.»

Yeon-woo si sentiva come incollata al pavimento, paralizzata davanti alla porta dell'appartamento 301, dietro la quale l'attendeva Ah-ri. Anche il suo volto s'irrigidì e la voce incespicò. «Gyeong-ho... Puzzi di alcol.»

«Mi mancavi così tanto che ho bevuto un po'. Yeon-woo, non può finire così tra noi. Dai, entriamo e parliamone.»

Quando Gyeong-ho sollevò lo sportellino della serratura elettronica, facendo illuminare lo schermo nero, Yeon-woo gridò spaventata: «Non aprire!»

«Faccio fatica anche solo a stare in piedi in questo momento. Ho bevuto molto a causa tua, perché è troppo difficile dimenticarti. Su, entriamo e parliamo. Stendiamoci un attimo.» Gyeong-ho allungò la mano verso il tastierino numerico.

«Ti ho detto di non aprire!» gridò Yeon-woo.

Nel vedere Yeon-woo tremare e i suoi occhi restringersi, Gyeong-ho cambiò espressione. «C'è qualcuno in casa? Ti vedi già con un altro ragazzo?»

A quelle parole disgustose, Yeon-woo scosse la testa.

«Ma, Jeong Yeon-woo. Ci siamo lasciati da pochissimo e già porti un altro uomo a casa tua?»

«Per favore, vattene...»

Sotto la voce flebile di Yeon-woo, si sentivano i miagolii disperati di Ah-ri.

Miao miao. Il gattino aveva avvertito la presenza della padrona e miagolava ancora più forte, incollato alla porta. Yeon-woo doveva entrare a tranquillizzarlo.

Quando Gyeong-ho inserì con foga il codice, Yeon-woo allungò la mano per trattenerlo, ma in quel momento qualcuno spuntò dalle scale.

«Abito di sotto, al 201. Va tutto bene?» Era Se-woong, che indossava la solita maglietta senza maniche con una grande foglia di palma. Yeon-woo si ricordò di averlo incrociato altre volte nell'atrio del palazzo. Distratta dal suo arrivo, si accorse troppo tardi che, all'apertura della porta, Ah-ri era scappato fuori.

Nel vederlo, Gyeong-ho cacciò un urlo, sorpreso. «Ma che cos'è? Un topo?»

Spaventato dagli strepiti, Ah-ri schizzò via, sfiorando i piedi di Gyeong-ho che, per schivarlo, per poco non lo calpestava. Yeon-woo si piegò per afferrarlo, ma il gattino corse giù per le scale.

«Ah-ri!» gridò Yeon-woo, dimentica degli insegnamenti degli youtuber che consigliavano di avvicinarsi piano e con cautela ai gatti, poiché sono spaventati a morte dai rumori forti e improvvisi.

Se-woong, fermo sulle scale con un'espressione a metà tra il sospettoso e il preoccupato, non riuscì a fermare il gattino, che sgusciò di sotto in cerca di un nascondiglio.

Yeon-woo lo seguì, ma Ah-ri era troppo veloce. Lo trovò al pianterreno, che tremava davanti all'ingresso. Si avvicinò più adagio che poteva, ma la porta automatica intercettò la sua presenza e cortesemente si aprì.

Ah-ri corse fuori. Yeon-woo gli andò dietro, ma il gattino saltò oltre il muro di mattoni che dava sul parcheggio e si diresse verso l'edificio vicino. Continuò a seguirlo con lo sguardo, ma lo perse di vista nel varco fra i due palazzi.

«Ah-ri, sorellina. Anzi, fratellino. Vieni fuori che ti do qualcosa di buono. Avanti, Ah-ri.»

Il sole tramontò e scese il buio. Yeon-woo continuava a chiamarlo con voce roca, ma Ah-ri non rispondeva. *Fa anche più freddo di ieri e lui è ancora un cucciolo. E se si ammala? O peggio, se non lo ritrovo più?*

Continuò a chiamarlo nel punto in cui lo aveva visto l'ultima volta.

Ah-ri, fatti sentire, per favore! Mentre Yeon-woo rovistava in tutte le fessure in cui il gattino poteva essersi nascosto, s'imbrattò i vestiti con l'acqua sporca che si era accumulata dopo il tifone. Ormai era mezzanotte passata. Aveva fame. Ma non aveva voglia di mangiare niente. Non riusciva a pensare ad altro. *Ah-ri, dove sei adesso?* Sospirò, sentendosi terribilmente impotente. *È colpa di Park Gyeong-ho se ho perso Ah-ri.* Yeon-woo aveva la testa che pulsava. Non pensava che si sarebbe mai scusato, perché per lui era stata lei a rovinare il loro primo anniversario sbirciando nel suo telefono. Lei, però, era sempre più arrabbiata. Se le cose stavano così, li avrebbe buttati nella spazzatura i ricordi della loro relazione, altro che in lavatrice.

Yeon-woo arrivò a casa e cambiò il codice della serratura. Sperando con tutto il cuore che Ah-ri ritornasse, usò come nuovo numero il giorno in cui l'aveva trovato. A ripensarci, le vennero i brividi. «Casa» era il posto in cui rifugiarsi, cosa le era venuto in mente di lasciare al suo ex il codice d'ingresso? Aveva voglia di prendersi a calci. *Che sciocca che sei, Jeong Yeon-woo, sciocca e stupida.* Scosse la testa e si stese sul letto, con ancora addosso gli abiti sporchi. Pensò ad Ah-ri, rannicchiato sul suo cuscino. «Ti prego, torna a casa, piccolino.» E chiuse gli occhi.

Quando li riaprì, il suo sguardo si appuntò sulla porta d'ingresso. Mancava qualcosa. L'ombrello nero con la stecca rotta era sparito. Il telefono vibrò e apparve un messaggio di Gyeong-ho.

> Già che c'ero mi sono ripreso le mie cose. L'ombrello, il rasoio, la friggitrice ad aria. Ricordi quando avevi detto che non potevi fare la pizza perché non avevi la friggitrice ad aria e allora ti avevo prestato la mia? Dimentichiamoci l'uno dell'altra e andiamo avanti per la nostra strada. Ho sentito che prenderai una pausa dagli studi: riposati.

Che significa? Non mi aveva portato la friggitrice ad aria dicendo che potevo tenerla? Non era nemmeno nuova, l'aveva usata un anno senza mai lavarla e l'ho dovuta scrostare per bene prima di usarla. L'ho rimessa praticamente a nuovo e ora lui se la porta via?* Yeon-woo scosse la testa. Ripensandoci, era proprio un ragazzo incapace di lasciare un buon ricordo.

Yeon-woo fece schioccare la lingua. Eppure, nell'anno in cui erano stati insieme, non le era mai parso patetico o idiota. Forse per questo gli adulti dicevano che era sempre meglio chiudere i rapporti in termini amichevoli. Dopo aver smaltito l'irritazione, s'iscrisse a una community locale di amanti dei gatti, con oltre settecentomila membri, nella speranza che qualcuno avesse avvistato Ah-ri. Ma quel giorno non era stato pubblicato nessun post. Scorse di nuovo con attenzione la bacheca degli animali smarriti, ma non trovò nessuna traccia del suo gattino.

Pensò di pubblicare un annuncio, ma non aveva nemmeno una foto di Ah-ri. Allora pensò di usare il ritratto che gli aveva fatto e pubblicò l'annuncio nel formato richiesto.

> HO PERSO IL MIO GATTINO BIANCO A CHIAZZE ROSSE DI 2 MESI.
> NOME: ME AH-RI (CHIAMATO AH-RI).
> GENERE: MASCHIO.
> CARATTERISTICHE: È SOCIEVOLE E MIAGOLA FORTE.
> LUOGO DI SMARRIMENTO: A YEONTRAL PARK, LA ZONA PEDONALE DI YEONNAM-DONG.
> SE LO AVETE VISTO O LO AVETE ACCOLTO IN CASA E VE NE STATE PRENDENDO CURA, VI PREGO DI CONTATTARMI.
> NUMERO DI CONTATTO: 010-****-****

Cercando informazioni su come ritrovare un micino smarrito, Yeon-woo scoprì che esisteva la figura del detective dei gatti. Magari, se di lì a un paio di giorni nessuno avesse risposto all'annuncio, avrebbe potuto provare a contattarne uno.

Sulla home page della community comparve un nuovo post intitolato: *Non è ancora stata identificata la persona che ha picchiato un gatto randagio e lo ha appeso al muro.*

Il cuore di Yeon-woo prese a battere all'impazzata e non fu capace di cliccare sulla foto pixellata dell'animale. Nella sua testa presero a scorrere immagini di animali maltrattati come in un film e fu investita da un'ondata d'ansia che presto si trasformò in uno tsunami.

In preda al panico, Yeon-woo chiamò la clinica veterinaria. «Pronto? Buonasera. Sono la padrona di Ah-ri...»

«Buonasera.»

Fortunatamente la clinica aveva un servizio di pronto intervento attivo ventiquattr'ore su ventiquattro e la risposta fu pronta, anche a quell'ora di notte.

«Mmm, per caso è di turno il veterinario che ha visitato Ah-ri?»

«Aspetti un attimo. Per favore, mi ripete il nome dell'animale domestico e del suo padrone?» chiese l'infermiera in tono professionale.

«È un gatto e si chiama Me Ah-ri. Il nome della padrona è Jeong Yeon-woo.»

Sentì battere su una tastiera, poi un *clic* del mouse e finalmente la voce dell'infermiera: «L'ha visitato il dottor Lim Jae-yoon... Qui vedo che il gatto era sano. Ha bisogno di un consulto d'urgenza?»

«No, non è questo... Ho bisogno d'aiuto...»

«Che genere di aiuto?» chiese l'infermiera con voce perplessa.

«Ah-ri... l'ho perso», confessò, trattenendo a stento le lacrime.

«Aspetti, vedo che il dottore è di turno stanotte, glielo passo.»

«La ringrazio.»

L'infermiera la mise in attesa e dal telefono si levarono le note della *Umoreske* di Schumann. Mentre aspettava, Yeon-woo rifletté ancora una volta su cosa avrebbe voluto dire al veterinario.

«Sono il dottor Lim Jae-yoon. Parlo con la padrona di Ah-ri?»

Sebbene l'avesse visto solo una volta, Yeon-woo si fidava di lui, perciò gli spiegò la situazione per filo e per segno, da come aveva smarrito Ah-ri fino all'annuncio sulla community dedicata ai gatti.

Quando lei terminò, il veterinario rimase in silenzio per un momento. «Capisco», disse poi. «Immagino quanto sia spaventata. Ah-ri ha poco più di due mesi e una capacità di sopravvivenza ancora limitata. Occorre ritrovarlo al più presto...»

«Sì, per questo sono così ansiosa di trovarlo e ho chiesto il vostro aiuto... mi dispiace averla disturbata a quest'ora...»

«Non deve scusarsi. Innanzitutto i gatti raramente tornano a casa, però tendono a restare nel loro territorio. Di solito non coprono lunghe distanze, quindi con molta probabilità si trova vicino a dove l'ha perso o dove l'ha trovato. Sono i luoghi in cui si sente più sicuro.»

«Vicino a dove l'ho perso o dove l'ho trovato?»

«Sì, di solito sono i luoghi in cui è più facile ritrovarli.»

«Allora dovrò cercare vicino a casa mia o alla lavanderia automatica.»

«La lavanderia automatica?»

«Sì, è lì che l'ho trovato.»

«Ah, allora le consiglio di andarci subito. Ha messo un annuncio anche al Cat Café, vero?»

«Sì, ma non avevo una foto di Ah-ri, quindi ho usato un disegno che gli avevo fatto.»

«Ha fatto bene. Se invia le informazioni alla nostra mail, le pubblicheremo anche sul sito della clinica. Ah-ri sembrava molto affezionato a lei, vedrà che lo ritrova, non si preoccupi. E soprattutto non si scoraggi se ci vorrà un po' di tempo. Vedrà che alla fine ce la farà. Aspetto sue notizie, mi raccomando.»

«Grazie. Grazie mille. Ero così spaventata e non avevo nessuno cui chiedere...»

La voce amichevole del veterinario l'aveva rassicurata. Pensò di rimettersi subito a cercare il gatto, ma le bastò un'occhiata ai piedi gonfi e graffiati per ripensarci. Ci avrebbe riprovato l'indomani.

Inviò un annuncio e una foto del disegno di Ah-ri all'indirizzo mail pubblicato sul sito web della clinica veterinaria. Poi pensò che avrebbe dovuto affiggere un volantino anche alla lavanderia Binggul Bunggul di Yeonnam-dong. Si alzò e si sedette davanti alla scrivania. Aprì il portatile, avviò Photoshop e creò un volantino con la scritta CERCO UN GATTO e il suo disegno come immagine. *Quando troverò Ah-ri, la prima cosa che farò sarà scattare una foto chiara e riconoscibile, come quelle per la carta d'identità.*

Impostò un quantitativo di cinquanta copie e premette il tasto di stampa. Ne avrebbe fatte anche cento, ma temeva che non le sarebbe bastato il toner. Dopo poco, i fogli cominciarono a uscire dalla stampante.

Yeon-woo si svegliò dopo aver dormito per circa sei ore. Durante la notte aveva sudato e adesso aveva il collo e la schiena umidi. Si alzò ancora intorpidita e mise nello zaino il nastro adesivo e i volantini che aveva stampato quella notte.

«Come ha detto il veterinario, tieni duro e non farti scoraggiare! Alla fine lo troverò!» esclamò, come se stesse recitando un incantesimo. In fondo al volantino aveva scritto: VERRÒ A RIPRENDERLO, OVUNQUE VERRÀ RITROVATO. Senza dimenticare di aggiungere: GRAZIE PER L'ATTENZIONE.

Infilò le scarpe davanti alla porta d'ingresso e uscì di casa. Per prima cosa affisse un volantino nell'ascensore del residence, e altri sul muro di mattoni che Ah-ri aveva scavalcato e sull'edificio adiacente. Dopodiché ne attaccò due su ogni lampione lungo il viale del parco di Yeonnam-dong.

Mancava ancora un bel tratto di strada prima della lavanderia Binggul Bunggul, ma le erano rimasti solo tre volantini. *Forse li ho attaccati troppo vicini tra loro? Però sono i luoghi dove Ah-ri potrebbe essersi perso...* Si chiese se andare alla copisteria vicino all'università per stamparne altri, ma al pensiero dei brutti incontri che avrebbe potuto fare archiviò subito l'idea. Decise di affiggere gli ultimi nei pressi della lavanderia e poi cercare una tipografia nei dintorni.

«Ah-ri, fratellino. Vieni che ti do qualcosa di buono.»

Non aveva altro da dire ad Ah-ri se non «fratellino» e «vieni che ti do qualcosa di buono» perché, esclusa la sua passione per gli snack, non sapeva nulla di lui. Eppure credeva che potessero diventare buoni amici e per lei era già una presenza preziosa, che fin dal primo incontro le aveva lasciato solo bei ricordi. Mentre Yeon-woo chiamava Ah-ri con voce affettuosa, le vibrò il cellulare nella tasca posteriore dei jeans. Era un numero sconosciuto.

Rispose subito, pensando che la stessero contattando per Ah-ri. «Pronto?»

«Ciao, ti chiamo perché ho visto il volantino, ma non hai scritto la cosa più importante.» Era la voce di una giovane donna. Il tono era sgarbato, ma non ci diede peso.

«Ha visto il mio Ah-ri? L'ha trovato?»

«Eh, non ancora. Però quanto mi dai? Non hai specificato la ricompensa.»

Già il fatto che la stesse chiamando senza aver trovato Ah-ri la infastidì, ma la richiesta di una ricompensa la mandò su tutte le furie. «A dire il vero non avevo pensato a una ricompensa...»

«Cioè non c'è una ricompensa?» ripeté la giovane, probabilmente a beneficio di qualcuno accanto a lei.

Yeon-woo sentì in sottofondo una voce maschile che borbottava di riattaccare. «Comunque, se lo trova, saprò come sdeb...!»

Clic. La giovane aveva chiuso la telefonata prima che lei finisse di parlare.

Continuò a camminare tra le file di metasequoie lungo il parco, scrutando tra l'erba alta delle aiuole, e ricevette altre tre telefonate come quella. Ricompensa.

Il problema era la ricompensa. *Dovrei inserirla nel volantino?* In quel momento, tuttavia, non aveva abbastanza denaro da offrire, così, un po' scoraggiata, decise di fare un ultimo tentativo e poi smettere.

«Ah-ri, dove sei, piccolino?» lo chiamò, nel modo più dolce possibile. Continuava a rimproverarsi per aver gridato il suo nome davanti alla porta automatica del palazzo: se non l'avesse fatto, a quell'ora il suo micino sarebbe stato a giocare tranquillo sul suo letto. Si ripromise di non perdere più la calma e, mentre chiudeva gli occhi per rilassarsi, le giunse alle orecchie un suono appena percettibile.

Miao miao. Era flebile, come ovattato, ma quella nota finale non lasciava dubbi, era Ah-ri!

«Ah-ri, dove sei, Ah-ri? La tua sorellona è qui. Per favore, mi fai sentire di nuovo la tua voce?» Yeon-woo entrò nell'aiuola piena di code di volpe e altra erba e chiamò Ah-ri. Ma il suono svanì, sostituito da un tonfo e poi da un miagolio acuto e disperato.

Era un suono che non aveva mai sentito fare al suo gattino.

«Ah-ri, sei tu, vero? Ah-ri!»

Yeon-woo si voltò e a circa dieci passi di distanza vide un uomo accovacciato, che lanciava sassi nell'erba alta. Un brivido le corse lungo la schiena. *Speriamo che Ah-ri non sia lì... Speriamo che non ci sia nessun gatto...* Si avvicinò col cuore che batteva forte. Le persone che passavano lanciavano un'occhiata all'uomo aggrottando la fronte e poi si allontanavano, ma lei continuò ad avanzare. La strada che li separava era breve, anche se le sembrava lunghissima.

D'un tratto, sentì di nuovo quel miagolio lacerante.

« Ah-ri! » gridò anche lei.

Nel vederla arrivare, l'uomo rimase impassibile. Indossava una maglietta nera a maniche corte con un motivo bizzarro, una sottile collana girocollo nera e un bungeoji, un vecchio berretto militare. Era magro e le sue maniche corte sbattevano al vento. Yeon-woo lo fissò: aveva gli occhi ridotti a due fessure, talmente strette che era impossibile dire dove stesse guardando.

« Ah, e così ti chiami Ah-ri? Mmm... »

Davanti ai suoi occhi, Ah-ri tremava, si nascondeva dietro il bordo dell'aiuola per evitare i sassi lanciati dall'uomo.

« Ah-ri, vieni qui. » Yeon-woo entrò con cautela nell'aiuola e lo prese in braccio. Gli toccò le zampe anteriori e posteriori, ma fortunatamente non sembrava essere stato colpito, perché non aveva male da nessuna parte. Solo allora ricominciò a respirare. « Sai quanto ti ho cercato, sorellina mia? No, scusa, fratellino mio. »

« Si chiama Ah-ri », ripeté l'uomo, vedendo Yeon-woo affondare il viso nel pelo del gattino, che tremava tra le sue braccia.

Yeon-woo fu colta da una sensazione di terrore che le fece venire la pelle d'oca. Quell'uomo aveva un che d'inquietante. Era come se emanasse aridità, una desolazione che si poteva avvertire solo tra le ceneri dopo un incendio. « Perché lanci sassi a un gatto? »

L'uomo rimase in silenzio per un po', poi inclinò la testa e guardò Yeon-woo. « Per far passare il tempo. »

« Cosa? »

« Eheheh. È un essere inutile... Se gli dico: 'Vieni', deve venire, come un cane. Invece lui niente, non è venuto. Ma perché la gente lascia ciotole di cibo ovunque e pensa che questi cosi siano tanto carini? Bah», disse lui, intervallando le sue parole con una tosse stizzosa.

Yeon-woo aprì la bocca, sconcertata, e un brivido le corse lungo la schiena. L'uomo si rimise in piedi. Era magro, ma era alto almeno una testa più di lei. La guardò con le sue pupille gelide e Yeon-woo strinse ancora più forte Ah-ri tra le sue braccia e si allontanò.

Aveva le gambe molli, ma stava cercando il coraggio di dirgliene quattro, a quel tizio che aveva cercato di fare del male al suo gattino. Ma, proprio mentre stava per aprire bocca, l'uomo alzò la mano, e a lei tornò in mente l'ombrello con cui Gyeong-ho l'aveva colpita il giorno del loro anniversario. Quel lungo ombrello nero e spesso. Yeon-woo strizzò forte gli occhi davanti alla mano dell'uomo tesa verso di lei e si rannicchiò d'istinto, pronta ad assorbire il colpo.

Quando li riaprì, vide che la mano dell'uomo si stava invece agitando davanti al muso del cucciolo. «Ah-ri, ci rivedremo. Eheheh.» L'uomo tossì di nuovo e sorrise. I suoi denti erano giallastri e così sporchi di nicotina tra le gengive da virare al blu.

Yeon-woo era sfinita al punto che le pulsava la testa. Ma al tempo stesso era così sollevata di aver ritrovato Ah-ri che quasi non si reggeva più sulle gambe. Seppure a fatica, s'incamminò, guardandosi indietro di tanto in tanto per accertarsi che nessuno la stesse seguendo. Aveva paura di tornare a casa, soprattutto dopo quello che aveva detto l'uomo quando aveva salutato Ah-ri. Non voleva che scoprisse dove viveva. Ma aveva bisogno di un posto sicuro dove portare il gattino. Alla fine si decise e, stringendolo forte, avanzò a passo veloce, mentre l'uomo continuava a guardarla con le sue pupille rese ancora più intense dal riflesso del sole.

Miao miao. Ah-ri si strofinò contro di lei e miagolò.

«Siamo arrivati. Restiamo qui per un po' e poi andiamo.»

Dalla vetrina della lavanderia, Yeon-woo vide che erano in funzione diverse lavatrici. Che fortuna. Anche se in quel momento il locale era deserto, la gente sarebbe tornata presto per riprendersi il bucato: se l'uomo fosse arrivato, non sarebbe stata sola. E Ah-ri era lì con lei.

Yeon-woo lo lasciò sul tavolo davanti alla finestra e il gattino emise un verso simile al ronzio di una vecchia radio. Non sapeva da dove provenisse quel suono. Non dal naso, né dalle corde vocali, né dalla testa, come aveva letto su Internet. Chissà, magari i gatti erano davvero forme di vita extraterrestri, come aveva letto in rete. Cominciava a pensare che fosse vero che rubavano i pensieri delle persone e comunicavano con una specie aliena su un pianeta lontano, emettendo quelle strane frequenze sonore.

«Non separiamoci più.»

Miao miao. Come se avesse capito, Ah-ri strofinò piacevolmente la testa contro il dorso della mano di Yeon-woo. Poi si raggomitolò sul tavolo, diventando una pallina di pelo.

Era passata l'ora di pranzo, ma lei era ancora troppo agitata per mangiare, così allungò la mano e prese il taccuino verde chiaro. Ormai aveva imparato che ascoltare i problemi delle altre persone poteva portare grande conforto. Se poi avesse avuto anche il coraggio di scrivere, avrebbe potuto portare conforto anche a se stessa.

Aprì il taccuino e sulla prima pagina vide che lo spazio dove inserire il nome, il numero di telefono e l'indirizzo era stato lasciato in bianco, quindi non c'era modo di risalire al proprietario. *Un mondo in cui tutti possano dormire sonni tranquilli? Cosa significa?* Dopo qualche pagina, trovò il ritratto di un uomo con occhi piccoli e labbra sottili. *Che sia lui il proprietario del taccuino?* Yeon-woo inclinò la testa di lato, pensierosa, e non credette ai suoi occhi: quello era il volto dell'uomo che aveva tirato i sassi ad Ah-ri.

In quell'istante si udì un tintinnio e la porta della lavanderia si aprì. Yeon-woo si spaventò nel sentire il rumore dei passi che si avvicinavano, ma sollevò la testa e si trovò di fronte l'anziano signore che aveva conosciuto all'ambulatorio veterinario, con accanto il suo cane, Jindol.

Il signor Jang posò lo sguardo sul ritratto del taccuino, come illuminato. «Ma certo, ecco chi è!»

Yeon-woo stava per salutare il signor Jang, quando la porta della lavanderia si aprì di nuovo ed entrò di corsa un uomo con indosso un cappello nero. Aveva il respiro affannato e la fronte e il viso imperlati di sudore. La lunga cicatrice che aveva sulla guancia, come se fosse stata incisa con un coltello, fece subito distogliere lo sguardo a Yeon-woo e al signor Jang.

L'uomo non guardò in faccia nessuno e andò dritto verso la cesta degli oggetti smarriti. La rovesciò e iniziò a rovistare tra le tessere magnetiche e gli elastici per capelli.

Yeon-woo e il signor Jang lo fissavano col fiato sospeso.

L'uomo si avvicinò a Yeon-woo con un'espressione imperscrutabile. Spaventata, lei riprese in braccio Ahri e lo strinse a sé, tremante. L'uomo prese il taccuino verde chiaro che era aperto davanti a lei e disse: «Trovato!»

IV

LA CESTA DEGLI OGGETTI SMARRITI

Era una giornata insolitamente bella, come se suo fratello minore Yu-yeol, che stava su in cielo, gli stesse parlando. Il vento soffiava leggero e, per qualche motivo, come succedeva di rado, la calda luce del sole filtrava dalla finestra del soggiorno. Jae-yeol guardò fuori, poi si voltò perché gli balenavano in mente ricordi difficili da affrontare. A rompere il silenzio della casa vuota fu la vibrazione del cellulare, sul cui schermo apparvero le parole «Polizia di Stato». Era una chiamata che aspettava da tempo.

Il cuore gli batteva forte. Trattenne il fiato e premette con calma il pulsante di risposta.

«Buongiorno, lei è Gu Jae-yeol? Qui è la polizia di Seul. Mi sente?»

«Sì, che succede?»

«Sono l'ispettore Lee Se-won. Lei ha recentemente presentato domanda per il concorso in polizia, giusto? Quando esaminiamo la documentazione, effettuiamo anche un controllo del credito. Ovvio, non lo facciamo per tutti i concorsi pubblici, ma solo per quelli destinati a funzioni speciali come la polizia. A ogni modo, abbiamo scoperto che presso la sua banca è stato aperto un falso conto a suo nome e che questo conto è stato utilizzato per attività di voice phishing (o vishing). Lei ha qualcosa a che fare con tutto questo?»

Era lui. L'aveva riconosciuto dal pretesto che aveva usato per approcciarlo.

Aveva dovuto disseminare esche per scoprire da dove erano trapelate le informazioni personali di Yu-yeol. Prima di suicidarsi, suo fratello stava preparando l'esame per entrare in polizia e la sua vita si svolgeva tra l'accademia, la casa e la biblioteca. Per questo, come lui, Jae-yeol aveva lasciato il suo numero sia all'accademia sia alla biblioteca. Inoltre, lo aveva lasciato ai promoter di un'agenzia assicurativa che, se si fosse fermato ad ascoltare la presentazione dei prodotti, gli avevano garantito in cambio un regalo, senza impegno di sottoscrizione di una polizza. Pochi giorni prima di essere truffato, infatti, Yu-yeol aveva ascoltato la descrizione dei prodotti di quella stessa agenzia assicurativa e aveva ottenuto come ricompensa un cuociriso del valore economico di appena cinquantamila won, così scadente che era rimasto a prendere polvere in cucina perché non aveva mai funzionato come si deve. Chissà, anche in quel caso, a chi erano stati ceduti o venduti i dati personali di suo fratello.

Nella mente di Jae-yeol turbinavano molti pensieri. Il metodo era chiaramente lo stesso, ma quella al telefono non era la voce del tizio che aveva chiamato Yu-yeol. Grazie alla funzione di registrazione automatica delle chiamate installata sul cellulare del fratello, infatti, Jae-yeol aveva potuto riascoltare quella voce fino alla nausea. Ogni volta che parlava, quell'uomo emetteva dei versi nasali e gutturali, come se gli stesse andando di traverso l'acqua o si stesse strozzando per la tosse, e alla fine concludeva mormorando: «Uhm». Lo aveva potuto ascoltare sia nella registrazione della prima telefonata con cui era avvenuta la truffa di vishing, sia nella seconda, che il truffatore aveva fatto per deridere Yu-yeol dopo il bonifico:

> *Ghgh, ma quale poliziotto. Hai appena subito un attacco di vishing. Che ingenuo. Ghgh. Se uno stupido come te diventasse agente di polizia, il Paese sarebbe rovinato. Ghgh. Fai finta di avermi dato due milioni di won per ricevere questa lezione di vita. Ghgh. Il mondo non è un posto facile, caro ragazzo. Devi studiarlo un po' meglio. Uhm.*

Jae-yeol non poteva replicare a quei messaggi. Doveva accontentarsi di ascoltare il suono dei sospiri di Yu-yeol ogni giorno. Gli si erano incisi nel cuore, tanto quanto la voce di quel tizio. Per questo, quando lo aveva incrociato a Yeonnam-dong qualche mese prima, nei giorni in cui era stata diramata un'allerta per forti nevicate, lo aveva riconosciuto subito per quella strana tosse gutturale che lo caratterizzava.

Aveva analizzato fino a dissezionare al millimetro il sistema di phishing di cui era stato vittima Yu-yeol e, quando aveva scoperto che la banda si passava i contanti attraverso la cosiddetta tecnica del «lancio», aveva concentrato le sue ricerche nel distretto di Mapo, dove pareva fosse diffusa quella pratica. Più precisamente a Hongdae, nell'affollato parco di Yeonnam-dong. Aveva vagato in quella zona ogni giorno, finché una volta non lo aveva riconosciuto dal tono della voce e perché, nel comunicare a un complice che aveva ricevuto i soldi e li avrebbe portati a Chinatown, aveva incespicato più volte, proprio come per un attacco di tosse. *Sei tu quello che ha ucciso mio fratello.* Avrebbe voluto avvicinarlo e porre fine alla vicenda in quel momento, ma si era trattenuto, stringendo i pugni fino a quando i segni di tutte le unghie non gli si erano impressi nei palmi, poiché sapeva che suo fratello, che sognava di entrare in polizia, non avrebbe approvato.

Aveva deciso quindi di indagare in modo ancora più approfondito, per essere certo di ottenere giustizia. Quel giorno di neve, si era rifugiato nella lavanderia Binggul Bunggul di Yeonnam-dong per evitare di essere notato da quel tizio e, fingendo di fare uno schizzo, ne aveva disegnato l'identikit su un taccuino. Solo che poi lo aveva dimenticato lì...

«Sta ascoltando?»

Jae-yeol deglutì un paio di volte prima di rispondere.

«Sì, sto ascoltando. Sono solo molto sorpreso.»

«Guardi, deve solo ascoltare quello che le dico e seguire le mie indicazioni. Se non dovesse ottemperare alla richiesta, sarà escluso dal concorso ancor prima della prova d'esame. Verrebbe dichiarato non idoneo già in fase di verifica della documentazione e rischierebbe d'incorrere in pene severe...»

Codardi. Avete spaventato e ingannato mio fratello in questo modo. Jae-yeol represse la sua rabbia crescente e si comportò da perfetto ignaro. «Cosa dovrei fare? È sicuro che in questo modo non avrei problemi a diventare un agente di polizia?»

L'altro fece una lieve risata e cercò di rassicurarlo: «Ahahah. Certo, non abbia paura. Deve solo seguire le nostre istruzioni».

«Va bene.»

«Abbiamo modo di credere che il suo cellulare sia stato violato e che sia stato aperto un falso conto a suo nome tramite il mobile banking. Tutto quello che deve fare è scaricare l'app creata appositamente dalla polizia di Stato e rimuovere qualsiasi minaccia venga rilevata. Per prima cosa le invieremo un messaggio con un link per scaricare l'app.»

«Quindi è sufficiente rimuovere il malware?»

«Sì. Quanto c'è sul suo conto bancario adesso?»

«Circa dieci milioni di won.»

«Bene. Rimuova il malware e trasferisca subito il deposito sul conto della polizia di Stato che le invierò, se vuole evitare che le venga confiscato dalla polizia stessa o che le venga rubato dai membri della banda.»

«D'accordo.»

«Non riattacchi. Le ho appena inviato un messaggio di testo. L'ha ricevuto?»

«Sì, ma, con tutti i casi di vishing di cui si sente parlare ultimamente, mi posso fidare a inviare denaro a quel conto?» Jae-yeol fece la domanda perché pensò che, se avesse seguito le istruzioni senza dir nulla, avrebbe potuto destare sospetti.

«Ahahah. Si vede che è un aspirante poliziotto, se sospetta che una situazione come questa possa essere un caso di vishing. Se non si sente sicuro, può anche consegnare i contanti presso la centrale di polizia invece di inviarli al conto bancario. Preferisce fare così?»

«Posso portare io stesso i soldi?»

«Può portarli in contanti, insieme con il libretto bancario, una copia della sua carta d'identità e il suo sigillo personale.»* In sottofondo si udì un rumore simulato di tasti. Era uno stratagemma pensato per dare l'impressione che la telefonata provenisse davvero dal

---

* Timbro personale col proprio nome, necessario in Corea del Sud per tutti i documenti ufficiali su cui è richiesta una firma autenticata. (*N.d.T.*)

quartier generale della polizia, da parte di un ispettore intenzionato a difendere i cittadini dal vishing, nonché per far sentire stupidi e molesti quanti sollevavano dubbi o sospetti sulla veridicità della telefonata.

«Dov'è la sede centrale della polizia di Seul?»

«Il suo indirizzo è Yeongdeungpo-gu. Giusto?»

«Sì.»

«Allora, se preferisce, può recarsi in un ufficio postale collegato al nostro dipartimento investigativo. Nei pressi di casa sua, nel distretto di Mapo, c'è quello di Mangwon-dong. Vada lì e si affidi al poliziotto di sorveglianza che troverà sul posto. Si assicuri di arrivare all'una in punto.»

Jae-yeol sgranò gli occhi. Cos'era questa novità? Questa richiesta di lasciare i soldi all'ufficio postale? Era un nuovo metodo? E perché chiedevano di arrivare all'una in punto? Doveva ricontrollare il modus operandi dell'organizzazione. Lo aveva dissezionato con dovizia di particolari, ma ora cominciava a ingarbugliarsi nella sua mente e a diventare indecifrabile, come una mappa confusa.

«L'ufficio postale di Mangwon-dong, nel distretto di Mapo?»

«Sì, esatto. Mi raccomando, si assicuri di portare ciò che le ho indicato. Per favore, non coinvolga altri membri della famiglia. Poiché non sappiamo fino a che punto sia arrivato l'hackeraggio del suo telefono, il virus potrebbe diffondersi anche ai familiari che la contattano e renderli vittime della stessa truffa.»

«Va bene. Esco subito.»

«Si assicuri di spegnere il cellulare. I phisher potrebbero tracciare la sua posizione e seguirla. Mi raccomando, si sbrighi. Fintanto che il conto resterà aperto, potrebbero esservi accreditate altre grosse cifre e, poiché il falso conto è a suo nome, la sua responsabilità crescerebbe. Quindi non perda tempo e vada subito. È sufficiente che consegni tutto all'agente di polizia dell'ufficio postale.»

Jae-yeol gli fece credere che non avrebbe indugiato.

«Per sua sicurezza, spenga il cellulare già da ora e lo riaccenda solo quando avrà incontrato il poliziotto di sorveglianza. Vedo che non ha ancora scaricato l'app...»

«Pensavo di farlo al termine della telefonata.»

«La scarichi pure subito.»

Continuando a stare al gioco, Jae-yeol cliccò sul collegamento URL, zeppo di virus e messaggi di phishing, e scaricò l'app. Solo allora il suo interlocutore si sentì rassicurato e pronto a chiudere la telefonata. «Bene, ora è al sicuro. Spenga il cellulare subito dopo aver chiuso.»

Quando misero giù, erano trascorsi poco più di quindici minuti. Passata la tensione, la vista di Jae-yeol si offuscò di vertigini. Chiuse gli occhi e si ricordò del giorno in cui Yu-yeol aveva mostrato il suo sorriso più luminoso prima di morire.

◎ ◎ ◎

«Jae-yeol! Ci serviva proprio un nuovo cuociriso, che tempismo perfetto, eh?» Yu-yeol aveva sorriso, orgoglioso del suo nuovo cuociriso elettrico col logo di una marca sconosciuta.

«Ma se non cucini né mangi mai a casa, e ti nutri solo di ramen, che te ne fai di un cuociriso?... Lascialo in cucina, bisogna lavarlo prima di poterlo usare. Se fallisci anche questa volta, ti rispedisco a Yangsan. Andrai ad aiutare papà a raccogliere le mele, ché lì c'è crisi di manodopera e si fatica anche a trovare lavoratori stranieri.» Come ogni fratello, Jae-yeol aveva risposto in tono crudo, sebbene non fosse quello che pensava davvero.

«La volta scorsa è stata solo una prova generale! Ti ho detto di smetterla di dirmi continuamente che ho fallito. Vedrai che quest'anno lo supero. Non dimenticare i vantaggi che avrai, con un fratello agente di polizia.»

«E che vantaggi può mai avere, da un fratello agente di polizia, un cittadino come me, che paga le tasse e guida in modo irreprensibile? Sai qual è il mio punteggio su T-map?»

«Ah, no, non lo so. Va bene, il mio fratello maggiore è fantastico. Lavora in un'azienda che gli paga lo stipendio e ospita a sue spese il fratello minore. Ma non lo può cacciare finché non si sposa!» Yu-yeol aveva tagliato corto e se n'era andato in camera chiudendo la porta. Jae-yeol si era voltato, era scoppiato a ridere e aveva aperto il cuociriso che era sul tavolo. *Dove l'avrà preso questo affare che non vale neppure cinquantamila won? Si sarà fatto raggirare da qualcuno in cambio di chissà cosa. A questo mondo nessuno ti regala niente. Come fa a essere sempre così ingenuo?*

Non era riuscito ad accertare se tutto fosse successo il giorno in cui aveva ricevuto il cuociriso oppure prima. Fatto sta che Yu-yeol era caduto vittima del vishing. Non si trattava di una grossa cifra, ma qualcosa avevo messo da parte, da quando studiava a Noryangjin senza concedersi distrazioni. Usava i soldi che gli mandavano i genitori, titolari di un'azienda agricola produttrice di mele a Yangsan, per pagare le tasse universitarie e sommava quello che gli avanzava alle mance che gli dava di tanto in tanto Jae-yeol perché si pagasse i libri. Ma quei due milioni di won di risparmi, che per lui dovevano significare molto, erano scomparsi da un giorno all'altro.

Jae-yeol non sapeva cosa quei soldi significassero per Yu-yeol, ma era arrabbiato. Com'era possibile che un ragazzo che aspirava a diventare un agente di polizia fosse caduto vittima del vishing? Più che per i soldi persi, era arrabbiato per come era stato truffato e per la pena che provava al pensiero di come avrebbe potuto spendere quei soldi risparmiati con tanto impegno e sacrificio. Yu-yeol sedeva affranto davanti alla scrivania nella sua stanza, senza più uscire per andare in accademia o in biblioteca, sebbene Jae-yeol gli dicesse infastidito di darsi una mossa e rimettersi a studiare.

La prima cosa che aveva attirato l'attenzione di Jae-yeol, quando era tornato a casa dal lavoro quel giorno, erano state le scarpe da ginnastica di Yu-yeol, lasciate davanti alla porta d'ingresso. Eppure, fino a poco tempo prima, le aveva consumate a furia di allenarsi in vista delle prove di idoneità fisica. *Perché continua a fare così?* Gli era montata la rabbia, nel constatare che anche quel giorno Yu-yeol era rimasto a casa in preda alla depressione, invece di andare in accademia.

Aveva aperto la porta gridando: «Come pensi di fare il poliziotto se sei così debole!»

Yu-yeol non aveva reagito e aveva continuato a fissare con sguardo assente il taccuino sulla sua scrivania.

Era seguito un lungo silenzio, che era stato Jae-yeol a rompere. «Cosa può farsene la polizia di uno con un animo così fragile? Te li do io i due milioni di won, basta che ti decida a rimetterti a studiare. Non manca tanto agli esami. Per quanto tempo ancora hai intenzione di rimanere a far niente?»

Yu-yeol aveva inarcato le sopracciglia. Poi aveva girato la testa e guardato Jae-yeol. «Quei soldi... se poi fossi entrato in polizia... li avrei dati a te. Mi dispiace che a causa mia tu non possa nemmeno accendere la TV in soggiorno e debba andare in bagno in punta di piedi la mattina presto. Mi dispiace che nel tuo giorno libero, anziché riposarti o uscire con la tua ragazza, tu sia dovuto venire a prendermi a Noryangjin. Ti avrei ripagato dandoti i soldi per cambiare la macchina. Ma, visto che per il momento i soldi per la macchina non li avevo, avrei voluto almeno aiutarti a pagare un paio di pneumatici!» Yu-yeol aveva pronunciato quelle parole come se il dolore represso nel suo cuore stesse esplodendo.

«Chi vuole soldi da te? Chi ti ha chiesto di comprarmi una macchina? Il modo migliore per aiutarmi è diventare quanto prima un agente di polizia, essere assegnato a una centrale e uscire di casa. Quindi alzati subito. Alzati ed esci! Vai in accademia o in biblioteca! Se non ti piace, vai al parco a correre! Stupido che non sei altro. È perché sei così stupido che ti fai truffare dal vishing. Brutto ignorante!»

«Sì, sono ignorante e stupido. Ma che polizia e polizia? Io mollo tutto. Come può uno come me far dormire sonni tranquilli ai cittadini, se non...»

Bam. Prima che Yu-yeol avesse finito di parlare, la mano di Jae-yeol lo aveva colpito alla testa.

Per essere più precisi, la grande mano di Jae-yeol lo

aveva colpito alla testa, alle tempie e alle guance, che le une dopo le altre erano diventate rosse.

«Se non vuoi essere colpito di nuovo, piantala subito.»

La porta si era chiusa sbattendo. Quando Jae-yeol era uscito dalla stanza, un senso di calore gli aveva invaso il petto. Era andato in bagno e aveva girato il rubinetto del lavandino tutto a destra. Si era lavato il viso con l'acqua fredda. *Anch'io devo tornare in me, se voglio prendermi cura di quel ragazzo debole...*

Fino all'alba dell'indomani, la porta di Yu-yeol non era stata più aperta. Se Jae-yeol aveva chiuso la porta, Yu-yeol aveva chiuso il cuore. Jae-yeol si era sdraiato sul letto e si era girato e rigirato, prima di riuscire a addormentarsi. Più tardi, in preda agli incubi, si era svegliato. Pensava di aver dormito un'oretta, invece aveva fatto più di cinque sogni. Mentre inseguiva qualcuno, era stato inseguito a sua volta, minacciato con un'arma affilata e, proprio mentre stava per scappare, gli erano stati legati i piedi. Nel sonno si sforzava di correre, ma le gambe non si muovevano.

Si era seduto sul letto appoggiando alla testiera la schiena grondante di sudore freddo, poi aveva sentito un fruscio. Sembrava che Yu-yeol stesse cercando delle confezioni di ramen in cucina. Sì, quando aveva fame, non c'erano ragioni che tenessero. Del resto, dopo che non mangiava altro cinque giorni su sette, come faceva a placare il demone del ramen? Scoppiò a ridere. Ben presto, l'odore del ramen si diffuse attraverso la fessura della porta socchiusa. Lo stomaco di Jae-yeol iniziò a brontolare, dato che aveva saltato la cena. *Per favore, dai un po' di ramen anche a me!* sembrava dire. Ma l'orgoglio era tale che lui mai avrebbe detto una parola di scuse al fratello, sangue del suo sangue. Ancor meno di quanto avrebbe mai fatto coi colleghi. La sua bocca era rimasta muta, anche per timore che il carattere di Yu-yeol s'indebolisse ancora di più. Con grande forza mentale, aveva sopportato i morsi della fame ed era tornato a dormire. *Andrà meglio domani.* L'aria fredda di settembre era entrata dall'unica finestra della vecchia veranda e Jae-yeol si era tirato la coperta fin sopra le spalle.

Dopo circa un'ora era suonata la sveglia e Jae-yeol si era destato. Quella notte, il sogno era stato così violento che si era girato e rigirato più volte, ma, quando aveva sentito Yu-yeol preparare il ramen, si era rasserenato e aveva dormito bene.

Devo farmi la doccia, radermi e andare al lavoro. Quando era uscito dalla stanza stiracchiandosi, aveva visto Yu-yeol in piedi davanti alla finestra semiaperta del soggiorno.

« Cosa stai facendo, adesso? »

Yu-yeol aveva voltato la testa e incontrato il suo sguardo. Sul suo viso, bianco come un lenzuolo, Jae-yeol aveva visto la paura e la rassegnazione.

« Stavo aspettando di rivederti un'ultima volta... Fratello, mi dispiace. Adesso esco di casa. »

Prima che Jae-yeol potesse aprire bocca, Yu-yeol era saltato giù dalla finestra. E nel giro di pochi istanti si era udito un tonfo sordo. *Cos'è successo proprio davanti ai miei occhi?* Jae-yeol non era riuscito nemmeno a sussultare. Non aveva avuto il tempo di fermarlo. Era accaduto tutto in un istante. Schegge di vetro erano schizzate via dalla finestra, nel punto in cui Yu-yeol l'aveva attraversata, e avevano ferito Jae-yeol alla guancia sinistra. Lo aveva pervaso una sensazione di caldo, ma, come anestetizzato, non era riuscito a sentire nessun dolore. Quasi in trance, si era avvicinato al punto in cui fino a poco prima si trovava Yu-yeol, calpestando a piedi nudi i frammenti di vetro che erano volati ovunque, e aveva chiuso forte gli occhi davanti alla finestra frantumata. Non aveva avuto il coraggio di guardare fuori. Li aveva riaperti solo quando aveva sentito la sirena annunciare l'arrivo dell'ambulanza.

Yu-yeol era morto sul colpo. Come ultima cosa, aveva cucinato per suo fratello una confezione del suo amato ramen... Al suo funerale, fu usata la fototessera che aveva dovuto allegare alla domanda di ammissione al concorso di polizia. La notte prima della morte di Yu-yeol, Jae-yeol aveva riflettuto sulle parole che aveva detto al fratello. Anche se aveva provato a non pensarci, gli erano tornate in mente tutte le volte che si era ritrovato nella casa vuota. *Stupido che non sei altro. Brutto ignorante.* Allo stesso modo ricordava le guance di Yu-yeol, che erano tanto alte e sporgenti da far sembrare il suo viso gonfio.

Sbam. Jae-yeol si era dato un pugno in faccia. Si era schiaffeggiato ancora e ancora. Pazzo. Patetico. *Un fratello maggiore degno di questo nome può causare la morte del fratello minore?* Il senso di colpa non lo abbandonava. Durante l'intervento chirurgico per rimuovere i frammenti di vetro infilzati nel suo corpo, durante la sutura delle ferite aperte, durante la rimozione dei punti nei nuovi tessuti che nel tempo si erano formati, e anche quando la carne attaccata ai fili delle suture si era strappata, non aveva sofferto. Non aveva sentito dolore, come se il buco creatosi nella finestra rotta da Yu-yeol si fosse formato anche dentro il suo corpo.

Dove le schegge di vetro gli avevano graffiato la guancia sinistra, gli era rimasta una lunga cicatrice rossa che si estendeva da un lato del naso quasi fino all'orecchio. Il medico gli aveva consigliato più volte il trattamento laser, ma Jae-yeol aveva rifiutato. Sentiva che avrebbe dovuto convivere con quel trauma. Lo capiva persino lui. Sarebbe stato difficile esistere senza sentire le parole di quel giorno risuonare nelle orecchie ancora e ancora. Senza che quelle parole che avevano trafitto Yu-yeol si attaccassero alle goccioline di sangue e viaggiassero attraverso le vene per il resto della sua vita, perforandogli il cervello, le orecchie e il cuore.

Terminata la chiamata fraudolenta che aveva ricevuto dagli stessi tizi che avevano portato alla morte suo fratello, Jae-yeol fece un respiro lento e profondo. Era come se un getto d'acqua fredda gli scorresse dalla testa ai piedi per mantenerlo calmo, ma il suo cuore continuava a battere forte e aveva negli occhi la speranza di poterli catturare. Mancava poco al primo anniversario della morte di Yu-yeol. Prima di allora, voleva riuscire a mostrare al fratello che la maledetta mano di quel criminale era stata ammanettata. Moriva dalla voglia di dirgli, se avesse potuto incontrarlo anche da morto: *Tuo fratello ha catturato quel tizio per te*. Solo dopo sarebbe potuto andare sulla sua tomba.

Per riuscirci, però, doveva recuperare il taccuino su cui aveva disegnato il volto del tizio che, in quella banda organizzata, a quanto pareva era incaricato di recuperare i contanti. Aveva tutto ben impresso nella mente, ma sentiva il bisogno di entrare in contatto con quelle pagine che suo fratello aveva toccato con mano. Quelle su cui aveva scritto le sue ultime volontà: «Un mondo in cui tutti possano dormire sonni tranquilli».
Voleva vedere la sua grafia, ma aveva bisogno di coraggio. Uscì di casa indossando un cappello nero e si diresse alla lavanderia Binggul Bunggul di Yeonnam-dong. Altre volte aveva cercato di riprendersi il taccuino, ma ogni volta era andato via a mani vuote pensando che apparteneva a quel posto. Avrebbe voluto portare a casa i ricordi di Yu-yeol, ma osservando le persone che scrivevano su quelle pagine si era accorto che avevano volti sereni. Un uomo addirittura aveva pianto di gioia gridando: «Da oggi dormirò sonni tranquilli!» E, a quelle parole, Jae-yeol aveva desistito di nuovo.
Non aveva avuto il coraggio di portare via il taccuino perché gli sembrava che le persone che vi scrivevano potessero essere amiche di Yu-yeol. Non voleva lasciare di nuovo solo il suo fratellino. Gli dispiaceva che quel ragazzo amante del divertimento avesse passato tutto il tempo a prepararsi per l'esame di polizia, rinchiuso a sgobbare tra l'accademia di Noryangjin e gli spazi angusti del suo appartamento.

Jae-yeol si guardò intorno in cerca del taccuino, ma non lo vide da nessuna parte. Allora rovesciò la cesta degli oggetti smarriti per rovistare nel contenuto, ma caddero solo tessere magnetiche ed elastici per capelli dimenticati in giro da qualcuno. Poi finalmente avvistò il taccuino verde sul tavolo, si avvicinò e lo prese in mano. «Trovato!»

Mentre Jae-yeol si affrettava a uscire, entrarono Hajun e Yeo-reum con espressioni emozionate, come se stessero andando a un appuntamento. Subito dopo fu la volta di Na-hee e Mi-ra, che aveva in mano un coniglio di peluche e, prima che la porta si chiudesse, fece il suo ingresso anche Se-woong, che aveva con sé un portatile e un mucchio di vestiti estivi spiegazzati.

Tutti guardarono Jae-yeol, che teneva in mano il taccuino. Tuttavia, quando videro la cicatrice rossa e lunga sul suo volto, distolsero lo sguardo e si scambiarono occhiate interrogative. Jae-yeol se ne accorse e cercò di uscire in fretta, ma in quell'istante il signor Jang, che teneva al guinzaglio Jindol, si alzò. «È lei il proprietario di quel taccuino? Per noi è come il tesoro di questa lavanderia...»

Tutti condividevano le parole del signor Jang. Lì dentro non c'era nessuno che non avesse tratto beneficio da quel taccuino.

«Eh? Ecco... non è mio, è di mio fratello minore», rispose Jae-yeol, imbarazzato.

«Quindi adesso lo riporterà a suo fratello? Pensavo che ce lo avrebbe lasciato, visto che è qui da tanto tempo. È un vero peccato. Per caso, quello raffigurato nel disegno è suo fratello?»

A ogni parola pronunciata con tono gentile dall'anziano signor Jang, gli occhi di Jae-yeol si riempivano di lacrime. Non sapeva perché, ma sentiva come se volesse raccontargli tutto e appoggiarsi a lui. Era strano. Si chiedeva se fosse per quello che le persone venivano in lavanderia a scrivere e condividere storie. «Mio fratello? No. Quel tizio...»

Tutti nella lavanderia, anche il gattino Ah-ri e Jindol, guardarono Jae-yeol col fiato sospeso.

Jae-yeol raccontò tutta la sua storia. Gli altri ascoltarono con attenzione, sbattendo lentamente le palpebre. Se-woong tirava su col naso e piangeva.

Il signor Jang, che aveva ascoltato l'intera vicenda con la faccia triste, disse: «È venuto anche nella mia farmacia. Avevo una farmacia non lontano da qui, a Yeonnam-dong. Ha chiesto uno sciroppo per la tosse e mi ha pagato in contanti, ma io non avevo abbastanza resto, visto che al giorno d'oggi sono pochi quelli che usano i contanti. Allora, quando gli ho chiesto di pagare con la carta, si è messo subito a imprecare e ha preso a calci il bancone... Se n'è andato quando ho minacciato di chiamare la polizia. Se ci penso, mi vengono ancora i brividi. Non è stata una bella scena».

«Quando l'ha visto? Si ricorda quando esattamente? È passato così tanto tempo dall'ultima volta che non so dire come sia adesso.»

Di fronte all'urgenza nella voce di Jae-yeol, Yeonwoo, che teneva in braccio Ah-ri, rispose: «Io... l'ho appena visto! È sicuramente lui, non c'è dubbio. Stava lanciando sassi al mio gattino proprio prima che entrassi qui. Al parco di Yeonnam-dong!»

«Sei sicura?» chiese Jae-yeol agitato.

«Sono sicura. Mi sono specializzata in pittura di nature morte, quindi ricordo i volti delle persone meglio di chiunque altro! Sono sicurissima!»

«Andiamo a prenderlo adesso!» Se-woong, che aveva smesso di piangere, parlò con voce nasale.

Jae-yeol scosse la testa. «Ora... non è possibile. Per

incriminare qualcuno ci vogliono le prove. Per incastrarlo proverò a usare la telefonata di vishing che mi hanno appena fatto.»

«Non so se posso essere di grande aiuto, ma voglio fare la mia parte. Prendiamolo insieme!»

Dopo il signor Jang, Mi-ra, che aveva ascoltato in silenzio, disse a bassa voce: «Anch'io voglio aiutare. C'è qualcosa che posso fare?»

Na-hee, che era accanto a lei, alzò la mano destra ed esclamò: «Anch'io voglio aiutarti a catturare l'uomo cattivo!»

Tutti nella lavanderia erano della stessa opinione. Anche Yeo-reum e Ha-jun, che erano seduti sul bordo del tavolo, annuirono volentieri.

«Grazie a questo ho imparato ad amare me stessa. E mi sono innamorata anche di quest'uomo...» sorrise imbarazzata Yeo-reum.

Yeon-woo serrò le labbra, confermando la sua voglia di partecipare.

«Grazie a tutti...» Jae-yeol si tolse il cappello nero e abbassò la testa, incapace di dire altro.

◎ ◎ ◎

Se-woong, che era venuto alla lavanderia per lavare i vestiti estivi che avrebbe indossato alle Hawaii, aprì il laptop che aveva portato per guardare Netflix. Era da un po' che non si sentiva emozionato. Quando lavorava, non faceva altro che guardare il monitor e inserire numeri tutto il giorno, ma ora le sue dita sembravano danzare sulla tastiera. Quella situazione era emozionante, come se avesse realizzato il suo sogno d'infanzia di diventare un agente di polizia.

«Allora, innanzitutto è stabilito che l'incontro avverrà all'ufficio postale. Vogliamo escogitare un piano?» chiese esaltato a Jae-yeol dopo un po'.

«Sì, magari. Se mi muovo da solo, va a finire che perdo l'occasione di incastrarlo. Se vado all'ufficio postale a lasciare i soldi al corriere travestito da poliziotto, il tizio che fa la raccolta sicuramente li recupererà. Dobbiamo cogliere questa opportunità.»

Tutti si concentrarono su quello che diceva Jae-yeol.

«Allora facciamo così. Visto che a quel punto Jae-yeol sarà riconoscibile sia per il finto poliziotto sia per il complice, da quel momento li seguiremo noi. Che ne dite?»

«Lo farò io. Dato che sono un anziano, non desterò sospetti. E, anche se è passato molto tempo dall'ultima volta che ho visto il volto di quel tizio, probabilmente posso riconoscerlo meglio di voialtri.»

Dopo che il signor Jang ebbe finito di parlare, Yeon-woo continuò: «Anch'io! Dato che l'ho appena visto, lo riconosco bene. E oggi sono uscita con le scarpe da ginnastica».

«Allora voi due sarete responsabili della squadra di ricognizione, e Ha-jun e Yeo-reum...»

«Io e la mia fata svolgeremo il nostro compito dalla lavanderia. Ci sono molte persone nel parco oggi. Se mi riconoscono, le cose potrebbero diventare più complicate.»

Quando Ha-jun disse che Yeo-reum era la sua fata, Se-woong quasi scoppiò a ridere, ma riuscì a trattenersi. «Pfff, d'accordo. Allora, per favore, starete qui con me nella sala operativa...»

Yeo-reum notò la risata abbozzata e lo squadrò, ma Se-woong cercò di evitare il suo sguardo. Si trattava di un meccanismo di difesa derivato dall'esperienza di un uomo che aveva avuto una relazione con la stessa persona per sei anni: quando offendi una donna, non devi mai incrociare il suo sguardo. In questo modo avrai un'alta probabilità che tutto passi come se nulla fosse successo.

«Anch'io... voglio venire con voi», disse Mi-ra.

E Na-hee: «Anch'io!»

«Tu non puoi. Devi camminare veloce come un adulto, è difficile per te», le disse la madre con espressione preoccupata.

«Ma anch'io voglio aiutare.»

Yeon-woo, che comprendeva le preoccupazioni di Mi-ra, mise Ah-ri tra le braccia di Na-hee. «Na-hee, il nome di questo gattino è Me Ah-ri. Ti prenderai cura di lui mentre la sua sorellona insegue il cattivo?»

Miao.

Na-hee sorrise luminosamente quando vide Ah-ri strofinarle la morbida pelliccia sul braccio. «Sì! Mi prenderò cura io di Ah-ri.»

Mi-ra rivolse a Yeon-woo uno sguardo pieno di gratitudine. «Quindi quale sarà il mio ruolo?»

«Ti piacerebbe andare all'inseguimento insieme con Yeon-woo?»

Mi-ra annuì alla proposta di Se-woong.

«Bene, adesso, se vado all'ufficio postale...»

«Ma come ci andrai? Se vuoi andare all'ufficio postale e seguire il falso poliziotto, avrai bisogno di un mezzo di trasporto», lo interruppe Se-woong.

Sfortunatamente alla lavanderia non c'era nessuno che potesse accompagnarlo. Anche se avevano la patente, non avevano la macchina. Se-woong si grattò la testa davanti a quella variabile inaspettata e in quel momento si aprì la porta. Il padre di Mi-ra entrò portando un cuscino che teneva con sé per i momenti difficili alla guida del taxi.

«Papà! Che ci fai qui?» Mi-ra guardò suo padre Hyun-sik con occhi sorpresi.

«Oh, sei ancora qui. Avevi detto che avresti fatto il bucato, quindi ho pensato di venire anch'io. Se lo lavo a casa, l'odore non scompare. Oh, anche lei è qui.» Hyun-sik vide il signor Jang e lo salutò.

Anche il signor Jang chinò leggermente la testa. Fuori della vetrina vide il taxi col cartello di fuori servizio. «Caro compare, oggi facciamo affari.»

Yeon-woo disegnò rapidamente un identikit del tizio che aveva visto poco prima. Era un ritratto con dettagli precisi, inclusi gli occhi sfuggenti sotto il vecchio cappello militare, il taglio corto dei capelli, la maglietta nera e la collana girocollo. Scattarono una foto del disegno di Yeon-woo con la fotocamera del cellulare e poi lo guardarono bene per memorizzarlo.

Se-woong creò una stanza su un sito di videochiamate in cui più persone potevano connettersi contemporaneamente e fornì a tutti la password per entrare. Effettuarono l'accesso in otto. Se-woong era al comando della sala operativa; il signor Jang, Jindol, Yeon-woo e Mi-ra erano nella squadra di ricognizione; Yeo-reum e Ha-jun erano nella squadra di riserva; Hyun-sik nella squadra di pattuglia; e Jae-yeol era a capo dell'operazione.

Yeon-woo e Mi-ra si misero gli auricolari nelle orecchie.

«Ah, gli auricolari per il signore... Sa quelle piccole casse che si mettono nelle orecchie? Non ne ha un paio, vero? Tenga, usi i miei. Tanto io starò qui...» Se-woong passò gli auricolari wireless al signor Jang.

Ma il signor Jang sorrise e tirò fuori qualcosa dalla tasca. Un modello di auricolari molto più avanzato di quelli di Se-woong. «Utilizzo anch'io gli air pods. I miei sono professionali. La cancellazione del rumore è sorprendente.»

Dopo che le tre persone che indossavano gli auricolari e Jae-yeol ebbero effettuato una prova per testare la qualità del collegamento, aprirono la porta della lavanderia e uscirono. L'operazione «Lavanderia self-service» era ufficialmente iniziata!

La luce verde che indicava che il taxi era fuori servizio si spense e Hyun-sik lo mise in moto. Jae-yeol, seduto sul sedile posteriore, aveva un'espressione solenne sul volto. Sperava di poter prendere il malfattore. *Se incontrerò Yu-yeol nei miei sogni, spero di potergli raccontare tutte queste storie incredibili con un sorriso.*

«Lavatrice numero 1 in partenza!» La voce di Hyun-sik squillò dagli altoparlanti del portatile. Subito dopo il taxi partì e le persone nella lavanderia applaudirono.

Mentre attraverso il finestrino posteriore guardava la lavanderia allontanarsi, Jae-yeol pensò che fosse stata una fortuna aver dimenticato lì il taccuino. Le sue spalle ricurve si raddrizzarono. Finalmente, dopo tanto tempo, si sentiva tornato nel mondo dei vivi. Pago e confortato, come se avesse mangiato cibo fatto in casa.

Attraverso lo specchietto retrovisore, Hyun-sik vide Jae-yeol guardare fuori. Dalla sua postura traspariva una tensione palpabile. Pensò di dire qualcosa, ma decise di lasciar perdere. Jae-yeol serrò e allentò i pugni e inclinò la testa a destra e a sinistra per rilassare i muscoli tesi del collo. Si chiese perché avessero corso il rischio di ritirare i contanti, anziché accettare un bonifico. Affinché il piano andasse liscio, doveva analizzare bene i loro comportamenti.

Grazie alla guida esperta, Hyun-sik riuscì ad arrivare velocemente all'ufficio postale di Mangwon-dong. Sembrava più grande di un normale ufficio postale poiché occupava l'intero angolo di un incrocio, pieno di semafori e strisce pedonali. Jae-yeol comprese perché avevano scelto quel posto! Se avessero sfruttato intelligentemente svolte a sinistra e rettilinei, avrebbero avuto buone probabilità di caricare i soldi a bordo di uno scooter e far perdere le tracce. Questo significava che quel giorno non ci sarebbe stato il passaggio del denaro? Jae-yeol rifletteva su diversi punti. *Perché mi hanno detto di incassare i soldi e di consegnarli al finto poliziotto? Per quale motivo correre il rischio di doversi incontrare?*

In quel momento, sul tetto dell'edificio delle poste s'illuminò un cartello con la scritta: I CRIMINI DI VOICE PHISHING POSSONO ESSERE PREVENUTI SOSPENDENDO I PAGAMENTI E RITARDANDO I PRELIEVI DI TRENTA MINUTI! Ecco dunque il motivo! Se lui avesse effettuato il bonifico e poi ne avesse bloccato il pagamento, loro non avrebbero potuto incassarlo. Per questo avevano scelto di correre il rischio di ricevere il denaro in contanti. Gli angoli della bocca di Jae-yeol si sollevarono appena.

«Siamo arrivati, ti faccio scendere subito?»

«Sì, scendo adesso.» Sebbene non fosse ancora l'ora concordata, Jae-yeol decise di verificare in anticipo la situazione all'interno dell'ufficio postale.

«Parcheggio la macchina un po' più avanti e ti

aspetto, quando avrai consegnato i soldi vieni lì. Dovremo seguirli subito e stargli alle costole. »

« Sì, vado e torno. »

Hyun-sik estrasse una borsa dal cruscotto davanti al sedile del passeggero. Era una borsa da mercato con una stampa a fiori arancioni. « Metti qui i soldi e daglieli. »

« Qui? »

« Così non sembrerà sospetto. E poi una busta potrebbe sempre mettersela in tasca o in un borsello. Questa invece è più grande e sarà più facile per noi tenerla d'occhio. »

Jae-yeol scese dal taxi con in mano quella borsa da mercato a fiori arancioni. Salì i cinque gradini dell'entrata e superò la porta automatica. L'interno dell'ufficio era gradevole. L'odore che si respirava era diverso da quello delle banche, un misto di aria condizionata e carta. Jae-yeol si guardò intorno per trovare un uomo vestito da agente di polizia sotto copertura. Possibile che si fosse arrivati a indossare l'uniforme della polizia per commettere frodi? Jae-yeol scrollò il capo al pensiero di quelle tattiche che diventavano ogni giorno più audaci.

Quando giunse l'orario concordato, un uomo che sembrava un vero agente di polizia lasciò l'ufficio postale. Subito dopo, un uomo con una mascherina e vestito da poliziotto fece il suo ingresso. Era un trucco astuto che sfruttava l'assenza del vero poliziotto nell'ora di pranzo. Quando Jae-yeol si avvicinò al bancomat, l'uomo lo raggiunse. « Il signor Gu Jae-yeol? Abbiamo ricevuto una chiamata dalla centrale. »

« Sì, sono Gu Jae-yeol. »

« Prelevi tutti i contanti dal suo conto e li dia a me.

Mi occuperò personalmente di consegnarli in centrale. Potrebbe esserci qualcuno che la segue, quindi tenga gli occhi aperti finché non arriva a casa. Comunque, appena ci avrà consegnato il denaro, i phisher non avranno più motivo di seguirla.»

«Sì.»

Era comico che il phisher si avvicinasse a lui con un metodo che si usava per catturare i phisher, ma Jae-yeol finse di essere agitato e prese i soldi. Mise i dieci milioni di won in contanti nella borsa a fiori arancioni che gli aveva dato Hyun-sik. Li suddivise in mazzette del valore di diecimila won per aumentarne il volume e consegnò la borsa al phisher vestito da poliziotto alle sue spalle.

«Allora, quando potrò riavere i miei soldi?»

«Glieli invieremo non appena ne avremo accertato l'origine, non si preoccupi. Può andare a casa e aspettare che la polizia di Seul la contatti. Andrò immediatamente a mettere i soldi in sicurezza.»

L'uomo se ne andò con calma e apparente tranquillità. Era stato calcolato tutto nei minimi dettagli.

«La consegna è andata bene?»

«Sì, speriamo solo che adesso quel tizio venga a recuperare il bottino...»

Hyun-sik, che era seduto al posto di guida e inseguiva il falso agente di polizia, premette il piede sull'acceleratore e tornò a parlare al cellulare come a una ricetrasmittente. «Lavatrice numero 1 all'inseguimento; il denaro è stato consegnato.»

«Qui è Gu Jae-yeol. Il denaro è stato consegnato

correttamente. Ora inseguiamo l'uomo in uniforme da poliziotto.» La voce di Jae-yeol tremò leggermente.

Le mani di Se-woong si diedero da fare mentre seguiva a distanza l'operazione attraverso la piattaforma di videoconferenza nella lavanderia. Riassunse la situazione a voce e poi nella chat. «Ritirati i contanti all'ufficio postale, consegna completata. Hyun-sik e Jae-yeol stanno inseguendo un uomo che indossa un'uniforme della polizia di Cheongwon. Per favore, la squadra di ricognizione a Yeonnam-dong si tenga pronta. Potrebbe apparire il truffatore. Ripeto.» Se-woong ribadì il contenuto ancora una volta e pubblicò un nuovo messaggio nella stanza della riunione. «Sembra un vero poliziotto postale. Ne ha tutta la postura.»

Yeo-reum guardò Se-woong e mormorò qualcosa tra sé.

Quando la voce di Se-woong risuonò nelle loro orecchie, il signor Jang, Yeon-woo e Mi-ra, che teneva al guinzaglio Jindol, si diressero al parco di Yeonnam-dong. Come aveva consigliato Jae-yeol, decisero di restare nascosti intorno al luogo sospettato di essere quello prescelto per il «lancio», ovvero per la consegna dei soldi.

«Penso di poterlo riconoscere bene, quindi camminerò con Jindol in direzione di Hongjecheon», disse il signor Jang, affiancato da un Jindol che si atteggiava a cane poliziotto. Yeon-woo e Mi-ra si diressero verso la Torre Aekyung, dalla parte opposta rispetto al signor Jang.

Il venerdì pomeriggio, il viale del parco di Yeonnam-dong era tanto affollato quanto, nelle ore di punta mattutine, la stazione di Sindorim. Era pieno di giovani e turisti, ma Jindol zigzagava agevolmente tra le gambe delle persone.

Il taxi inseguiva con discrezione il phisher che aveva ricevuto i soldi. Per il buon esito dell'operazione, era fondamentale non farsi scoprire, ma Hyun-sik guidava in modo disinvolto da una corsia all'altra come fosse in servizio. D'un tratto il finto poliziotto salì su uno scooter, quasi certamente un mezzo rubato o camuffato appositamente per le truffe. Andò dritto senza svoltare da Mangwon-dong fino all'incrocio con la stazione dell'università di Hongik, poi, quando era fermo sulla corsia di sinistra, in attesa di svoltare verso il parco di Yeonnam-dong, a sorpresa girò il manubrio dalla parte opposta e s'insinuò tra le auto dirigendosi verso la stazione di Hapjeong.

«Si dirige verso la stazione di Hapjeong...»

«Ecco perché sono rimasto sulla corsia centrale! Okay, giro a destra!»

Il taxi azionò la freccia per svoltare a destra, ma il semaforo del passaggio pedonale divenne verde e i passanti iniziarono ad attraversare le strisce. Hyun-sik seguì con lo sguardo il motociclista coi soldi, in attesa che ridiventasse verde. Per fortuna il finto poliziotto aveva la borsa a fiori arancioni appesa al manubrio ed era facilmente visibile. Anche Jae-yeol non lo perdeva di vista un attimo. Quando il semaforo del passaggio pedonale divenne rosso, Hyun-sik spostò il piede destro dal freno all'acceleratore. A causa del traffico congestionato, l'uomo non era riuscito a coprire molta distanza ed era fermo all'incrocio prima della Banca Woori. Ma, invece di svoltare a destra, cambiò di nuovo corsia e si ridiresse verso il parco di Yeonnam-dong attraverso una serie di strade secondarie.

Accidenti. A Yeonnam-dong lo perdiamo! Jae-yeol deglutì e, siccome era impossibile continuare a seguire il motociclista in auto attraverso i vicoli, quando si avvicinarono alla zona pedonale di Yeonnam-dong scese dalla macchina e iniziò a correre.

«Qui è Gu Jae-yeol. La macchina non può più proseguire, perciò sono sceso nella zona pedonale di Yeonnam-dong e continuerò a rincorrerlo a piedi! È pieno di gente e sarà difficile stargli dietro, ma ci provo!»

Dopo aver aggiornato gli altri, Jae-yeol accelerò il passo. Lo scooter si era allontanato dalla zona pedonale di Yeonnam-dong e aveva proseguito in direzione della via dei caffè, dove c'erano diversi vecchi edifici in ristrutturazione. La calca era tale che per fortuna l'uomo non si accorse della presenza di Jae-yeol. Ma, per lo stesso motivo, anche Jae-yeol lo perse di vista in mezzo alla folla.

«L'ho perso. Non riesco a vederlo...»

Gli altri che lo seguivano in call sospirarono contemporaneamente.

«È sparito.»

Tra tutti, Jae-yeol era il più scoraggiato. In compenso Se-woong si era immedesimato alla perfezione nel ruolo del poliziotto postale!

«Va bene, non importa. In fondo noi non dobbiamo prendere il corriere, ma il tizio che ritirerà i soldi. Fra poco il finto poliziotto effettuerà sicuramente il 'lancio'. Da quello che vedo con Street View, lì intorno ci sono diversi edifici in ristrutturazione. È molto probabile che lancerà il malloppo in un cantiere, perché lì non ci sono telecamere a circuito chiuso. Ci sono due posti simili vicino alla zona pedonale. Vai lì e accendi il telefono. Se continui a tenerlo spento anche adesso che hai consegnato i soldi, comincerà a insospettirsi.»

Se-woong continuò a dare indicazioni e Yeo-reum

disse tra sé: *Ma certo! Quel ragazzo dev'essere un fanatico di CSI. Altrimenti non si spiega.*

Jae-yeol accese il cellulare su cui lo avevano chiamato i truffatori. Ora che il denaro era stato consegnato, non c'era più motivo di tenerlo spento. Col telefono in mano, iniziò a correre verso l'indirizzo che gli aveva inviato Se-woong. Trovò un edificio in cemento armato in costruzione, ma nessuna traccia dei malfattori. Allora si diresse verso il secondo. Lì la gettata era stata appena realizzata e il calcestruzzo era ancora fresco. E se il lancio fosse stato effettuato lì, visto che durante l'asciugatura né gli operai né i tecnici vi avrebbero lavorato?

Appena entrato, sentì i piedi sprofondare nel cemento bagnato e si accorse di aver lasciato le impronte. Ma in tutto il pianterreno non ce n'erano altre, oltre alle sue. Segno che i truffatori non erano passati neppure da lì.

Non aveva più la forza di correre, ma uscì dal cantiere e proseguì, mandando giù il sapore ferroso che gli era risalito lungo la gola. Proprio mentre stava per riprendere la corsa, notò una borsa della spesa a fiori arancioni gettata dietro un bidone vicino al cantiere. Si avvicinò per aprirla, ma era vuota. Evidentemente il tizio incaricato di raccogliere i soldi era già passato da lì. Anche se aveva mancato il momento del «lancio», in cui il corriere aveva consegnato il denaro al complice, non si diede per vinto, e riprese a correre, aggiornando dei suoi spostamenti i sodali collegati in videoconferenza.

Il signor Jang, Yeon-woo e Mi-ra, come se avessero capito che era arrivato il loro turno, entrarono in azione contemporaneamente.

«Jindol, andiamo!» Il signor Jang, che stava aspettando nelle vicinanze del parco, estrasse il fazzoletto dal taschino della camicia, si asciugò le gocce di sudore dalla fronte e s'inoltrò per il labirinto di vicoli, seguito dai brillanti occhi neri del suo cane.

«La collana è l'elemento chiave per riconoscerlo. Di solito gli uomini non portano collane corte di quel tipo», sottolineò Yeon-woo mostrando il disegno del truffatore a Mi-ra.

«Un choker di quelli che spesso indossano le rockstar, giusto? Come il collare di un cane!»

«Esatto! Ne indossava una proprio così. Non ho notato la forma del ciondolo perché era molto piccolo, ma non credo che ce ne siano tanti in giro. Lo riconoscerai per forza.»

Uscite dalla lavanderia, Mi-ra e Yeon-woo s'incamminarono verso la Torre Aekyung. Scrutavano attentamente ogni passante, tuttavia, in mezzo alla folla, era difficile distinguere qualcuno che indossasse un choker. Anche perché, per qualche ragione, c'era un numero insolitamente elevato di persone vestite di nero.

Con espressione perplessa, Yeon-woo lasciò un commento in videochiamata: «Ci sono più persone del solito oggi. Forse perché è tempo di festival universitari. Non riesco a guardarle bene tutte, una per una».

Nella lavanderia, a Se-woong brillarono gli occhi, nell'ascoltare il piano di Ha-jun e Yeo-reum.

«Mi esibirò per strada! Se lo annuncio su YouTube e organizzo una diretta, dovrei riuscire a riunire un po' di persone», disse Ha-jun.

E Yeo-reum, dopo di lui: «Andrò anch'io! Lo aiuterò a riunire più persone possibili».

I due avviarono la diretta su YouTube e annunciarono la notizia del concerto che avrebbero improvvisato al parco di Yeonnam-dong. Subito il numero degli utenti collegati lievitò e, dopo aver lasciato la lavanderia, Ha-jun continuò a filmare il loro tragitto in direzione del parco e a ripetere l'annuncio.

Raggiunsero l'ingresso del parco, proprio accanto alle strisce pedonali sotto la Torre Aekyung. Per tutto il percorso, la gente aveva riconosciuto Ha-jun che, una volta arrivato sul posto, unì le mani davanti alla bocca a mo' di altoparlante. «Amici! Sono Ha-jun, mi riconoscete? Riuscite a sentirmi? Mi esibirò qui tra poco. Per favore, ci date una mano a radunare un po' di pubblico?»

Le persone non si fecero attendere e si raccolsero in un capannello sempre più numeroso. Formarono una fila, poi un'altra, poi si stiparono un po' come veniva, sciamando via dal viale del parco.

Come se dovesse dipingerle, Yeon-woo ne approfittò per osservare meglio le poche persone che continuavano a percorrerlo. *Occhi sfuggenti, corpo magro, maniche corte sfrangiate, una collana stile choker e un cappello militare nero...* Mentre ripassava tra sé le caratteristiche del truffatore, si voltò e lo vide. Era sicuramente lui. L'unica differenza rispetto a prima era che adesso aveva un marsupio nero legato intorno alla vita.

«Ehi! È laggiù!» Dopo aver gridato e dato una gomitata a Mi-ra, Yeon-woo abbassò la voce. «È lui. Ha lo stesso collare da cane.»

Mi-ra lo riferì in videochiamata: «Lo abbiamo trovato. È davanti a una cabina fotografica nei pressi della Torre Aekyung! Ora si sta muovendo verso Hongjecheon. Penso che abbia i soldi perché indossa un marsupio nero intorno alla vita».

Yeon-woo seguì il tizio che indossava gli stessi vestiti di quando aveva lanciato sassi ad Ah-ri nell'aiuola traboccante di code di volpe. Il signor Jang comunicò che si sarebbe mosso nella stessa direzione. E lo stesso fece Jae-yeol, trafelato. Lo pedinarono con cautela, perché non se ne accorgesse, ma Yeon-woo, che non gli staccava gli occhi di dosso, una volta che il tizio si girò per guardarsi alle spalle incrociò il suo sguardo.

Come se avesse compreso cosa stava accadendo, l'uomo cambiò direzione più volte. Lasciò il viale del parco e s'infilò in un vicolo senza negozi. Per fortuna la zona non era sconosciuta alle due donne. Yeon-woo viveva da sola a Yeonnam-dong da un bel po' di tempo e Mi-ra vi abitava sin da ragazza. Ma l'uomo non aveva scelto a caso di attirarle in quel vicolo poco frequentato, per di più lontano dalla lavanderia Binggul Bunggul, dove si trovava la sala operativa.

Mi-ra e Yeon-woo parlavano come se nulla fosse, ignare che il tizio avesse capito tutto.

«Cosa vuoi per cena stasera? Preparo del dakgalbi? È passato un po' di tempo dall'ultima volta che sei venuta a trovarmi.»

Mi-ra chiuse delicatamente gli occhi. «Sì, va bene. Porto una torta per dessert. Oggi bisognerà accendere una candelina.»

«Eheheh. Ghgh. Uhm.» L'uomo, che aveva ascoltato la conversazione, rise di scherno e poi tossì.

A Yeon-woo vennero i brividi lungo la schiena nell'udire quella tosse stizzosa, come di corde vocali spezzate. Il tizio si voltò per lanciare un'occhiata a Yeon-woo e a Mi-ra, poi con una smorfia tornò per la sua strada, quasi rassicurato da quella visione.

Nel frattempo, seguendo la loro posizione in tempo

reale grazie al messaggio che Mi-ra aveva mandato in chat, il signor Jang le aveva raggiunte, anche se aveva fatto finta di non conoscerle e, seppur esausto e fradicio di sudore, si era messo all'inseguimento del malfattore in compagnia di Jindol.

Arrivato in prossimità di un piccolo negozio di oggettistica, nella cui vetrina era appeso un acchiappasogni con piume rosa, il tizio iniziò a correre. «Se vi sentite tanto sicuri, continuate pure a seguirmi. Ghgh», disse con un sorriso beffardo.

Colte di sorpresa, Yeon-woo e Mi-ra partirono di corsa dietro di lui. Lo stesso provò a fare il signor Jang, ma dopo qualche passo si fermò esausto, mentre Jindol, davanti a lui, agitava nell'aria le zampe anteriori, tirando per la pettorina.

«Qui Gu Jae-yeol! Lo seguo io adesso! Può essere pericoloso, quindi non fate niente di avventato. Aspettate.» La voce uscì forte e chiara dagli altoparlanti del portatile.

Anche Se-woong, con le mani ferme sulla tastiera, pensò che Yeon-woo e Mi-ra potessero essere in pericolo. Se il tizio avesse impugnato un'arma o le avesse aggredite, avrebbero avuto la peggio. «Restiamo calmi. Restiamo calmi...» disse con un sospiro profondo, misto di ansia e paura. «Mi-ra, puoi riprendere quello che vedi intorno a te con la fotocamera del telefono? Oppure leggi semplicemente le targhe degli indirizzi!»

Ben presto nel gruppo arrivò il video inviato da Mi-ra. Era tremolante, perché l'aveva girato mentre correva, ma abbastanza nitido da permettere a Se-woong di riconoscere a colpo d'occhio la posizione.

«Jae-yeol! Vai all'indirizzo che ho mandato in chat!

Devi recuperare i soldi prima che li faccia sparire. Ci serviranno come prova!»

Al pensiero dell'uomo in manette, Jae-yeol si fece forza, strinse i denti e cominciò a correre a perdifiato. In quel momento squillò il cellulare. «Pronto?»

«Eheheh. Sei tu? Il fratello di quello che si preparava all'esame di polizia e che si è suicidato, giusto? I fratelli Gu Yu-yeol e Gu Jae-yeol. L'ho visto al telegiornale. Ghgh. L'ho guardato dopo tanto tempo a causa di tuo fratello, è stato divertente. Maledetti, uno vi chiama a caso, ma voi ci provate sempre e peggiorate la situazione.»

«Consegnati e ti darò una possibilità. Anzi, no, non consegnarti. Ti afferrerò con le mie mani come un'anatra.»

«Per curiosità, l'hai poi cambiata la macchina? Tuo fratello piangeva e strepitava perché diceva che erano i soldi che aveva risparmiato per aiutarti a cambiare l'auto e che, se glieli avessi restituiti, non mi avrebbe denunciato. Eheheh. Mi ha fatto così pena che per un attimo ci ho anche pensato. In fondo erano due miseri milioni di won. Ghgh.»

Jae-yeol temette che il sangue gli sarebbe salito alla testa, ma mantenne la freddezza. Strinse i pugni e pensò solo che doveva catturarlo.

In quella pausa di silenzio si udì di nuovo un colpo di tosse. «Eheheh. Ma quindi hai anche una sorella? È divertente. Il vecchio e la ragazza mi sono venuti dietro per un po', poi si sono fermati. Invece lei è brava a correre.»

L'uomo stava davanti a un muro grigio così pieno di crepe che sembrava fosse stato speronato molte volte. Era un vicolo senza uscita. Sorrise muovendo il labbro inferiore e, mentre continuava a parlare al telefono con Jae-yeol, lanciò uno sguardo tagliente a Mi-ra.

Il suo nome era Go Hwa-pyeong. All'età di ventidue anni era stato licenziato dal suo impiego in un negozio di cellulari, dopo essere stato sorpreso a utilizzare i dati personali dei clienti per attivare nuove schede ed effettuare piccoli pagamenti. Non erano molti soldi ma, quando aveva confessato di aver speso cinquecentomila won in giochi, il direttore del negozio gli aveva intimato di prendere la sua roba e andarsene.

Era di quelli che pronunciavano a ragion veduta l'espressione *Hell Joseon*.* Non era riuscito a trovare un lavoro stabile. Senza lavoro non si era potuto permettere una casa. E, senza una casa, non aveva potuto pensare neppure al matrimonio. Queste tre condizioni lo avevano relegato nello strato più basso della società e costretto a subire il giudizio sociale. Il suo unico desiderio era di andarsene.

Se n'era andato in Cina assecondando la sua passione per la tecnologia, e la sua partenza non aveva inquietato particolarmente i suoi genitori, convinti che l'assenza di notizie fosse una buona notizia. I soldi che guadagnava con qualche lavoretto occasionale li spendeva per giocare in un lussuoso casinò ma, anziché dare una svolta alla sua vita, così facendo aveva accumulato un debito di dieci milioni di won dopo

---

* Espressione coniata dalla generazione dei millennials come critica a uno Stato che nega loro ogni tipo di prospettiva, dal lavoro agli alloggi alla famiglia. Joseon, il nome dell'antico regno dinastico della penisola, affiancato al vocabolo inglese *Hell* (inferno), evoca una società ostile, caratterizzata da una forte competizione socioeconomica e di classe. (*N.d.T.*)

aver perso tutto in un'unica puntata. In cerca di un lavoro che gli permettesse di risanarlo in un solo mese, aveva finito per farsi assoldare da un gruppo di truffatori telefonici che praticavano il voice phishing. All'inizio era teso: anche se aveva a disposizione un copione già scritto, quando parlava al telefono coi malcapitati gli veniva il prurito alla gola e tossiva. Ma, più ingannava le persone, più si sentiva come se stesse salendo di livello. Viceversa, si irritava se l'interlocutore non cadeva nella trappola e non inviava il denaro. Desiderava fortemente vincere. Ogni chiamata andata a vuoto metteva in evidenza la sua inadeguatezza e suscitava in lui un lancinante senso di inferiorità. Così cercava di farsi trasferire i soldi premendo sulla paura delle sue vittime, come a soffocarle. Che si trattasse di un milione o di dieci milioni di won, doveva imbrogliare per sentirsi appagato. Benché avesse già saldato tutti i suoi debiti, non aveva nessuna intenzione di tornare in Corea.

Lavorare col vishing gli procurava divertimento e non richiedeva molta fatica. Tuttavia, la tosse di cui soffriva si era fatta sempre più grave. Gli era stata diagnosticata una stenosi esofagea che richiedeva l'assunzione di farmaci. Quando aveva capito che, senza una terapia adeguata, avrebbe rischiato di perdere la voce, non aveva potuto far altro che prendere un volo per Incheon. Tornato in Corea, Hwa-pyeong aveva abbandonato il vishing per dedicarsi alla raccolta di denaro. Riceveva il ricavato della truffa dal corriere intermediario e lo recapitava a Chinatown, affinché fosse riciclato e inviato in Cina. Tuttavia, a causa di una telefonata non programmata, fatta a Jae-yeol dalla centrale telefonica, questa volta le cose stavano prendendo una brutta piega.

Quando il cellulare squillò, Mi-ra, sorpresa, lo estrasse lentamente dalla tasca e lo fissò con intensità. Era Se-woong.
«Qualcosa non va, vero? Condividi la tua posizione. Presto!»
«La invio subito», sussurrò lei. Riattaccò e aprì l'app delle mappe, tremando. Gli occhi di Hwa-pyeong puntati addosso le facevano venire i brividi. Ma, proprio mentre stava per inviare la posizione, il suo telefono si spense. Negli ultimi giorni si era accorta che la durata della batteria, che usava da oltre cinque anni, era ormai breve, ma non poteva immaginare che si sarebbe spento proprio in quel momento.
«No!»
«Eheheh. Provate a prendermi.»
Dopo aver visto la faccia accigliata di Mi-ra, Hwa-pyeong aveva terminato la chiamata con Jae-yeol.

◎ ◎ ◎

Vedendo che il messaggio di Mi-ra non arrivava, Se-woong la richiamò dalla lavanderia. Gli rispose una voce che diceva: «Il numero selezionato non è al momento raggiungibile».
«No!»
Jae-yeol annunciò che la sua identità era stata scoperta. Il signor Jang e Yeon-woo avevano perso ogni forza fisica, tanto che anche Jindol aveva tirato fuori la lingua e ansimava in cerca d'aria. Entrambi dissero che avrebbero cercato nuovamente Mi-ra in quella zona. Anche Se-woong, che era alla lavanderia, era senza fiato come se stesse correndo tra i vicoli. Presentò una

denuncia alla stazione di polizia chiedendo l'intervento di pattuglie nella zona per evitare il peggio.

Mi-ra aveva messo in atto una tenace resistenza nei confronti di Hwa-pyeong. A darle coraggio era stata una fortuita coincidenza: il vicolo cieco in cui si era intrufolato il truffatore era quello in cui sorgeva Wonjin Villa, dove Mi-ra aveva abitato prima di trasferirsi dal signor Jang. Proprio quel viottolo stretto che aveva reso difficoltose le manovre dello scuolabus. Mi-ra dunque conosceva bene quel posto, ma molti pensieri contradditori le attraversavano la mente. *Benché sia magro, quante possibilità ho di vincere se mi batto con questo tizio? E se nascondesse un'arma in quel marsupio, oltre ai soldi?* Il sudore freddo le scorreva lungo la schiena e l'immagine di Na-hee che giocava col gattino in lavanderia le balenò nella mente. Alla vista del volto di Mi-ra che si adombrava, Hwa-pyeong rise come se lo trovasse divertente, di una risata simile a quella di Joker nel film *Il cavaliere oscuro*. Poi borbottò tra sé ed emise un verso. Un misto tra una risata e un colpo di tosse.

«L'ajumma* ha paura adesso, eh? Togliti di mezzo e falla finita. Ghgh.»

«Sono un'ajumma, sì, hai detto bene. E un'ajumma non ha paura di niente e di nessuno. Tantomeno di

---

* Termine coreano utilizzato per indicare una donna che abbia acquisito maturità e forza interiore in seguito alle esperienze della vita. A differenza del corrispettivo di cortesia maschile (ajossi), in determinati contesti può essere caricato di una connotazione dispregiativa, a ricalcare l'età anagrafica di una donna. (*N.d.T.*)

te, che hai le gambe più esili dei miei avambracci. Solo una cosa mi spaventa al mondo, il denaro. Sì, il denaro.»

«All'ajumma piacciono i soldi, eh? Ghgh. Se lavori con me, posso dartene molti. Posso darti anche qualcosa di meglio. Eheheh ghgh.»

Hwa-pyeong stava aspettando un suo momento di distrazione per scappare, ma Mi-ra, in piedi davanti a lui, non gli lasciava il minimo varco. «Pazzo. Se lavorassi con te, marcirei in prigione senza mai rivedere la mia famiglia.»

«Dici sciocchezze perché hai paura?»

Mi-ra parlò più forte, per ostentare tranquillità. «Sai cos'è spaventoso? Cosa spaventa davvero le persone? Il momento in cui toccano il fondo. Ecco perché tu stai tremando adesso. Non essere troppo spaventato. Dopo che hai toccato il fondo, puoi solo risalire.»

Fermo di fronte a Mi-ra, con una risata sarcastica Hwa-pyeong estrasse qualcosa dal marsupio nero che teneva allacciato intorno alla vita. Era un coltellino. Per un istante, la lama scintillò alla luce del sole. Sebbene fosse piccolo, era abbastanza affilato da ferire qualcuno. Mi-ra era spaventata, ma decise di non andarsene finché non fosse arrivato aiuto.

«Eheheh, stai zitta, o ti strapperò via quella boccaccia, ajumma.»

Proprio mentre Hwa-pyeong stava per avventarsi su di lei, la porta a vetri di Villa Won-jin si aprì. Due operai uscirono dalla casa reggendo la vecchia lavatrice rotta che emetteva quello strano stridio. Ignari di cosa stesse succedendo, quando videro il coltello nella mano di Hwa-pyeong e la paura negli occhi di Mi-ra, usarono l'ingombrante lavatrice per ostruire ogni via di fuga all'uomo. «Signora, lei si metta in salvo, vada!»

In quel momento, Jindol accorse scodinzolante nel vicolo, notò Mi-ra e abbaiò forte, come per farle capire che era lì. Subito dopo, giunsero sul posto il signor Jang, Yeon-woo e Jae-yeol. Sentendosi in trappola, Go Hwa-pyeong scavalcò la lavatrice facendo leva su una mano, ma fu subito braccato da Jae-yeol, che lo afferrò per la spalla sinistra. Non poteva farselo sfuggire, così, anche quando Hwa-pyeong agitò il coltello graffiandogli la guancia sinistra, Jae-yeol non mollò la presa. Hwa-pyeong, però, oppose resistenza e gli puntò ancora il coltello sul volto. Jae-yeol fu costretto a indietreggiare e a lasciargli andare la spalla, ma non prima di aver allungato la mano sul marsupio che conteneva i soldi.

«Lasciami andare! Via! Lasciami andare! Ti restituisco i soldi, ma lasciami andare!»

«Non bastano, i soldi. Fai bene i calcoli.»

Jae-yeol tirò il marsupio con tutte le sue forze e Hwa-pyeong, incapace di resistere, cadde a terra. Tentò di rialzarsi, ma fu agguantato da Jae-yeol, che si lanciò sopra di lui. In quel momento, davanti al vicolo, si fermò una pattuglia della polizia. In men che non si dica, i suoi polsi furono ammanettati e Jae-yeol tirò un respiro di sollievo.

«L'ho preso. Grazie davvero...» Jae-yeol riferì la notizia in videochiamata.

Se-woong, che era alla lavanderia, il signor Jang, Mi-ra e Yeon-woo, che erano sulla scena, Ha-jun e Yeo-reum, che avevano appena finito di suonare per strada, e Hyun-sik, che stava aspettando nel taxi in caso di emergenza, tirarono un sospiro di sollievo e rilassarono le spalle.

Anche dopo che, colto in flagrante, Go Hwa-pyeong era stato fatto salire sull'auto della polizia, alla vista di Yeon-woo non si trattenne. «Eheheh. Ehi, proprietaria del gatto. Conosco il tuo numero di telefono. Era sul volantino. Ghgh. Uhm.»

Yeon-woo, sorpresa, dapprima distolse lo sguardo, poi lo fissò dritto col dito medio alzato. Non era più la stessa di prima. Ora sapeva come diventare forte per proteggere ciò che le era caro.

Il sangue continuava a fuoriuscire dalla guancia sinistra di Jae-yeol, che si portò le mani al viso per cercare di fermarlo. Gli occhi gli si riempirono di lacrime. Finalmente ora poteva andare da suo fratello. Il 25 settembre, giorno dell'anniversario della sua morte, avrebbe portato sulla sua tomba una ciotola di ramen. *Ora finalmente potrò venire da te.*

Il signor Jang si avvicinò. Posò delicatamente un fazzoletto sulla guancia sinistra di Jae-yeol e fermò l'emorragia. «Mio figlio è un chirurgo plastico. Lavora in un ospedale universitario qua vicino e, anche se non capisce cosa provo, è un bravo medico. Andiamoci insieme. Ti accompagnerò a cancellare questa cicatrice e a curare le ferite di oggi. Vengo io con te.»

Solo allora Jae-yeol sorrise, rivelando i suoi denti curati. Alzò la testa e guardò il cielo. Era azzurro e limpido. Una leggera brezza gli accarezzò la punta del naso. Era un giorno perfetto per il bucato e per il suo cuore che era rimasto accartocciato troppo a lungo. Se Yu-yeol avesse conosciuto quel posto, forse non si sarebbe gettato...

Un vento invisibile avvolse Jae-yeol. Sembrava che

Yu-yeol lo stesse abbracciando. Chiuse gli occhi silenziosamente e da qualche parte gli giunse il profumo caldo e sottile che aveva sentito quando era entrato per la prima volta nella lavanderia Binggul Bunggul di Yeonnam-dong.

V

SSANGHWA-TANG

Dae-ju era dall'altra parte del mondo, in attesa di una chiamata di Soo-chan, che era diciassette ore indietro. Erano le 5.06 del mattino, doveva alzarsi per andare in ospedale, ma il suo corpo si rifiutava di muoversi. L'improvvisa ondata di freddo lo scoraggiava. *Dovrebbe aver già pranzato, perché ancora non chiama?* Dae-ju guardò di nuovo il telefono. Per fargli apprendere l'inglese in fretta, sua moglie aveva stabilito che Soo-chan potesse parlare coreano solo una volta al giorno, quando telefonava al padre. Diceva che era merito di quella regola, se la pronuncia di Soo-chan era così fluida.

A prima vista essere professore in un ospedale universitario e operare nel reparto di chirurgia plastica più prestigioso del Paese sarebbe potuto sembrare una posizione ambita, che suscitava invidia negli altri. Eppure ultimamente Dae-ju si era convinto che la sua vita non fosse abbastanza. A differenza di molti suoi colleghi medici, che avevano problemi d'infertilità, lui e sua moglie, dopo appena due anni di matrimonio, avevano avuto Soo-chan, un ragazzo sano e intelligente, e così dotato che avevano deciso di mandarlo a studiare nell'Orange County, in California, in modo che potesse perfezionare l'inglese e sentirsi al pari dei figli delle famiglie più ricche.

Il sole era ormai sorto tra le nuvole, ma il telefono

restava muto. Cominciava a temere che non avrebbe più squillato, quando arrivò un messaggio.

> Tesoro, mi dispiace. Penso che sarà difficile che vi parliate oggi. Soo-chan ha bisogno di prepararsi per il corso di equitazione.

Dae-ju si alzò dal letto. Se voleva affrontare il suo fitto programma d'interventi chirurgici, doveva sbrigarsi a fare colazione. Con l'avanzare dell'età, gli riusciva sempre più difficile funzionare a stomaco vuoto. Sul tavolo da quattro posti c'erano diversi contenitori di plastica gialla. Li aveva presi nella gastronomia dello stabile, al costo di diecimila won per tre confezioni. Contenevano bulgogi di manzo, kimchi saltato in padella e myeolchi bokkeum con giuggiole. Ormai si era abituato a mangiare da solo in modo semplice e frugale, ma nell'aprire le confezioni si accigliò.

La sera prima, dopo l'ultimo intervento chirurgico, era passato in negozio e aveva preso alla svelta ciò che era rimasto. Non si era accorto che in uno dei banchan c'erano le giuggiole.

Fin da quand'era piccolo, Jang Dae-ju veniva preso in giro per il suo nome: spesso i compagni lo storpiavano in Jang Daechu, ovvero Jang «Giuggiola». Perciò era arrivato a detestare le giuggiole: non le mangiava e non voleva nemmeno vederle, se non durante le cerimonie in memoria di sua madre. Di conseguenza non gli piacevano nemmeno nel myeolchi bokkeum, in aggiunta alle acciughe essiccate.

Bip-bip-bip. Il microonde annunciò la fine della cottura e la busta di riso istantaneo smise di girare. Prima Dae-ju lo avrebbe trasferito in una ciotola, ma ultimamente riteneva esagerato sforzarsi tanto per cibarsi da soli, anche perché il tempo a disposizione era poco. Le prime volte che aveva mangiato il riso direttamente dalla busta, era rimasto un po' disgustato dal retrogusto di plastica, ma ormai non ci faceva nemmeno più caso: quello dei pasti era diventato un tempo vuoto, come quello impiegato da un robot per ricaricare le batterie.

«Buongiorno, professore!»
Fuori del suo ufficio, Dae-ju trovò ad aspettarlo i tirocinanti e gli specializzandi che l'avrebbero seguito durante il giro in reparto. Sembravano freschi e reattivi, benché avessero passato diverse notti in bianco. *Un tempo anch'io ero così...* pensò alla vista dell'orgoglio di essere medico che traspariva fin dal camice perfettamente stirato e inamidato di un tirocinante. Quel candore gli suscitò un moto d'invidia. *Mi sa che sto invecchiando, se questi ragazzi mi sembrano così lontani da me...* Li salutò con un leggero inchino e cominciò il giro. Come al solito, prescrisse antidolorifici e antibiotici più forti a chi lamentava dolori e indicò i pazienti che erano pronti per essere dimessi.

C'erano molte donne che si erano sottoposte a un intervento di ricostruzione mammaria dopo una mastectomia, spesso in seguito a un cancro, e la maggior parte di esse era assistita dalle figlie. Nel vederle, Dae-ju si chiese se fosse quello il motivo per cui si diceva che era obbligatorio avere una figlia femmina, ma al momento il suo conto in banca non gli consentiva di prendere nemmeno in considerazione l'idea di allargare la famiglia.

Durante una pausa nel suo ufficio, il cellulare vibrò. Era sua moglie.

«Avete finito i preparativi per il corso?»

«Tesoro, mi spiace, so che ti aspettavi la chiamata stamattina. È solo che abbiamo avuto mille cose da fare. Dato che il nostro Soo-chan è l'unico a non prendere regolarmente lezioni di equitazione, abbiamo dovuto noleggiare tutto, dall'attrezzatura all'abbigliamento.»

«Il nostro Soo-chan è l'unico?»

«Eh, sì, è l'unico», rispose con un tono fra l'irritato e il triste.

«... In Corea non l'abbiamo mai portato a cavalcare.»

«In Corea bastava giocare a golf e a hockey su ghiaccio, ma qui anche l'equitazione è essenziale, quindi Soo-chan non può proprio farne a meno. Gli sarà utile, in vista dell'ammissione al college. A proposito... tuo padre è sempre contrario a ristrutturare?»

«... Avete bisogno di altri soldi? Purtroppo, ora come ora non ho molta disponibilità.»

«No, è solo che mi spiace mandare Soo-chan al corso con attrezzatura e vestiti noleggiati... Gli altri bambini hanno persino un cavallo di proprietà. Senza arrivare a quel punto, vorrei almeno non farlo sfigurare. Non sopporto di mandarlo in giro con roba presa a noleggio. Stavolta me la sono cavata dicendo che gli abiti che gli sto facendo confezionare non sono ancora pronti, ma presto se ne accorgeranno. Qui è tutto un altro livello rispetto a Daechi-dong. Alcune madri si sono addirittura portate le tate dalla Corea...»

Dae-ju non voleva sentire altro. Batté un paio di volte sulla scrivania per fingere che bussassero alla porta, poi riattaccò, dicendo che l'avevano chiamato per un consulto. Effettuò l'accesso all'app della banca e controllò l'estratto conto, ma c'era poco da fare.

Ah, se solo l'ultima volta fosse riuscito a far ragionare suo padre, o se suo padre non si fosse sentito male, avrebbe potuto pagare le spese di Soo-chan coi soldi ricavati dall'affitto della casa di Yeonnam-dong.

Aveva rinunciato da tempo al sogno di prendersi un anno sabbatico. Sarebbe stato bello avere un periodo libero da passare con Soo-chan, ma ciò avrebbe significato perdere l'opportunità di una promozione e allora come avrebbe mantenuto la famiglia? D'altro canto, nell'Orange County non sarebbe riuscito a trovare un lavoro nemmeno in una fattoria. Una frase – *il nostro Soo-chan è l'unico* – si era fissata nella sua mente e non andava più via.

Il telefono squillò di nuovo. Questa volta non era sua moglie, ma un amico che aveva aperto una clinica di chirurgia plastica ad Apgujeong e se la passava piuttosto bene. Lo aveva chiamato per chiedergli di occuparsi di un paziente al suo posto nel fine settimana. Per lui che esercitava in un ospedale universitario, eseguire un intervento chirurgico presso un'altra struttura costituiva una violazione del contratto. Se lo avessero beccato, avrebbe rischiato il licenziamento. Ma, quando sentì che la paga giornaliera era di un milione di won, gli balenò in testa l'immagine di un destriero dal manto bruno e lucente. *Se lo faccio per tutti i fine settimana, sono otto milioni di won al mese, giusto?* Nella sua testa, l'idea del destriero bruno che correva sul prato con in groppa Soo-chan divenne irresistibile. «Va bene. Ci sto, facciamolo. Chi mai può accorgersene? Non uscirò dalla sala operatoria!» Dae-ju disse che avrebbe iniziato già quel fine settimana.

Dopo il lavoro, mentre guidava da Sinchon per tornare a Banpo, il suo corpo prese a tremare, come scosso dai brividi. Quando aveva sentito che Soo-chan era l'unico a indossare abiti da equitazione presi a noleggio, gli si era seccata la bocca, e si era ricordato che non era neanche riuscito a mangiare prima di entrare in sala operatoria. Che fossero dovuti alla stanchezza o al pensiero di far sfigurare il figlio, erano comunque segni che iniziava a non stare bene.

Si fermò al minimarket al pianterreno dello stabile a comprare dei farmaci per il raffreddore. Era buffo che un chirurgo che lavorava in un ospedale universitario non avesse una scorta di medicine in casa, per le emergenze, ma, da quando Soo-chan non viveva più con lui, non ne vedeva il bisogno. *Qui ci vogliono una doccia calda e una bella dormita. Così domani mattina sarò come nuovo.*

Quando aprì la porta di casa, una corrente fredda gli gelò il naso. Non appena tolse le scarpe, sentì che pure il pavimento era gelido. Controllò la caldaia. Sul display lampeggiavano numeri blu. Premette il pulsante del termostato e apparve la scritta: CODICE ERRORE 08. Andò in bagno ad aprire l'acqua calda, ma uscì gelata.

Dae-ju chiamò l'amministratore, che gli disse che quel giorno più di dieci appartamenti avevano segnalato un guasto simile e gli consigliò di chiamare direttamente il centro assistenza della caldaia. Cercò il numero online e fece richiesta per la prima data disponibile, che era di lì a una settimana. «Porca miseria, e fino ad allora cosa faccio? Non posso mica dormire qui con questo freddo...»

Se avesse chiesto ospitalità a suo padre, era certo che lui gli avrebbe dato il tormento, visto che non aveva mai approvato che vivesse in un costoso appartamento a Gangnam. Ma non aveva altra scelta. Chiamò prima di essere costretto a disturbarlo in tarda serata.

«Che succede? Hai visto che ore sono?»

«Papà, io...»

«Sbrigati a parlare, che Jindol ha bisogno di fare la sua passeggiata.»

«La caldaia è rotta, potrei stare da te a Yeonnam-dong per qualche giorno?»

«Ohi, ohi, quell'appartamento costoso. Dai, vieni. Non puoi certo dormire in una casa ghiacciata. Da qui sei anche più vicino all'ospedale. Portati solo i vestiti.» Detto questo, il padre riagganciò.

«Non ho nemmeno la forza di guidare in questo momento... e adesso mi tocca andare di nuovo a sentire le lamentele di mio padre?» Dae-ju sospirò, emettendo una nuvoletta di condensa. Ma mise le sue cose nel bagagliaio e si diresse a casa del padre.

Quando si addentrò nei vicoli di Yeonnam-dong, guidare divenne piuttosto difficile. Dato che era la fine dell'anno, c'erano molte persone in giro a divertirsi e a far bisboccia, perciò procedeva lentamente. Temeva che qualcuno potesse urtare la sua preziosa Porsche, di cui aveva appena cominciato a pagare le rate, e scatenare una rissa.

Dopo un po' arrivò al cancello blu. Quella era la casa in cui aveva vissuto da ragazzo, fino al matrimonio. Eppure, negli ultimi giorni, si chiedeva come mai quel posto avesse iniziato a risultargli così estraneo, scomodo, e talvolta persino fastidioso. I fari dell'auto illuminarono la sagoma del padre che camminava avanti e indietro tenendo Jindol al guinzaglio.

«È un costoso appartamento di Gangnam, eppure

la caldaia esplode al primo freddo. Perché hai pagato un prezzo così irragionevole per comprare una casa del genere? » borbottò come tra sé il signor Jang, mentre il figlio trascinava la valigia in soggiorno.

L'attenzione di Dae-ju fu catturata dal premio di cittadino coraggioso che faceva bella mostra di sé nell'armadietto delle decorazioni. Avrebbe voluto urlare al pensiero che a suo padre fosse saltato in testa di mettersi a catturare un truffatore poco dopo aver subito un intervento chirurgico, ma si trattenne.

Il signor Jang indicò la camera da letto principale. «Tu dormirai nella camera. Io mi sento più a mio agio a stare qui in soggiorno con Jindol.»

Dae-ju non protestò. Non aveva nemmeno la forza di lamentarsi. La medicina contro il raffreddore gli aveva intorpidito il corpo, gli si chiudevano gli occhi per il sonno. Dae-ju rimase per un po' sotto il getto caldo della doccia, quindi si sdraiò sul letto. Era il letto che sua madre, la signora Kim Gil-ye, aveva condiviso con suo padre prima di morire. Si sentiva strano. Cercava di ricordare il suo volto, ma era come smarrito nel labirinto della memoria. D'un tratto sentì dei colpi provenire dal piano di sopra, seguiti da una risata. *Immagino sia la famiglia che ha aiutato mio padre quando stava male. Chissà cosa c'è di tanto divertente...*

Non appena si addormentava, veniva svegliato dal suono di altre risate. *Anche il mio Soo-chan ride così in California?* Sua moglie e Soo-chan gli mancavano terribilmente. Dae-ju abbracciò la coperta, ma il vento freddo soffiava ancora, come se ci fosse un buco da qualche parte nel suo corpo. *Perché fa sempre così freddo?*

«Buongiorno», salutò Dae-ju sedendosi di fronte al padre, che stava aggiungendo sale al gomtang fumante.

Jindol era sdraiato col muso appoggiato sui piedi del signor Jang.

«Tieni. Da qui la clinica è molto più vicina, quindi puoi prendertela comoda.»

Il vapore della zuppa calda si alzò tra il padre e il figlio ormai estranei. L'unico rumore era quello dei cucchiai di metallo che tintinnavano contro i piatti.

Tum tum tum. Il tonfo di passi proveniente dal piano superiore ruppe il silenzio.

Dae-ju si acciglò e posò il cucchiaio. «Quanto rumore. Ma è costruita così male, questa casa? E di sopra fanno sempre tanto chiasso? Sono andati avanti così tutto ieri sera.»

«La bambina sopra è molto vivace. È bello sentirla ridere, riempie la casa di allegria. Se non fosse stato per quella famiglia, me ne sarei già andato... E tu? Stai bene?»

Sarà anche vero che gli amici si vedono nel momento del bisogno, ma francamente mi sembra un po' troppo. Per quanto Dae-ju fosse grato a Mi-ra per aver trovato suo padre e averlo portato subito in ospedale, aveva l'impressione che loro due stessero pagando un prezzo eccessivo. Non gli piaceva che il genitore avesse affittato la casa a un canone basso e senza una scadenza. Sì. In quei giorni si sentiva una persona peggiore della gazza della favola, che perde la vita per ricambiare un favore.

«Ti ho sentito lamentarti fin dal soggiorno. Un medico che non sa neppure prendersi cura della propria salute...» disse il padre, contrariato dall'espressione di rimprovero del figlio.

«Un medico mica è un dio. Può star male anche lui.»

«Se ti fanno aspettare troppo per riparare la caldaia, potresti provare a sentire l'inquilino di sopra. È un tecnico riparatore di caldaie, può esserti d'aiuto.»

«Lascia perdere. Ho già prenotato l'intervento. Se mette mano dove non dovrebbe rischia di far peggio.»

«Ma è un tecnico specializzato, sa come aggiustarla. Se oggi lo incontro, gliene parlo.»

«Ti ho detto di lasciar perdere. Se ripara anche la caldaia di casa mia, dovrò sentirmi in debito pure per quello!»

«Se ti senti in debito, puoi sempre pensare a un modo per sdebitarti. È così che vivono le persone, si aiutano a vicenda. Se hai intenzione di startene sempre per i fatti tuoi, perché non ti metti una casa sulla schiena e vivi da solo come una lumaca?»

«Per quanto tempo ancora affitterai quella casa? Non mi sembrano persone disposte a rimanere giusto un paio d'anni. Non mi sembra nemmeno probabile che la loro situazione migliori improvvisamente e se ne vadano. Per quanto tempo hai intenzione di tenere quella famiglia con te, in cambio di un affitto ridicolo?»

«Credi che sia uno spreco? Se pensi che sia uno spreco, consideralo come il prezzo della vita di tuo padre. Come ho detto prima, se non fosse stato per quella famiglia... Preferiresti che me ne fossi andato, quel giorno?»

«Adesso smettila!» gridò Dae-ju.

Jindol si alzò di scatto, seguito dal padrone, che si diresse al lavello e sollevò una bottiglia di vetro che aveva sterilizzato in acqua bollente. «Vai, vai dai tuoi pazienti. Non vorrai farli aspettare», disse, con voce debole, come se si fosse rassegnato, il che fece sentire Dae-ju ancora più in difetto.

«Cosa sono tutte quelle bottiglie?»

«Voglio preparare un po' di ssanghwa-tang con le giuggiole che ho raccolto dall'albero in giardino lo scorso autunno.»

«Così tanto?»

«Sto cercando di farne abbastanza per portarne un po' anche alla lavanderia.»

«Quella lavanderia è peggio di una sarangdang... Resta a casa. La strada è scivolosa, cosa facciamo se cadi e ti fai male? Chi ti aiuta?» Era molto arrabbiato con suo padre, che si preoccupava più delle persone che vivevano al piano di sopra e di quelle della lavanderia che di lui e di suo nipote Soo-chan.

«Non ho chiesto il tuo parere. Adesso vai. Non fare rumore.»

Mentre indossava il cappotto appeso alla sedia del tavolo da pranzo, Dae-ju aggiunse: «Ti avevo detto di non uscire. La strada è scivolosa. Ma che cos'è quella lavanderia? Il luogo di ritrovo del quartiere? Che cos'è questa storia di portare cibo da condividere per promuovere l'amicizia? Certa gente non ha davvero niente da fare. Se ti ritrovi di nuovo coinvolto in qualcosa di pericoloso...»

Il padre smise di tagliare le giuggiole secche e si voltò. «Era pericoloso, ma il criminale è stato arrestato e un giovane di nome Se-woong ha finalmente trovato la sua strada e adesso sta studiando per diventare poliziotto. Inoltre Jae-yeol dice che da quando gli hai sistemato la cicatrice può guardarsi di nuovo allo specchio e sorridere. Ora potrà tornare a vivere come un essere umano. Come vedi, non è solo un posto dove andare a fare il bucato.»

«Sì, come ti pare. Io vado.» Dae-ju scosse la testa e uscì di casa.

Il signor Jang si fermò a guardare la porta d'ingresso oltre la quale era sparito il figlio con un'espressione vuota in volto, finché Jindol non gli strofinò il muso sulla gamba.

«Quel ragazzo è così... Sarebbe stato meglio se fossi stato tu mio figlio, Jindol.»

Dae-ju sbatté la portiera della macchina. «Se dovessi andare io in lavanderia, farei il bucato e me ne andrei. Possibile che per gli altri sia così facile guadagnarsi da vivere? E poi tutta questa finta solidarietà!»

Quando entrò in ospedale, sentì l'odore familiare di aria secca e disinfettante.

Alla fine del turno, il breve sole invernale stava già tramontando fuori della finestra del suo ufficio. Si sedette alla scrivania. Strangamente, non aveva fame nemmeno dopo il giro di visite in corsia e dopo aver trattato un paziente ustionato che era arrivato al pronto soccorso. Come se gli fosse bastata la zuppa calda che aveva mangiato a colazione.

Prima di andare via, chiamò il suo ex compagno di università, il direttore dell'ospedale che gli aveva offerto il lavoro da fare l'indomani. Era un intervento semplice, gli disse, come quelli che effettuava normalmente ogni giorno. Chiusa la telefonata, gli mandò un messaggio con l'ora e il luogo. Dae-ju era riluttante a tornare a casa del padre, ancora scosso per il litigio di quella mattina, ma non aveva nessun altro posto dove andare. Il suo appartamento era freddo come il ghiaccio. Doveva rassegnarsi a passare ancora una settimana nella casa col cancello blu di Yeonnam-dong.

Mentre Dae-ju indugiava davanti al cancello, questo

si aprì e ne uscì Woo-cheol, con indosso una felpa della ditta di caldaie. «Salve, è da tanto che non ci vediamo!»

Dae-ju rispose a quel saluto cordiale chinando appena la testa, con un'espressione scontrosa sul viso.

La casa era vuota. «Nonostante la pioggia, sarà andato in quella lavanderia automatica per portare un po' di ssanghwa-tang di giuggiole o qualcosa del genere!» Sarebbe stato bello se, per una volta, il padre avesse riversato un po' di quella premura su Soo-chan, che stava facendo sacrifici lontano da casa. Ma sembrava che a lui del nipote non importasse un fico secco. Sentì montare la delusione. Lanciò un'occhiata al giornale aperto sul tavolo, su cui spiccava il titolo: *L'istruzione privata è un'istruzione comprata! Diamo più autonomia ai nostri figli.* Come se non avesse già lo stomaco attorcigliato come un kkwabaegi, Dae-ju ribollì di rabbia per quel giornalista che non aveva nemmeno mai sentito. In quel momento, la porta d'ingresso si aprì e rientrarono il signor Jang e Jindol.

«Oh, sei qui?»

«Dove sei stato? Dicono che sia in arrivo un'ondata di freddo.»

Il signor Jang raggiunse il divano zoppicando e Jindol gli si accucciò accanto. «Te l'ho detto stamattina. Ho portato un po' di ssanghwa-tang...»

«Ti sei fatto male alla gamba?»

Il signor Jang emise un sospiro stanco. «Per favore, mi prendi un bicchiere d'acqua?»

Dae-ju si avvicinò al padre e chiese in tono insistente: «Ti sei fatto male? Ti avevo detto di non uscire oggi».

«Non sono caduto, se è questo che intendi. Sarà stato per il freddo, ma mentre camminavo mi si è irrigidita la schiena e hanno iniziato a dolermi anche le caviglie. Non farne un dramma. Non è niente di grave.»

«In giornate come queste sai quanti anziani finiscono in pronto soccorso per una caduta?»

«Ti ho detto che non mi sono fatto male! Basta. Me la prendo da solo l'acqua. Vai.»

Il signor Jang era deluso da suo figlio, che lo credeva incapace di gestirsi e criticava ogni dettaglio della sua vita, senza capire cosa fosse davvero importante. Bevve l'acqua tutta d'un fiato e lo sentì chiudere la porta.

Nel letto della camera, a Dae-ju bastò girarsi un paio di volte per prendere subito sonno. Di solito dormiva male, forse a causa di un problema al disco spinale che risaliva a quando era ancora un tirocinante. Aveva provato tutti i materassi più costosi, ma non c'era stato niente da fare. Invece, su quel vecchio materasso, riuscì a dormire benissimo.

Jindol guaì, grattando la porta d'ingresso.

«Il mio Jindol vuole andare a fare una passeggiata. Sarebbe anche ora, eh. Forza, usciamo...»

Mentre il signor Jang si alzava dal divano, massaggiando le gambe doloranti dal giorno prima, Dae-ju uscì dalla camera vestito di tutto punto.

«Sei di turno anche oggi?»

Dae-ju aprì lo sportello del frigorifero. «Mi vedo con un amico.»

«Così presto?»

«Sì. Hai qualcos'altro da bere oltre a questo?»

L'unica bottiglia presente nel frigorifero era quella di vetro con dentro l'infuso scuro del ssanghwa-tang di giuggiole.

«Mettilo nel microonde per venti secondi e bevilo. Ti sentirai rinvigorito.»

Mentre il padre lo raggiungeva in cucina, Dae-ju chiuse in fretta il frigorifero. «Non mangio le giuggiole. Io vado. Cerca di riposare.»

«A quarant'anni suonati, ancora non mangi le giuggiole? Guarda che il ssanghwa-tang è dolce, riscalda e fa molto bene.»

A bordo della sua Porsche scintillante, Dae-ju attraversò velocemente Gangbyeonbuk-ro, canticchiando la canzone che usciva dall'autoradio. I momenti in cui guidava da solo erano quelli in cui si sentiva libero da tutto. Quando vide il cartello che indicava il ponte Hannam, mise la freccia e si spostò sulla corsia di destra. In quel momento squillò il telefono collegato a CarPlay.

Era Soo-chan. «Papà!»

«Ciao, Soo-chan! Ti è piaciuto il corso di equitazione?»

«Sì, mi sono divertito moltissimo a cavalcare Zelda. Vorrei restare sempre con lei, ma dicono che la prossima volta forse mi daranno un cavallo diverso.»

«Perché?»

«Eh, perché non è mio. Tu cosa stai facendo?»

«Ah, ecco... sono uscito a sbrigare una commissione. Quindi Zelda ti piace?»

«Sì, io e Zelda andiamo molto d'accordo. La volta scorsa avevo Sunny e, non appena mi sono seduto in sella, lei si è agitata e per poco non cadevo. Allora, per evitare che mi facessi male, questa volta l'istruttore mi ha dato Zelda e con lei vado d'accordo, è più docile. E pure obbediente.»

«Per poco non cadevi?»

«Sì, ma non è successo niente! L'insegnante era lì accanto e ha calmato subito il cavallo. Non c'è da preoccuparsi.»

S'inserì la moglie: «C'è da preoccuparsi eccome, se cade da cavallo!»

«Sunny aveva finito l'addestramento?»

«Ecco... Zelda è molto più addestrata, per cui costa anche di più. Avevamo scelto Sunny perché era più economica, ma certo non pensavamo che sarebbe accaduta una cosa simile.»

«C'è molta differenza di prezzo?»

«Circa cinquecento dollari...»

«Dalla prossima volta, chiedete di avere sempre solo Zelda. Soo-chan sarà anche l'unico a non avere un cavallo di proprietà, ma almeno potrà richiedere un cavallo designato. Penso di riuscire a mettere insieme il necessario per pagare un anno di corso.»

«Come? Tuo padre ha finalmente deciso di ristrutturare la casa? E gli inquilini? Non sono lì neanche da un anno...»

«Non preoccuparti di questo. Però, dalla prossima volta, non mettere Soo-chan in pericolo e fallo salire solo su Zelda.»

◎ ◎ ◎

Sembrava che tutti i chirurghi plastici e i dermatologi della Corea fossero concentrati tra la stazione di Sinsa e la stazione di Apgujeong, visto il numero di insegne che ricopriva ogni edificio. *Ha l'aria di essere un bel campo di battaglia. Qui la concorrenza deve essere spietata.*

Quando Dae-ju arrivò all'indirizzo che gli aveva dato il suo ex compagno di studi, il parcheggiatore – un uomo sulla quarantina – gli disse di lasciare pure la macchina a lui con dentro le chiavi. Ma Dae-ju era il tipo di persona che preferiva parcheggiare da solo a pagamento, perché non gli piaceva l'idea che altri toccassero il suo volante. Non aveva mai usufruito del valet parking; se usciva a bere con gli amici, piuttosto lasciava l'auto a casa, perché per lui la Porsche era preziosa come un secondo figlio.

Entrato nella clinica, vide diversi pazienti in sala d'attesa, sia giovani sia di mezza età. Il receptionist lo accompagnò all'ufficio del direttore.

«Sei puntuale», lo accolse il suo ex compagno.

«Hai molti pazienti in sala d'attesa. Hai fatto bene a metterti in proprio.»

«Per adesso sono solo debiti. Ci vorrà ancora molto prima di rientrare delle spese e cominciare a raccogliere profitti. Al giorno d'oggi, per mettere in piedi una clinica, non basta la propria buona volontà.»

«Cosa ci vuole?»

«La propria, ma anche quella dei genitori, dei suoceri e dei loro antenati.»

«Sei molto fortunato ad avere avuto dei genitori disposti a darti tutto quello che avevano per aprire la tua attività. Mio padre invece... lasciamo perdere.» Dae-ju scosse la testa.

L'amico gli consegnò le cartelle delle pazienti da operare: una donna sulla trentina, che si era rivolta alla clinica per rifarsi il seno, divenuto cadente in seguito all'allattamento, e una ragazza sulla ventina che desiderava una mastoplastica additiva. Le pazienti non presentavano allergie o intolleranze ai farmaci, né avevano problemi di pressione arteriosa. Inoltre, il fatto che avessero scelto di loro spontanea volontà quegli interventi, per ragioni di natura estetica, lo rendeva molto più sereno.

Ritenne che si trattasse di operazioni più semplici rispetto a quelle di ricostruzione mammaria che faceva all'ospedale universitario, perciò avrebbe potuto effettuarne diverse in un giorno, moltiplicando i ricavi. E subito prese forma nella sua mente l'immagine di Soo-chan a cavallo di Zelda, che aveva un manto lucente a metà tra il marrone chiaro e l'oro. Ma poi si ricordò della clausola del suo contratto, secondo cui avrebbe potuto essere licenziato o sottoposto a sanzione disciplinare se fosse stato scoperto a esercitare la professione medica in un istituto diverso dal suo.

Eppure, se in sala operatoria indossava camice e mascherina della clinica, chi poteva pensare che fosse un medico assunto in un altro ospedale?

Quel giorno eseguì tre interventi e il suo amico gli mise in mano una busta col denaro, in contanti ed esentasse.

«Posso venire anche domani a quest'ora?» chiese, col cuore gonfio di gioia.

«Certo. Mi sento tranquillo ad affidarti le mie pazienti, sei una garanzia.»

Dae-ju infilò la busta nella tasca interna del cappotto e lasciò la clinica. La schiena, che era rimasta curva durante gli interventi, si raddrizzò; persino il vecchio problema spinale non gli dava più noia. *È proprio vero che i soldi guariscono tutto.*

Tuttavia, il giorno dopo, mentre lavorava di nuovo nella clinica di Apgujeong, incappò in un imprevisto. Per una coincidenza, si presentò in accettazione un altro suo ex compagno di facoltà che aveva aperto uno studio privato dopo che lui lo aveva superato in graduatoria per il posto all'ospedale universitario. Dae-ju si coprì il volto con la mascherina, ma l'uomo, che l'aveva visto varie volte in sala operatoria ai tempi del tirocinio, lo riconobbe comunque e lasciò la clinica con un ghigno sinistro sul volto.

Dae-ju fece appena in tempo a infilarsi la seconda busta di contanti nella tasca interna della giacca, che fu convocato dalla commissione disciplinare del suo ospedale. Fu condannato a sei mesi di sospensione dello stipendio per aver violato il contratto e il codice deontologico. Stentava a crederci. Sei mesi senza stipendio! Quella notte sognò che Soo-chan cadeva da cavallo, anche se montava Zelda.

Toc toc. «Stai ancora dormendo? Quale incubo ti fa urlare così forte? Meglio che ti svegli. Forza, alzati», gli gridò suo padre da dietro la porta della camera.

Il tecnico venuto a casa di Dae-ju per riparare la caldaia disse che non si trattava semplicemente di un problema col termostato, ma di una tubatura che era scoppiata. Perciò era necessario spaccare il pavimento, altrimenti l'acqua si sarebbe infiltrata nell'appartamento di sotto. Doveva provvedere il prima possibile, se non voleva rischiare di pagare anche un risarcimento al vicino. Dae-ju chiese subito un preventivo, tuttavia i tempi d'attesa erano piuttosto lunghi, a causa dei numerosi guasti verificatisi in quei giorni per l'ondata di gelo. Quindi si sarebbe allungato anche il periodo di scomoda convivenza nella casa col cancello blu di Yeonnam-dong.

Era un disastro. Sembrava che il denaro venisse risucchiato da un buco nero. Doveva inviare subito altri soldi a Soo-chan e a sua moglie per le loro spese quotidiane, ma non era facile col taglio dello stipendio che sarebbe partito proprio quel mese. Non poteva più nemmeno grattare il fondo del suo conto, che era già in rosso e, con l'aumento dei tassi d'interesse sul mutuo per l'appartamento di Gangnam e su quello per l'affitto della casa in California, non sapeva proprio dove sbattere la testa. Sua moglie, che non sapeva nulla della loro situazione finanziaria, aveva seguito le indicazioni di Dae-ju e fatto richiesta per avere Zelda per un anno, perciò ormai concludeva ogni telefonata chiedendogli quando avrebbe potuto inviare i soldi per quella spesa extra.

Era stato imbarazzante farsi sorprendere ad accettare soldi per operare in un'altra clinica, e ancora di più dover tornare al lavoro e subire i commenti di tutti, persino dei suoi stessi specializzandi. Ogni giorno sentiva qualcuno che sussurrava in ascensore, o che gli lanciava un'occhiata in mensa. «È quel professore. Quello che è stato beccato a operare ad Apgujeong.» Se, come dicevano tutti, lavorare all'ospedale universitario era un onore, Dae-ju quell'onore lo aveva svenduto per pochi centesimi.

Solo il tirocinante col camice inamidato che lo seguiva fedelmente continuava a salutarlo con rispetto e a portargli persino da bere. *Per te sono ancora un medico rispettabile.* Toccato da tanta devozione incondizionata, Dae-ju faceva del suo meglio durante le visite in corsia. Ascoltava con attenzione i pazienti che esitavano a sottoporsi a un intervento perché non erano sicuri che l'assicurazione coprisse i costi. Era proprio vero che l'amore cambiava le persone. Tuttavia Dae-ju era sempre più convinto che a cambiarle in realtà fossero i soldi!

Se, prima, la telefonata mattutina di Soo-chan era come la sveglia di un angelo, adesso la percepiva come una minaccia, come il sollecito di pagamento da parte di un creditore. Non era riuscito a inviare a sua moglie i soldi per Zelda ed era indietro con quelli di tutte le altre spese. Non poteva più rimandare: doveva scegliere se vendersi l'anima e continuare a mentire, o confessarle la verità.

«Questo mese... questo mese lo stipendio dell'ospedale...»

«Che è successo allo stipendio?» lo interruppe la moglie, che doveva aver percepito la sua agitazione.

«... lo stipendio è un po' in ritardo. C'è qualche problema col software che gestisce le buste paga.»

«Uff... di nuovo?»

«Non preoccuparti. Ti mando tutto al più tardi entro la fine del mese.»

Dae-ju aveva scelto di vendersi l'anima. Non poteva deludere le aspettative di Soo-chan e di sua moglie, che dall'altra parte dell'oceano si fidavano di lui. Riattaccò il telefono e rimase nel letto, quando sentì bussare di nuovo.

«Stai ancora dormendo? Alzati. Quando si fanno brutti sogni, la cosa migliore è alzarsi. È inutile rimanere nel letto a rimuginare.»

«Adesso arrivo.» Aveva la schiena così sudata che aveva bagnato persino la coperta. Si alzò e guardò di nuovo il telefono. Non mancava molto alla fine del mese. Doveva pagare la riparazione della caldaia, il mutuo, il conto della carta di credito, la rata dell'auto, le spese di condominio, il telefono, le bollette, le rate degli altri prestiti, la retta e le spese di mantenimento di Soo-chan, l'assicurazione sanitaria... Non poteva starsene con le mani in mano.

Doveva trovare il modo di guadagnare altri soldi.

Suo padre bussò di nuovo alla porta. «Vieni, che il yukgaejang si raffredda.»

«Sì.»

Quando entrò in soggiorno, gli venne l'acquolina in bocca nel sentire l'aroma piccante degli straccetti di manzo stufati con lo scalogno e le altre verdure. Si sedette di fronte a suo padre per gustare la zuppa e si sentì subito sollevato da quel mal di stomaco che lo affliggeva pur senza aver bevuto la sera prima.

«Che sogno è che ti ha fatto urlare così? No, aspetta, non è ancora mezzanotte, quindi non me ne puoi parlare.»

«Credi davvero a queste cose?» Dae-ju raccolse un boccone di germogli di felce.

«Un tempo non davo peso a nessuna superstizione: sognare che ti cadono i denti, scrivere il proprio nome in rosso o mangiare miyeokguk nei giorni d'esame... Però ho iniziato a crederci quando sei nato tu. Temevo che, se ti avessi dato da mangiare la zuppa di alghe o avessi scritto il tuo nome in rosso il giorno in cui avevi un esame, non l'avresti passato. E, quando sognavo che mi cadevano i denti, stavo tutto il giorno in ansia, con la paura che ti succedesse qualcosa... Lo so, sembra sciocco. Però dicono che, più cose preziose hai, più aumentano le tue debolezze.»

Dae-ju posò il cucchiaio e lanciò un'occhiata al padre, che sorrideva guardando fuori, nel giardino. «È per questo che quando la mamma era ancora viva

non mi hai preparato il miyeokguk per il mio compleanno, l'ultimo anno delle superiori?»
«Ho evitato di prepararlo non solo per il tuo compleanno. E non solo per te, ma anche per me e per tua madre. Per un anno intero nessuno ha mangiato miyeokguk. Sarà per questo che sei stato accettato alla facoltà di Medicina al primo tentativo», sorrise il padre, con lo sguardo ancora fisso sul giardino, come se si fosse perso nei ricordi. Eppure nei suoi occhi Dae-ju notò una punta di nostalgia.
«È stata una perdita di tempo, la facoltà di Medicina. Non è valsa nemmeno i soldi della retta. Mi sarei dovuto iscrivere a Ingegneria, così sì che a quest'ora avrei guadagnato bene.»
Per fortuna le lamentele di Dae-ju non arrivarono alle orecchie del padre, distratto a guardare una coppia di passeri appollaiata sul ramo di un albero spoglio. Il signor Jang pensava a sua moglie che lo aveva preceduto. Che fretta aveva avuto? Sarebbe stato meglio se avessero avuto più tempo e se ne fossero andati via insieme...
Dae-ju alzò il volume della TV per sentire qualcuno che parlava dei profitti che si potevano ottenere lavorando come rider: una questione che in quei giorni stava facendo notizia. Perfino molti manager di grandi aziende dichiaravano di arrotondare lavorando come rider all'uscita dall'ufficio. Prese subito il telefono e cercò di capire quanto potesse guadagnare dedicandovi qualche ora dopo il servizio in ospedale e scoprì che era abbastanza per compensare il taglio dello stipendio. Ma, soprattutto, che il guadagno aumentava col numero delle consegne. *Se vai avanti finché le forze ti reggono, puoi farci un bel gruzzolo.*

Senza indugiare troppo, Dae-ju noleggiò uno scooter in un negozio di Toegye-ro, uno di quelli che avevano un bauletto per le consegne sul retro. Non aveva mai guidato un veicolo a due ruote prima, ma sembrava abbastanza semplice. Il motore era buono, i freni funzionavano bene: ce la poteva fare. Si propose come rider presso una società di consegne e fu chiamato subito.

La scomoda convivenza tra Dae-ju e il padre si stava prolungando più del previsto, ma ciò aveva anche un risvolto positivo: a Yeonnam-dong vivevano molte persone sole, che ordinavano frequentemente cibo da asporto; inoltre, nel quartiere, spesso i ristoranti erano molto vicini ai luoghi di consegna, per cui non doveva percorrere lunghe distanze. Il primo ordine che prese in carico fu per un piatto di gopchang, da ritirare in un negozio che si trovava lì vicino, in cui non era mai stato, ma del quale aveva visto spesso l'insegna tornando a casa. Era proprio di fronte alla lavanderia Binggul Bunggul, che il padre frequentava un giorno sì e uno no. Dae-ju saltò sullo scooter e procedette con attenzione lungo il viale del parco di Yeonnam-dong.

Era un venerdì sera, perciò c'erano in giro molte persone, nonostante l'ondata di gelo. Mentre raggiungeva il ristorante, vide il padre uscire dalla lavanderia in compagnia di Jindol. Si chiese cosa avesse portato in quel saranbang* e, per paura di essere visto, girò il manubrio e s'infilò in un vicolo laterale. Se il padre avesse scoperto che era stato sanzionato per essere stato sorpreso a lavorare di nascosto in una clinica privata perché non aveva

---

* Nelle case tradizionali coreane, stanza destinata agli uomini, in cui il padrone di casa studiava o intratteneva gli ospiti. Stanze simili erano presenti anche negli alberghi. (*N.d.T.*)

abbastanza soldi da mandare a Soo-chan, gli avrebbe riversato addosso un'altra pioggia di rimproveri.

Infilò nel bauletto le confezioni di riso e di trippa di manzo grigliata e si rimise in sella, facendo attenzione a non rovesciare tutto. La consegna era destinata al quarto piano di un edificio senza ascensore. Dae-ju salì le scale ansimando, e le scese con passo leggero e cuore contento. Anche i lavori semplici in fondo davano soddisfazione.

Subito dopo ricevette un ordine di waffle e, dopo averli consegnati senza aver fatto sciogliere la panna montata, ne prese in carico uno di pollo: un classico per gli spuntini di mezzanotte. Spaziando da un piatto principale a un dessert, a uno spuntino notturno, il suo debutto come rider si era concluso con successo, per un totale di ben venticinque consegne.

Quando aprì il cancello blu, trovò suo padre in giardino con Jindol.

«Che stai facendo?» chiese Dae-ju, sorpreso di vederlo uscire a quell'ora.

«Dove sei stato?»

«Ho incontrato alcuni colleghi che non vedevo da tempo.»

«E hai lasciato qui la macchina?»

«Non volevo guidare in caso avessi bevuto.»

«Non puoi bere, se domani lavori. I pazienti non si fidano se arrivi in ospedale con l'odore di alcol addosso.»

«Infatti non ho bevuto. Dai, entra che fa freddo.» Dae-ju scosse nuovamente la testa davanti a quegli ennesimi rimproveri del padre. Non vedeva l'ora di entrare nella doccia e di rimanere sotto il getto d'acqua calda il più a lungo possibile. Era la prima volta che lavorava all'aperto e non aveva preso nessuna precauzione contro il gelo, perciò aveva le mani rosse e intorpidite, e le gambe che tremavano sotto i pantaloni.

Quando uscì dal bagno, da oltre la porta della camera sentì il padre che continuava a brontolare, ma non afferrò nulla di quello che diceva, a causa del rumore dell'asciugacapelli. O forse perché preferiva così. Distese il suo corpo stanco sul letto e all'improvviso gli tornò in mente il giorno in cui aveva eseguito il suo primo intervento chirurgico, con il collo rigido e le mani, nei guanti di lattice, gelate per la tensione. Adesso invece era molto più tranquillo e rilassato. Era strano, ma quando si sdraiava sul letto di quella camera riusciva a addormentarsi senza pensare ad altro. Non fece in tempo a dirsi: *Sarà per l'odore che emana questa coperta...* che si era già addormentato.

Il mattino dopo, aveva dolori in tutto il corpo. Aveva bisogno di energia se voleva continuare con le consegne anche quella sera. Gli ci voleva un bel pasto abbondante. Quando Dae-ju arrivò in soggiorno, la tavola era già apparecchiata e davanti a lui si presentò l'immagine ormai familiare di suo padre che cucinava, mentre Jindol trotterellava al suo fianco.

« Ti sei alzato? »

« Sì, buongiorno. »

« Va bene il gomtang? Ieri mi hanno detto che in un ristorante al mercato di Mangwon lo preparano, allora sono andato a prenderlo. »

« È perfetto, grazie. »

Il signor Jang sorrise. « Sarebbe bello se provassi una volta anche il ssanghwa-tang di giuggiole... »

«Lo sai che non mangio le giuggiole.»
«Hai sentito Soo-chan?»
«Ah, caspita!» Dae-ju si sedette al tavolo e controllò il cellulare. La sera prima era crollato e aveva perso tre chiamate del figlio. Provò a richiamarlo, ma poi si accorse dell'ora e riagganciò subito: non voleva disturbarlo durante le lezioni.

Sebbene fosse dispiaciuto per non averlo sentito, si consolò pensando che era per lui che si stava stancando in quel modo. Mandò giù una cucchiaiata di zuppa di manzo e lo stesso fece il padre.

«Verrà quest'estate?» chiese quest'ultimo.
«Sì.»
«Se una coppia resta separata per troppo tempo, non può andare d'accordo. Lo stesso vale per i figli. Che famiglia è una famiglia vuota come un gonggal-ppang?»

Eccolo che ricominciava. Dae-ju si cacciò in bocca una cucchiaiata dopo l'altra di gomtang. Quando cominciò a vedere il fondo, sollevò la ciotola e se la portò alla bocca per finirla.

«Hai davvero intenzione di mandarlo al college lì? Puoi farlo studiare bene anche in Corea...»

«Non ti piace niente di me, vero? Ti diverti tanto a tormentarmi mentre vado al lavoro? Non sono più un bambino, e a mio figlio ci penso io. Non ti sto chiedendo dei soldi. Posso gestire tutto da solo! Sappiamo bene di chi è la colpa di tutti i miei guai, per cui smettila di tormentarmi», sbottò, sbattendo la ciotola sul tavolo di vetro. Poi si alzò, prese il giubbotto imbottito appeso alla sedia e uscì.

«Quel povero ragazzo...»

Durante il giro di visite, Dae-ju si sentiva pieno di dolori, forse perché la sera prima era rimasto tutto il tempo in tensione alla guida dello scooter. Come se avesse dei pesi attaccati al collo e alle spalle, faceva fatica persino a sollevare le braccia, ma non poteva permettersi di rimandare l'intervento chirurgico in programma per quella mattina, visto il provvedimento disciplinare cui era già andato incontro. Quella pressione continua, in famiglia come sul lavoro, gli stava togliendo la vita.

Più tardi, si sedette in mensa e pranzò da solo, inghiottendo il cibo in pochi bocconi. Non usò nemmeno le bacchette, raccolse tutto col cucchiaio e se lo mise in bocca. Non appena ebbe finito, qualcuno posò un bicchiere d'acqua accanto al suo piatto.

Era il tirocinante col camice ben stirato. «Buongiorno, professore, spero abbia gradito il pranzo.»

La maggior parte degli studenti di Medicina era pallida, ma lui li batteva tutti. Forse era per via della stanchezza: i turni dei tirocinanti erano massacranti. D'altro canto, in ospedale erano tutti bianchi. Di tanto in tanto capitava che i dottori tornassero col volto abbronzato da una partita di golf, ma ciò accadeva solo in primavera e in autunno; per il resto del tempo, vivevano come intrappolati nella loro torre d'avorio, senza mai vedere la luce del sole. Anche Dae-ju era così. Da quand'era entrato alla facoltà di Medicina, non aveva mai più avuto una pelle sana e abbronzata.

«Grazie. Mi ricordi il tuo nome?»

«Jang Yeon-sung.»

«Jang Yeon-sung. Grazie mille.»

«Grazie a lei, professore. Buona giornata.»

Il tirocinante lo salutò educatamente, e Dae-ju lo osservò uscire dalla mensa provando invidia per la sua giovinezza e per tutta la forza e la determinazione che metteva nel suo lavoro.

Quella sera, Dae-ju iniziò a prepararsi per le consegne. L'esperienza del giorno prima gli aveva insegnato che doveva indossare abiti più pesanti, perciò, dopo essersi assicurato che nessuno lo vedesse, entrò nel bagno nell'atrio dell'ospedale e tirò fuori della borsa la biancheria intima termica. Era piuttosto scomodo vestirsi in un bagno tanto stretto, infatti, non appena ebbe messo il piede destro nella gamba della calzamaglia, cadde all'indietro, sbattendo il sedere sul water. Meno male che il coperchio era abbassato, altrimenti si sarebbe pure bagnato.

La sua tenuta comprendeva biancheria intima termica, un maglione pesante e, sopra, una tuta in pile e una giacca imbottita. Non appena si fu vestito, Dae-ju aprì la porta come un generale pronto alla battaglia, deciso a non lasciar passare il minimo alito di vento. Come d'abitudine, si avvicinò al lavandino per lavarsi le mani, impresa non da poco con tutti quei vestiti spessi addosso. Allungò le braccia e si risciacquò alla bell'e meglio il sapone rimasto tra le dita. Con quegli abiti era davvero goffo e lo specchio gli restituì un'immagine ben poco lusinghiera. Si asciugò le mani e lasciò il bagno.

Passò dalla casa di Yeonnam-dong a prendere lo scooter parcheggiato dietro la Porsche. Mentre si guardava intorno in silenzio per assicurarsi che nessuno lo vedesse, il cancello blu si aprì di scatto.

«Che freddo che fa, Jindol. Devo proprio comprarti

dei vestiti più pesanti», diceva in tono amichevole il signor Jang a Jindol, che indossava un cappottino imbottito marrone come Dae-ju. In mano teneva un sacchetto di plastica con dentro della biancheria da letto.

Dae-ju lo guardò allontanarsi. Quella sera gli sembrava più autoritario del solito.

La prima chiamata non si fece attendere e, tanto per cambiare, riguardava un ordine di pollo. Visto l'andazzo, avrebbe dovuto aprire un ristorante di pollo. Se avesse messo lo sforzo e l'impegno profusi negli studi di Medicina per inventare il pollo e la salsa di soia, a quell'ora sarebbe stato milionario.

Non sapeva perché, ma fin da giovanissimo aveva sempre pensato di essere costretto a diventare una persona il cui mestiere finiva con la sillaba «-sa», che in coreano significa «morte». Aveva pensato a lungo a quale «-sa» sarebbe potuto diventare. Era particolarmente bravo in matematica. Quindi poteva scegliere di diventare medico, una professione che molte persone invidiavano. Forse per via di suo padre, che era farmacista, aveva sviluppato fin da subito una passione per le scienze e gli era venuto naturale guardare al mondo della medicina. Studiare non gli pesava, anzi, gli veniva piuttosto facile. Così era stato accettato al primo colpo alla facoltà di Medicina ed era diventato chirurgo. Non aveva avuto difficoltà alla vista del sangue, nemmeno quand'era venuto il momento di prendere in mano il bisturi. Aveva passato la notte in bianco dopo la sua prima lezione pratica di anatomia, ma poi era filato tutto liscio. Il che gli aveva fatto pensare di essere adatto alla professione. Poco prima di sostenere l'esame di specializzazione aveva conosciuto sua moglie.

Mentre consegnava l'ennesima ordinazione di pollo, Dae-ju continuava a riflettere sulla sua carriera. Stava giusto pensando che avrebbe fatto meglio a imparare a incidere il pollo, anziché le persone, quando arrivò davanti a un ufficio di Donggyo-dong situato in un incrocio a tre vie. Lasciò lo scooter nel parcheggio sotterraneo e controllò l'indirizzo di consegna. Era al numero 1505. Suonò il citofono all'ingresso comune e la porta automatica si aprì senza che nessuno gli chiedesse nemmeno chi fosse. Fin lì, quindi, tutto bene. Arrivato davanti all'ascensore, però, notò sgomento un cartello rosso che diceva IN MANUTENZIONE. *Non è possibile! Cosa faccio adesso? Non posso mica andare su e giù a piedi per quindici piani...*

Sebbene fosse alle prime armi, Dae-ju non si lasciò prendere dal panico e chiamò il cliente.

«Pronto?» rispose un giovane dopo qualche squillo.

«Buonasera, ha ordinato del pollo? Sono il rider. La chiamo perché il suo ascensore è in manutenzione, quindi dovrebbe scendere a prendere l'ordine...» Era un suo diritto chiederlo, tuttavia la cosa lo metteva a disagio. Chissà se era davvero nella posizione di farlo. Dae-ju deglutì, in attesa della risposta del cliente.

«Eh, dovrei scendere?»

«Sì, penso che dovrebbe...»

«Ti darò tremila won in più per la consegna. Ti dispiacerebbe salire? In questo momento sono occupato, non riesco proprio a scendere.»

«Tremila won?»

«Di solito la mancia per la consegna è di tremila won, ma la raddoppio.»

«Ah... Però è difficile salire le scale fino al quindicesimo piano...»

«E se ti do mille won in più?»

Dae-ju annuì; l'avrebbe preso come un esercizio fisico per cui avrebbe guadagnato quattromila won in più. «Va bene, salgo subito.»

Quando mai aveva salito così tanti gradini? Il respiro affannoso di Dae-ju riecheggiava per tutte le scale. Sommato alla stanchezza accumulata il giorno prima, rendeva ogni rampa un'impresa improba. Aveva la sensazione di avere addosso un orso. Poiché si trattava di un ufficio, i gradini erano pure più alti.

Perché le scale sono così ripide? A che piano sono arrivato?

Dae-ju controllò il numero scritto sul pianerottolo e chinò la testa, sconfitto. Era solo al nono. Ma non poteva fermarsi. Se ci avesse messo troppo tempo, avrebbe rischiato di perdere le chiamate preziose dell'ora di punta. Perciò si costrinse a mettere un piede davanti all'altro e arrivò al quindicesimo piano.

La ricevuta diceva di lasciare il pacco davanti alla porta 1505, bussare e andarsene, ma lui suonò il campanello e restò lì. Doveva prendere i quattromila won di mancia in contanti, prezzo per le sue cosce che sembravano sul punto di esplodere.

Qualche istante dopo, la porta si aprì.

«Professore?»

La persona di fronte a Dae-ju, con in mano quattromila won, non era altri che Jang Yeon-sung, il tirocinante.

Dae-ju voleva lasciare il sacchetto del pollo e scappare. Ma non riuscì a dire nulla.

Anche Yeon-sung non sapeva cosa fare. Non appena si fu accorto che era proprio Dae-ju l'uomo che gli tendeva il sacchetto pieno di pollo, sviò lo sguardo, impacciato. «Professore... perché...» disse, cauto, con un'espressione delusa sul viso, come se avesse davanti un eroe in disgrazia.

«Non accetterò mance per la consegna. Buon appetito.» Dae-ju consegnò l'ordine e se ne andò.

Fortunatamente, l'ascensore aveva ripreso a funzionare. Quando si vide allo specchio, con quella giacca sformata, Dae-ju fece la stessa espressione che aveva visto sul volto di Yeon-sung. Era esattamente la reazione di chiunque avesse incontrato un eroe in disgrazia.

Il suo telefono ricominciò a suonare. Doveva rispondere alle richieste, se voleva raggiungere la cifra che si era prefissato per la serata, ma per qualche motivo non riusciva a trovare la forza di accettare una nuova consegna. Era come se il suo cuore fosse stato squarciato, come se qualcosa l'avesse trafitto. Era questa la vergogna? Era la prima volta che provava un'emozione simile in tutta la sua vita. E poi c'erano altre preoccupazioni, ben più pressanti. Cos'avrebbe fatto se in ospedale si fosse sparsa la voce che il professore faceva il rider dopo il lavoro? Anche quella sarebbe stata considerata una violazione del contratto? E se fosse stato sospeso del tutto, invece di avere solo una sospensione della paga? Molti punti interrogativi gli riempivano la testa, ma alla fine terminavano tutti con un punto esclamativo di nome Soo-chan.

Dae-ju tornò in sé, tirò fuori il cellulare e accettò la chiamata successiva. Questa volta avrebbe consegnato jokbal. *Va bene, mettiamoci in moto. Solo così guadagnerò i soldi da mandare a Soo-chan. Solo così...* Ritirò una porzione extra large ben confezionata in un contenitore usa e getta da un ristorante specializzato che era in attività da tre generazioni. Per un momento gli tornò alla mente la faccia che aveva fatto Yeon-sung quando l'aveva visto, ma la scacciò dalla testa. *Devo pensare solo a Soo-chan, così fa un buon capofamiglia.*

Dae-ju avviò lo scooter. Quando si avvicinò alla svolta a sinistra che dalla stazione di Sinchon portava alla stazione dell'università di Hongik, vide un albero illuminato davanti alla chiesa e gli si appannò la visiera. Dae-ju provò a pulirla col palmo della mano, ma fu inutile. C'era una stella gialla che brillava sopra l'albero e, sotto, Mi-ra, Woo-cheol e Na-hee si facevano una foto tutti insieme.

Fu allora che capì che la condensa sulla visiera era colpa delle sue lacrime.

Il semaforo scattò e qualcuno dietro di lui suonò il clacson. Col casco appannato, Dae-ju non vedeva benissimo, perciò cercò di asciugarsi le lacrime. E, nel momento in cui girò a sinistra, perse l'equilibrio e cadde. Il jokbal si rovesciò riempiendo il bauletto di salsa di gamberi e ssamjang. Provò a rimediare, ma la mano sinistra non rispondeva. Riprovò a stringerla, ma niente, non si chiudeva. Il sudore freddo gli scorreva lungo la schiena e l'istinto di medico gli suggerì che non era un buon segno. Provò a mettere in piedi lo scooter, ma la mano non aveva forza. La sua mente era vuota come se qualcuno lo avesse colpito in testa.

Prese il cellulare e chiamò il 119. «Stavo girando a sinistra all'incrocio di Sinchon, verso Hongdae, e ho avuto un incidente in moto. La mano sinistra non si muove... Per favore, venite presto...»

Il paramedico che arrivò gli chiese se volesse andare al Severance o al pronto soccorso di un altro ospedale vicino. Dae-ju non ebbe dubbi. Non poteva andare nel suo ospedale così conciato e ricoperto di salsa.

Arrivato al pronto soccorso, Dae-ju posò la mano sull'apparecchiatura radiografica e seguì le indicazioni del tecnico. Alla fine dell'esame, un medico dall'aria stanca diagnosticò che, per fortuna, non c'era niente di rotto e si trattava solo di una distorsione. Tuttavia i legamenti erano danneggiati, perciò avrebbe dovuto portare il tutore per circa un mese e mezzo e poi tornare per un controllo.

Maledizione. Un mese e mezzo! Vuol dire che non potrò operare... Cosa dirò all'ospedale? Aveva le spalle e il collo irrigiditi più dalla paura per il futuro che dal dolore che provava in quel momento.

Uscì dal pronto soccorso con la mano sinistra ingessata. Lo scooter era ancora all'incrocio in cui aveva avuto l'incidente. Doveva sbrigarsi a recuperarlo. Se glie l'avessero rubato sarebbe stato un grosso problema. *Ah... non posso guidarlo, né chiedere a qualcuno di farlo. Se però lo lascio qui me lo portano via sicuramente e a quel punto quanto mi costerà il carro attrezzi? Per non parlare della multa...*

Dae-ju cercò di spostare lo scooter a mano, ma era impossibile. In momenti come quello, in cui non aveva nessuno cui telefonare, si sentiva come se avesse sprecato la sua vita. Si vergognava a farsi vedere così dai suoi colleghi, che pure considerava amici. Allora pensò che forse un vero amico è qualcuno con cui sei disposto a condividere anche i tuoi momenti più imbarazzanti.

Dae-ju provò ancora a lottare con lo scooter, ma non c'era niente da fare. Da solo non l'avrebbe mai smosso. A quel punto, per quanto ci pensasse, c'era solo una persona che poteva aiutarlo. Era Woo-cheol, il tecnico riparatore delle caldaie, che aveva incontrato qualche volta a casa di suo padre. Non sapeva nemmeno come si chiamasse di cognome, però aveva il numero di telefono di Mi-ra. Lo aveva salvato nella rubrica dopo che lei aveva aiutato suo padre quando si era sentito male. Dae-ju sospirò, e il suo fiato si condensò come fumo di sigaretta.

Ah... guarda cosa mi tocca fare. Mi viene da impazzire. Pensò al volto di Woo-cheol, ma non sapeva che cosa dire. Li aveva sempre salutati con distacco e malvolentieri, adesso come poteva chiedere... Non poteva chiamare così, di punto in bianco, per farsi aiutare. *Basta. Non chiamo. Spingerò io!*

Dopo qualche tentativo, Dae-ju riuscì a piazzare il braccio ingessato sul manubrio e a far avanzare lo scooter, portandolo fin dietro la Porsche parcheggiata davanti al cancello blu. A quel punto, il braccio destro gli faceva quasi più male del sinistro.

Quella era fatta, tuttavia non poteva ancora tornare a casa; non così, col giubbotto che puzzava di maiale e salsa di gamberetti. Per i vestiti c'era poco da fare, ma quello lo doveva lavare, altrimenti suo padre se ne sarebbe accorto sicuramente. *Dove lo trovo un giubbotto nuovo a quest'ora, i negozi sono tutti chiusi... Oh, forse potrei andare in quel posto? Come si chiama? La lavanderia Binggul Bunggul di Yeonnam-dong.*

Quando arrivò davanti alla lavanderia Binggul Bunggul di Yeonnam-dong, Dae-ju era senza fiato.

Ancor prima di aprire la porta, sentì un profumo familiare. Era lo stesso della vecchia coperta che c'era sul letto della sua stanza, quella che aveva confezionato sua madre. Ecco da dove veniva quell'odore caldo.

Dae-ju si guardò intorno: era la prima volta che entrava in una lavanderia self-service e si sentiva in imbarazzo e fuori luogo. Poi notò la bottiglia di ssanghwa-tang posta accanto alla macchina del caffè. Era quello di giuggiole che il padre gli aveva offerto tante volte di provare nei giorni precedenti.

Non mangiava niente dall'ora di pranzo, e per un attimo lo ssanghwa-tang di giuggiole gli fece gola, ma poi ci ripensò. Non voleva avere nulla a che fare con quelle bacche che portavano il suo nome. Aprì invece un sacchetto di gelatine con sopra impressa l'immagine di un mango giallo e se ne mise una in bocca. Era così dolce che poteva quasi sentire il livello di zuccheri nel sangue schizzare alle stelle, ma il sapore che gli lasciò in bocca era amaro. Dolce o amaro che fosse, la gelatina gli fece tornare l'acidità e si sentì di nuovo male.

Doveva togliersi quei vestiti sporchi. A differenza di suo padre, abituato a usare il display della lavanderia automatica, Dae-ju faticò a capire come selezionare la lavatrice e poi il programma. Ma alla fine si tolse il giubbotto e lo infilò nel cestello, che poi iniziò a girare.

Anche senza giacca, non aveva freddo lì nella lavanderia. Il riscaldamento doveva essere stato messo al massimo e soffiava aria calda dal pavimento al soffitto. Dae-ju si sedette al tavolo vicino alla vetrina e guardò fuori. Non c'era molto altro da fare.

Anche nelle giornate così fredde, le persone sorridevano. Il loro fiato non appesantito dal fumo di sigaretta, ma limpido come vapore acqueo. D'un tratto passò Woo-cheol con la moglie e la figlia. Lui e Mi-ra tenevano per mano Na-hee, contenta nel mezzo. Dae-ju si sorprese a piangere e si asciugò in fretta le lacrime col dorso della mano.

Zzz... zzz. In quel momento il suo telefono vibrò e sul display apparve una videochiamata di Soo-chan. Non poteva rispondere e farsi vedere in quelle condizioni. Desiderava tanto parlare col figlio e con la moglie, ma non ce la faceva a premere il tasto verde.

Perché sto facendo tutto questo?

Non si era mai pentito di nulla né si era mai posto quella domanda. Tuttavia, come scatenate da quella riflessione, le lacrime presero a scorrere sul suo volto, senza che lui potesse fare nulla per fermarle, come l'acqua che nella lavatrice si riversava sul giubbotto sporco.

Iniziarono a tremargli le spalle e in un attimo tutto il suo corpo fu scosso dai singhiozzi, mentre il telefono continuava a vibrare sul tavolo e Soo-chan aspettava di sentire la voce del padre.

Perché stiamo facendo questo?

Non poteva confidarsi con nessuno. Faceva il medico in un ospedale universitario e aveva mandato il figlio e la moglie a stare negli Stati Uniti, era ovvio che le persone lo avrebbero criticato dandogli del privilegiato. Sarebbe stato fin troppo facile per loro rimproverarlo di viziare il figlio e non mostrare nessun rispetto per l'anziano padre.

Il telefono smise di vibrare. Dae-ju lo prese e guardò i contatti salvati, da quelli in coreano a quelli in inglese, ma si rispose che nessuno di quelli avrebbe potuto recepire il suo sfogo. Nessuno avrebbe potuto capire come ci si sentiva a camminare da solo in un campo spazzato dal vento gelido.

Guardò fuori e sospirò, appannando il vetro. Ben presto iniziò a nevicare. Fiocchi delicati come carta velina cadevano dal cielo tinto di viola. Fuori dalla vetrina, i passanti alzavano il cellulare per immortalare il viale del parco di Yeonnam-dong che si copriva di bianco. Erano felici di conservare quel bellissimo ricordo. Invece Dae-ju posò il telefono che aveva in mano e pianse forte. Fu solo quando si asciugò il naso con la manica della maglietta termica che notò il taccuino verde chiaro posato sul tavolo. Gli tornò in mente quello che gli aveva detto una volta suo padre – che nella lavanderia c'era un taccuino cui si potevano affidare le proprie preoccupazioni – e prese in mano la penna.

È questa la vita? È così che si deve vivere? Perché sto vivendo così?

Avvertì un senso di sollievo, dopo aver scritto quelle poche parole su un semplice foglio di carta bianca. Era bastato dare voce ai pensieri che non aveva mai potuto condividere con nessuno – impegnato com'era a vivere su un'isola separata da tutto – per allentare la tristezza che gravava sul suo cuore.

Quando tirò fuori il giubbotto dall'asciugatrice, si sentì di nuovo invadere da quel profumo familiare di bucato steso al sole. Lo stesso profumo di cotone pulito della coperta che gli aveva conciliato il sonno nonostante l'insonnia. Dae-ju si sedette al tavolo e, cullato da quel profumo, si addormentò stringendo tra le braccia il caldo giubbotto imbottito.

Zzz... zzz. Svegliato dalla vibrazione, Dae-ju aprì gli occhi e guardò il cellulare. Era suo padre. *È l'una di notte e domani devo andare a lavorare. Ma cosa gli dico quando mi vedrà tornare a casa col braccio ingessato?* Dae-ju si grattò la testa al pensiero dei rimproveri che gli avrebbe rivolto il padre. Tuttavia non poteva dirgli di essersi fatto male durante una consegna.

Si diresse verso casa, calpestando la neve che continuava a cadere leggera come frammenti di carta velina. Poi scosse la testa risoluto. *Dirò che ho messo male il piede e sono caduto dalle scale.*

«Dove sei stato fino a quest'ora? Sta pure nevicando molto. In giornate come questa, dovresti tornare a casa subito dopo il lavoro.» Lo sguardo del signor Jang si posò sul braccio ingessato del figlio. «E quello? Come te lo sei fatto? E perché sei vestito così?»

Ops, non si era messo il giubbotto e si era dimenticato di passare dalla macchina a cambiarsi. Dae-ju si sentì sopraffare dalla vergogna, dalla tristezza e dalla stanchezza. «Be', ecco...» cominciò, con voce esitante. «Sono caduto. Non sono molto in forma ultimamente, così dopo il lavoro ho pensato di andare a fare una passeggiata dietro l'ospedale. Ecco perché sono vestito così.»

«Cosa faranno i tuoi pazienti adesso che il loro medico si è fatto male alla mano? Su, entra e riposati.»

Dae-ju non si aspettava nulla di diverso da suo padre, che persino in quella situazione si preoccupava più dei pazienti che di suo figlio, tuttavia rimase sorpreso nel vederlo che si allontanava senza infastidirlo oltre. Sollevato, andò in camera. Si sarebbe voluto fare una bella doccia calda, ma con quel braccio ingessato non poteva concedersi nemmeno l'unica, piccola gioia che gli era rimasta.

Non fu facile togliersi di dosso gli abiti termici aderenti. Fu una lotta ardua, come quella di una farfalla sul punto di abbandonare il bozzolo. Quando anche l'ultimo strato fu tolto, sentì Jindol guaire e grattare la porta.

«Cos'hai anche tu da lamentarti? Stai male? E perché sei venuto da me? Dov'è andato papà?» Dae-ju entrò in soggiorno, ma non trovò nessuno. *Dove te ne sei andato, senza nemmeno sistemare il divano?* Dal piano di sopra filtravano le risate della famiglia di Mi-ra.

Ora che ci penso, oggi non sono riuscito a parlare con Soochan nemmeno una volta.

Jindol guaì di nuovo, strofinando la testa sulle ginocchia di Dae-ju.

«Che c'è? Dai, è ora di riposare.»

Il cane guaì ancora e raggiunse la porta d'ingresso. Dopo giorni e giorni di convivenza, Dae-ju aveva imparato a capirlo, quindi gli aprì e Jindol schizzò in giardino, sollevò la zampa e fece la pipì. Poi si diresse in un angolo del prato, dove suo padre stava osservando una pentola in ebollizione su un fornello portatile, come tante volte l'aveva visto fare da bambino, anche se adesso la sua figura era molto più esile. «Papà, cosa stai facendo?»

«Niente. Vai subito dentro. Perché sei uscito con questo freddo?»

«Jindol voleva uscire.»

«Accidenti! La porta era chiusa. Mi dispiace, Jindol. Jindolino mio, stai bene? Dai, adesso entra!»

Non potresti riservarmi metà della gentilezza con cui tratti Jindol? Dae-ju schioccò la lingua ed entrò in casa. Per un attimo, mentre rincasava, gli sembrò di sentire profumo di brodo di manzo.

La mattina dopo, infatti, Dae-ju trovò sul tavolo una ciotola di gomtang fumante. Suo padre doveva averlo fatto bollire tutta la notte in giardino, poi aveva schiumato il grasso dalla superficie e l'aveva fatto bollire ancora, fino a ottenere quel brodo limpido.

« Lo hai preparato stanotte? »

« Era troppo tardi per chiamare il ristorante del mercato di Mangwon e avevo del manzo in frigo, quindi l'ho fatto in casa. Dai, sbrigati a mangiare, che i tuoi pazienti ti aspettano. » Rimestò il brodo in attesa della reazione di Dae-ju. « Dovresti mangiare più cibo fresco. »

« Il cibo fresco non è necessariamente più buono. »

« Com'è venuto? »

« ... È solo brodo. »

« Ho cucinato tutta la notte... »

Dae-ju continuava ad attribuire a quella villetta col cancello blu di Yeonnam-dong la colpa della sua situazione attuale. Se suo padre non si fosse messo di traverso, a quell'ora avrebbe usato i soldi dell'affitto per pagare le spese di Soo-chan e lui avrebbe continuato a fare la sua vita di sempre... All'improvviso, Dae-ju sentì una rabbia irrefrenabile montargli dentro. Era tutta colpa della testardaggine di suo padre, dell'ostinazione con cui si aggrappava ai suoi ricordi. « Ma chi te l'ha chiesto di preparare il gomtang? Te l'ho forse chiesto io di passare la notte a far bollire il brodo? »

« Cosa dici? » Suo padre posò il cucchiaio.

« Chi ti ha chiesto di cucinare questa roba! Non hai idea di quello che sto passando in questi giorni! No, perché a te interessano solo i pazienti, i pazienti, sempre e solo i pazienti! Di me, ti preoccupi mai? O sei troppo impegnato con quelli che vivono al piano di sopra? Dimmi, hai mai destinato al nostro Soo-chan tutta la cura e l'impegno che hai messo nell'essiccare e far bollire le giuggiole per il ssanghwa-tang che hai portato alla lavanderia? Quando ti prendi cura di quelle persone che conosci appena, pensi mai a Soo-chan e alla vita sacrificata che conduce oltreoceano?»

«Che cosa significa...»

«Soo-chan ha dovuto prendere lezioni di equitazione ma si è dovuto accontentare del cavallo più economico che c'era, e per poco non cadeva e ci restava secco.»

«Cosa? Si è fatto male?»

«Bastavano cinquecento dollari per evitare quel rischio. Povero figlio mio, che vita deve fare laggiù, lontano!»

«E chi ti ha detto di mandarlo fin lì!» Neanche il signor Jang si trattenne. «Eppure ti avevo avvertito, sapevi cosa capita alla cornacchia che prova a inseguire la cicogna. Sapevi che Soo-chan ne avrebbe fatto le spese. Però tu, testardo, hai voluto mandarlo lo stesso. E ora, invece di prenderti le tue responsabilità, dai la colpa a me.»

«E tu perché mi hai fatto nascere cornacchia? Perché proprio cornacchia? Avresti potuto farmi nascere cicogna, farmi aprire una clinica a Gangnam e consentirmi di mandare mio figlio a studiare all'estero con gli stessi mezzi degli altri. Se rinasco, voglio essere cicogna. Non sai quanto mi pesi dover costringere Soo-chan a cavalcare un ronzino mezzo selvaggio perché non posso permettermi cinquecento dollari in più!»

Il signor Jang gli diede uno schiaffo e calò il silenzio. Dae-ju si passò la lingua all'interno della guancia rossa, gonfia e insensibile. Suo padre non l'aveva mai picchiato prima d'ora. Neppure quando l'aveva sorpreso a fumare davanti al cancello blu, all'ultimo anno delle superiori. Mai, neanche una volta. Ma l'aveva colpito due volte per colpa di quella casa. La prima quando Jindol si era fatto male alla zampa, e poi ancora adesso. Dae-ju odiava sempre di più quel maledetto cancello blu.

Mio padre è una roccia. Camperà sereno per altri trent'anni. Vivrà sano e cocciuto fino a cento! Caspita, la faccia mi brucia ancora. Sull'autobus che lo portava al lavoro, Dae-ju aprì il finestrino, per lasciare che l'aria gli rinfrescasse le guance calde. *Chi è la causa di tutti i miei problemi?* Comunque la mettesse, non poteva continuare a incolpare suo padre. Forse Dae-ju sapeva fin troppo bene come aveva fatto a cacciarsi in quella situazione. Lo sapeva, ma si ostinava a puntare il dito contro suo padre. Proprio come facevano i bambini capricciosi.

In ospedale gli diedero due mesi di congedo obbligatorio. Non solo avevano deciso che non c'era bisogno di pagargli lo stipendio, dato che era stato sorpreso a lavorare di nascosto per altri, ma adesso non poteva più nemmeno eseguire interventi. Si trattava di una licenza forzata, mascherata dalla volontà di lasciarlo riposare finché il braccio non fosse guarito. E, ora che non aveva più neanche uno stipendio, non poteva più pagare nulla. La sua vita si stava aggrovigliando sempre di più, come i fili elettrici intorno a un palo della luce. *Ora dove prenderò i soldi?*

Quando uscì dal suo ufficio, incontrò Yeon-sung, che

aspettava davanti alla porta. «Professore... mi dispiace molto per l'altra sera. Non avevo idea che fosse lei...»

Eh, certo, non poteva certo immaginare che il rider con cui aveva contrattato i quattromila won fosse il suo superiore. Neppure Dae-ju avrebbe mai immaginato che sarebbe caduto così in basso da aggrapparsi a una banconota da mille won. E, adesso, non riusciva nemmeno a guardare Yeon-sung negli occhi.

«Professore, mi dispiace davvero.»

«Continua a lavorare sodo, anche in mia assenza. E ricordati di tenere sempre il tuo camice pulito e ben stirato. Te la caverai benissimo.» Con lo sguardo fisso sul suo braccio ingessato, Dae-ju sfiorò la spalla di Yeon-sung e se ne andò.

Mentre era sull'autobus diretto a Yeonnam-dong, ricevette una chiamata dalla ditta di caldaie. «Buongiorno, il suo preventivo è pronto. Gliel'ho appena inviato.»

«Quando potrete iniziare i lavori?»

«Una volta che avrà approvato il preventivo e versato l'acconto.»

«Capisco.»

«Lo guardi con calma e ci faccia sapere.»

Dae-ju aveva paura ad aprire il messaggio. Chissà quanto gli sarebbe costato. D'altronde non poteva ignorare il problema e rischiare che l'acqua s'infiltrasse al piano di sotto... E poi non vedeva l'ora di porre fine a quella fastidiosa convivenza. Tuttavia, quando diede un'occhiata alla cifra, per poco non gli prese un colpo. *Possibile che costi così tanto?*

Chiamò la ditta di caldaie, ma la risposta fu che dieci milioni di won erano una cifra più che ragionevole, considerato che occorreva divellere tutto il pavimento, riparare le perdite e installare una nuova caldaia. Inoltre il costo della manodopera era aumentato perciò, a meno di così, non avrebbe trovato nessuna ditta disposta a intervenire.

Ma come faceva ad affrontare quella spesa, se non aveva nemmeno i soldi da mandare a Soo-chan?

«Quindi come vuole procedere? Se non la ripara in fretta, l'acqua rischia di arrivare nell'appartamento di sotto, e allora sì che saranno dolori. Di recente ci è capitato un caso simile in cui i proprietari della casa hanno rimandato talmente tanto che alla fine hanno dovuto pagare una somma astronomica per risarcire i vicini. Per non parlare delle spese per l'albergo, perché la gente che vive in appartamenti del genere mica si accontenta di un motel. Anche se si tratta solo di una settimana, l'hotel poco non costa... Be', veda lei, ma io le consiglio di decidersi in fretta.»

«Cosa dovrei fare...» L'insistenza dell'interlocutore gli stava mettendo addosso troppa pressione. Dae-ju si sentiva stupido e in colpa. «Mi scusi ma ora devo entrare in sala operatoria, quindi faccio i miei conti e vi richiamo domani», disse, prima di riattaccare.

Dae-ju scese alla fermata vicino all'incrocio di Yeonhui. Prese una strada laterale e arrivò a Yeonnam-dong. Faceva particolarmente freddo. Il gesso gli impediva di chiudere bene il cappotto, per cui aveva le mani ghiacciate e il petto esposto al vento. Ma non era nulla a confronto dei pensieri che l'attanagliavano. *Dove li trovo questi dieci milioni di won? E come pago le spese di Soo-chan e di mia moglie?* Dae-ju si faceva largo tra le persone che camminavano serene nel parco. *Quand'è stata l'ultima volta che mi sono sentito leggero come loro?*

Una volta arrivato davanti al cancello blu, Dae-ju esitò. Si sentiva ferito nell'orgoglio. Non aveva nessuna voglia di tornare in casa dopo lo schiaffo di quella mattina. Mentre batteva i piedi, incerto sul da farsi, gli cadde l'occhio sulla Porsche, ferma davanti al cancello. *Me ne starò qui.*

L'abitacolo dell'auto, ancora impregnato del profumo di nuovo, era accogliente. Gli bastava guardare i sedili e le cinture rossi che aveva scelto con tanta cura quando aveva aggiunto gli optional, il logo Porsche inciso sul poggiatesta e l'orologio al centro del cruscotto per sentirsi appagato. Seduto al posto di guida, chiuse gli occhi per cercare di addormentarsi.

Tremava di freddo, ma non poteva accendere la macchina. Il rombo del motore era come un ruggito di tigre e il consumo di carburante spaventoso. Bastava mettere in moto per svuotare il serbatoio e ogni goccia di benzina premium costava oro. Dopo tanti giorni che era ferma, i sedili erano gelati, eppure lì si sentiva felice. Era l'unico posto in cui poteva rilassarsi.

Dae-ju si svegliò di soprassalto al rumore del cancello blu che si chiudeva. Come ogni giorno, Woo-cheol si recava al lavoro con indosso la divisa della ditta di caldaie...

Senza nemmeno rendersene conto, Dae-ju aprì la portiera della macchina. «Ehi...!»

«Sì? Ah, buongiorno!» Woo-cheol smise di camminare e guardò stupito Dae-ju che scendeva dall'auto.

«Ehm, per caso...»

«Sì?»

«... potrebbe dare un'occhiata a questo preventivo? La caldaia di casa mia si è rotta e mi sono rivolto a una ditta che ho trovato su Internet, ma, ecco...» Dae-ju esitò.

Faceva fatica a chiedere aiuto, perché era troppo orgoglioso per ammettere che non aveva abbastanza soldi per riparare il guasto. Poi si fece coraggio e arrivò al punto. «Mi sembra che il costo sia un po' eccessivo.»

«Mi faccia dare un'occhiata.»

Woo-cheol studiò il preventivo con la fronte aggrottata.

«È corretto?»

«Macché. È una truffa.»

«Una truffa?»

«Di che ditta si tratta? Sono dei veri ladri.»

«Sì? Lo sapevo che non poteva essere così costoso!» esclamò Dae-ju, sollevato all'idea di poter risparmiare anche solo un centesimo.

«Se vuole, do un'occhiata io. In inverno queste ditte truffaldine spadroneggiano. Ti spaventano paventando perdite nell'appartamento di sotto, poi ti mettono fretta perché versi l'acconto. Dopodiché ti restituiscono le chiavi dicendo di aver sistemato tutto, ma la verità è che spesso non hanno fatto niente, tanto nessuno andrà mai a verificare sotto il pavimento.»

«Grazie...»

«E di cosa? Aiutare gli altri è il mio lavoro...» Woo-cheol si allontanò con un saluto all'altezza del suo nome, così simile alla parola *woochik*, «onesto».

Rimasto solo, Dae-ju risalì in macchina. Era quasi l'ora della chiamata dalla California, ma aveva paura che il telefono squillasse, perché non aveva idea di come avrebbe fatto a dire alla moglie che era in congedo forzato dall'ospedale. *Come faccio a mandare i soldi?* Guardò il suo braccio sinistro con amarezza e aprì l'app della banca. Era difficilissimo digitare con una mano sola, soprattutto una password complicata come quella. Neanche ci fosse stata chissà quale fortuna da rubare. Il saldo era appena sufficiente per coprire le spese già effettuate con la carta di credito.

«Ah...» sospirò.

Dae-ju era sempre stato bravo in matematica, dunque fece i conti rapidamente. C'erano i soldi da mandare negli Stati Uniti per le spese quotidiane, la retta da versare alla scuola, il mutuo dell'appartamento... e quello era solo l'inizio. Doveva dare la priorità alla sua famiglia o al mutuo? Non poteva ritardare la rata del mutuo, altrimenti ci sarebbero stati altri interessi da pagare, eppure...

In quel momento, i suoi occhi misero a fuoco l'immagine che aveva davanti a sé: un cavallo rampante, che sembrava sul punto di partire al galoppo. Non era il destriero bruno che aveva popolato la fantasia di Dae-ju nella sala operatoria di Apgujeong, né la vera Zelda, cui Soo-chan era tanto affezionato. Era quello dell'unico posto in cui Dae-ju poteva riposare, nonostante i sedili freddi come il ghiaccio: il cavallo nero disegnato sul volante della Porsche. *Temo di doverti lasciar andare...*

Nonostante la recessione economica, due ore dopo averla messa in vendita per cento milioni di won, aveva già trovato un acquirente. Con la crisi dei semiconduttori, non sembrava vero poter ricevere subito un'auto che, a comprarla nuova, aveva una lista d'attesa di due anni. Così, c'era chi era disposto a pagarla in un'unica soluzione, addirittura in contanti.

Dae-ju era deciso a vendere eppure, al momento della trattativa, provò una profonda tristezza. Non potendo guidare, si mise d'accordo affinché il concessionario venisse a ritirare l'auto entro un'ora. Non gli restava che preparare i documenti e andare a prendere il sigillo personale.

Quando tornò all'auto, tirò fuori il libretto di circolazione e gli altri documenti necessari e li mise sul cruscotto. Mancavano dieci minuti all'arrivo del concessionario. Guardò con rammarico il cavallino nero incastonato al centro del volante. *Addio, bellezza.* E pensò che da quel momento in poi sarebbe stato libero di cavalcare nella natura selvaggia.

Dopo aver ricevuto le chiavi e i documenti, il compratore montò a bordo e se ne andò contento.

Ospedale-casa, casa-ospedale, sempre imbottigliata in Gangbyeonbuk-ro, su un tragitto ogni giorno uguale... Almeno adesso vai in mano a qualcuno che sfrutterà a pieno la tua potenza e ti farà andare alla massima velocità. Piuttosto che un proprietario che stenta a pagare la benzina e guida pensando alla prossima rata da versare, meglio qualcuno che può permettersi di spendere milioni in contanti e ti farà correre come si deve. Mi dispiace di averti trattenuto tutto questo tempo. Addio, mio destriero nero.

La Porsche parcheggiata davanti alla villetta del padre era sparita, lasciando il muro vuoto, spazzato dal vento gelido dell'inverno. Era il momento di aprire il cancello blu ed entrare. Non sopportava di non avere nessun altro posto dove andare e di essere costretto ad affrontare suo padre. Ma magari, con un po' di fortuna, l'avrebbe trovato addormentato e sarebbe potuto sgattaiolare in camera senza incontrarlo.

La porta d'ingresso, di solito solo accostata a causa di Jindol, era chiusa. Dae-ju la aprì piano ed entrò. Le scarpe da ginnastica marroni che indossava sempre suo padre non c'erano, quindi proseguì con meno cautela. Anche il soggiorno era vuoto. Bene così. Chissà se suo padre l'aveva notato, quando era uscito di casa con quel freddo, e cos'aveva pensato nel vederlo che dormiva in macchina col motore spento.

Dae-ju crollò sul letto. Quindi aprì l'app della banca. I soldi non erano ancora arrivati. L'acquirente avrebbe aspettato il passaggio di proprietà, prima di procedere al pagamento, perciò era normale dover aspettare ancora. Eppure Dae-ju era agitato. Per un momento gli prese il panico. *Speriamo che non sia un'altra truffa.* Ultimamente gli andava tutto storto, forse era per quello che aveva i nervi a fior di pelle. Aggiornò la pagina dieci minuti dopo, ed ecco che sul conto apparve la cifra concordata per la vendita dell'auto. Dopo aver saldato le varie rate arretrate, gli rimasero circa cinquanta milioni di won.

Coi soldi della vendita del suo destriero nero, Dae-ju pagò il cavallo di Soo-chan, e versò la cifra per le spese quotidiane sue e della madre. Il suo saldo era di nuovo bassissimo. *Resisti finché non sarai reintegrato. Poi, in qualche modo, tutto si sistemerà.* Si sentiva vuoto dentro, era esausto. Forse per il freddo che aveva preso in macchina, la coperta che aveva confezionato sua madre sembrava ancora più calda e il profumo della lavanderia Binggul Bunggul ancora più confortevole.

La federa era umida. Quando aprì gli occhi, Dae-ju non ricordava cosa avesse sognato, ma sapeva che doveva trattarsi di un sogno triste. Non si sforzò di rievocarlo, non c'era bisogno di aggrapparsi ai sogni tristi, la realtà era già abbastanza dura di per sé. Aveva sete ma, quando aprì la porta, vide suo padre e Jindol seduti sul divano. Così, nonostante la gola secca, decise di restare in camera. Non aveva la forza di affrontarlo proprio ora, che si sentiva ancora più triste per aver venduto la sua Porsche nera, che amava come un secondo figlio.

Se fossi stato in lui, non avrei mai fatto una cosa del genere a Soo-chan. Come può essere così senza cuore col suo unico figlio? In quel conflitto, che ormai era diventato insanabile, solo Jindol sembrava rimanere neutrale.

Dae-ju uscì dalla stanza indossando un giubbotto imbottito. Normalmente il padre gli avrebbe chiesto dove andava a quell'ora tarda, invece non aprì bocca, limitandosi a girare la testa verso la porta d'ingresso che il figlio aveva chiuso di colpo.

Per le strade di Yeonnam-dong, Dae-ju camminava senza meta, pensando che in quella casa ormai non poteva più neanche bere un bicchiere d'acqua. L'ondata di freddo non accennava a passare, anzi, pareva che avrebbe accresciuto la morsa nei giorni seguenti. Era un inverno rigido.

Vado al minimarket a prendere del ramen istantaneo? Anche quelli sono soldi. Meglio limitarmi a prendere un po' d'aria.

D'un tratto gli tornò in mente il gomtang che aveva mangiato a colazione, ma scacciò subito il pensiero. Normalmente, una sfrecciatina lungo il fiume Han gli avrebbe risollevato lo spirito. Invece, ora che lo stomaco gli si stringeva fino a togliergli il respiro, non poteva nemmeno andare a farsi un giro in macchina. Dae-ju sapeva che il suo destriero nero non sarebbe più tornato.

Dopo aver percorso tutto il viale del parco, si fermò davanti alle luci della lavanderia Binggul Bunggul. Dentro c'era un bel calduccio. Era vuota; a rompere il silenzio c'era solo una lavatrice solitaria in cui l'acqua punteggiata di schiuma bianca sciabordava come un'onda. Accanto alla macchina del caffè c'era ancora lo ssanghwa-tang marrone scuro del signor Jang. Dae-ju si accigliò sentendo l'odore di giuggiole che sembrava filtrare attraverso la bottiglia.

Pensò di prepararsi una tazza di caffè, ma cambiò idea e prese posto al tavolo. Chissà se qualcuno aveva lasciato una risposta alle sue preoccupazioni. Gli veniva da ridere al solo pensiero. Se quello era l'unico posto in cui poteva condividere i suoi pensieri, aveva vissuto quarant'anni per niente.

Aprì il taccuino verde chiaro. *Penso che fosse più o meno qui...* Dopo aver sfogliato qualche pagina, arrivò al punto in cui aveva lasciato le sue preoccupazioni.

> Scriverò alcune parole sul rapporto con mio figlio. Quand'era piccolo, la gente si stupiva che chiamasse prima il papà che la mamma. Ma, col passare degli anni, non ha sentito più il bisogno di chiamarmi. Adesso mi sento come se fossi solo un vecchio testardo che non fa altro che rimproverarlo. Ho fatto del mio meglio per essere un buon capofamiglia, invece sono diventato solo un vecchio rompiscatole. Non so quando sia successo che io e mio figlio ci siamo allontanati. Quando ha iniziato a frequentare la facoltà di Medicina? Dopo che si è sposato? Dopo che ha avuto a sua volta un figlio? Non ne ho idea.

Dae-ju chinò la testa. Era una storia fin troppo familiare.

> Tuttavia la forza che mi tiene vivo adesso sono i ricordi che abbiamo creato insieme. La sua gioia quando correva verso di me coi piedini paffuti nel giardino che io e sua madre avevamo creato. Il giorno in cui gli è caduto il primo dentino e i lacrimoni gli rigavano

le guance mentre lo raccoglievo. La sua altezza segnata con una tacca sul muro del cortile. L'innocenza con cui correva fuori a giocare con l'acqua quando annaffiavo le piante del giardino e finiva tutto bagnato. O la gioia con cui facevamo il pupazzo quando nevicava e sua madre gli attorcigliava una sciarpa intorno al collo perché non prendesse freddo... Mia moglie mi manca eppure, grazie a questi ricordi, non mi sento solo. Per questo mi sono intestardito così tanto a proteggere questa casa.

Figliolo, se ti capiterà di tornare qui, o anche se non leggerai mai questo taccuino, voglio dirtelo. Mi fa star male il pensiero che tu abbia mandato tuo figlio così lontano, perché so a cosa stai rinunciando: a costruire tutti questi ricordi con lui. Per questo ero così contrario.

Quei momenti non torneranno mai più. E sono la mia ragione di vita. Probabilmente lo vivrai come l'ennesimo rimprovero, ma avevo bisogno di dirtelo. Avrei voluto insegnare a te, che sei nato cornacchia, come vivere più felice di una cicogna, e mi dispiace tanto di non esserci riuscito.

Ma ci riproverò... finché avrò fiato in corpo. Anzi, ci proverò anche dopo... Ti voglio bene.

Quella grafia dritta, tracciata con la penna stilografica, era la stessa che aveva visto sulla corrispondenza della sua infanzia, sulla sua pagella e sulla prima lettera che aveva ricevuto dopo essere entrato alla facoltà di Medicina. Era la calligrafia di suo padre, il signor Jang. Gli venne un groppo alla gola. I ricordi che erano stati sepolti nel profondo della sua mente gli balenarono davanti agli occhi come un film.

La casa col cancello blu di Yeonnam-dong, che era

diventata estranea e scomoda, era invece il rifugio dei ricordi perduti...

Dae-ju sfiorò le parole sul taccuino con la punta delle dita. E indugiò un po' più a lungo su quel «ti voglio bene».

Quindi alzò gli occhi e, accanto al suo riflesso nella vetrina, vide il volto di Soo-chan. *Chissà quanto è alto adesso... Mi arriverà alla spalla...*

Suo padre lo sapeva. Doveva aver visto il vecchio scooter nascosto dietro l'auto che amava così tanto, così come gli abiti che puzzavano di cibo sepolti nel cesto della biancheria; doveva aver scoperto che aveva ingoiato il suo orgoglio e chiesto aiuto a Woo-cheol, e doveva averlo sorpreso a piangere da solo nella lavanderia. Suo padre aveva capito tutto.

I genitori sanno sempre quando i loro figli stanno attraversando un momento difficile. Lo vedono dal modo in cui curvano le spalle.

Dae-ju tornò all'inizio del taccuino verde chiaro, sfogliando le pagine toccate dalle dita di tante persone. Accanto a lamentele banali come «ho fame» o «mi annoio», c'erano altre frasi scritte da suo padre. Quella grafia seria gli fece venire le lacrime agli occhi. Suo padre si preoccupava di persone che non aveva neppure mai visto. Pur di crearsi un posto di ritrovo, aveva tirato fuori vecchie coperte, preparato lo ssanghwa-tang ed era uscito, col fedele Jindol al guinzaglio, persino durante l'ondata di freddo. La verità era che suo padre si sentiva solo.

Dae-ju prese il cellulare e mandò un messaggio alla moglie.

Ti amo, tesoro. Ti voglio bene, Soo-chan. Mi mancate.

Dae-ju chiuse gli occhi arrossati. Si mise una mano nei capelli e trattenne a stento le lacrime. Si sentiva come se qualcosa dentro di lui stesse per esplodere. Strinse i pugni. Aprì la bottiglia di ssanghwa-tang e ne bevve un piccolissimo sorso. Il sapore dolce delle giuggiole e il profumo amaro delle erbe medicinali gli scesero in gola. Era la cosa più dolce che avesse mai assaggiato in vita sua. Così dolce che gli procurò una smorfia. Ma gli scaldò il petto e, per quanto provasse a soffocarlo con le mani sulla bocca, non riuscì più a contenere il pianto. Gli tornarono in mente tutte le volte in cui aveva fatto finta di non sentire suo padre, tutte le volte in cui aveva sbattuto la porta. *Proprio tu che hai passato la vita a proteggermi... papà.* E i singhiozzi gli scossero il corpo.

Dietro di lui, la lavatrice in funzione continuava a produrre un suono simile allo sciabordio delle onde. Quando la prima si fermò, cominciò un'altra, con un suono ancora più forte. Dae-ju continuava a piangere, cullato da quel mare. Poi le onde cessarono, lui avvertì un profumo familiare e chiuse gli occhi gonfi abbandonandosi a quell'aroma confortevole e accogliente. Incrociò le braccia e appoggiò la testa sul taccuino verde chiaro. Si sentiva a suo agio, come quando da bambino si accoccolava tra le braccia di suo padre.

La lavatrice alle sue spalle continuava a girare, la biancheria a cadere e a risalire. Mentre si lavava il bucato, si lavava via anche lo sporco che soffocava il suo cuore.

Ognuno ha bisogno di un mare al quale abbandonarsi.
E a Yeonnam-dong c'è un piccolo mare dove onde bianche di schiuma lavano via lacrime e dolore.

EPILOGO I

Andrà tutto bene, Han Yeo-reum. Non essere agitata! Se ricevi la chiamata, bene, ma se non la ricevi... puoi riprovare l'anno prossimo. Andrà tutto bene, di sicuro!

Era il giorno in cui venivano annunciati i vincitori del concorso. Yeo-reum aveva preso un cuscino sformato ed era uscita dallo studio perché non riusciva a stare ferma. Il cuore le batteva all'impazzata e, anche solo a guardarla di spalle, sembrava tesa come una corda di violino. Proprio in quel momento, Se-woong la vide entrare nella lavanderia.

«Ajumma, cos'è venuta a cercare qui?» domandò, in tono scherzoso.

Vedendolo vestito da poliziotto, Yeo-reum rispose: «Ajossi, la prego, non mi parli. Altrimenti rischio di non sentire il telefono».

«Come si permette di dare dell''ajossi' a un tutore della legge? Comunque che telefonata aspetti?»

Yeo-reum aveva portato il cuscino da lavare, ma tutte le lavatrici erano già in funzione.

Da quando la lavanderia era diventata molto frequentata, sul taccuino verde chiaro era rimasta libera solo l'ultima pagina, come se tutti la stessero lasciando a qualcuno che avesse preoccupazioni peggiori delle proprie.

Mentre Se-woong esortava Yeo-reum a rispondergli, Yeon-woo entrò con in braccio Ah-ri e in mano un sacco di abiti da lavoro macchiati di pittura. «Ciao! È da tanto che non ci vediamo. Ultimamente non sono riuscita a venire perché all'università è periodo di esami, ma sono felice di vedervi!»

Non appena Yeon-woo ebbe finito di salutare, la porta della lavanderia tintinnò di nuovo ed entrò Mi-ra con indosso l'uniforme rossa del duty-free. «Oh, ciao, ma come state tutti? Che bello vedervi qui riuniti! Siete proprio le persone che speravo d'incontrare. State aspettando che si liberi una lavatrice?»

«Non so se oggi sia una giornata perfetta per fare il bucato, o se tutti siano troppo preoccupati, ma non ce n'è neppure una libera! Sei tornata al lavoro?» chiese Yeo-reum, tenendo il telefono stretto in mano.

«Sì, finalmente. Mi hanno concesso il part-time e sono potuta tornare a indossare l'uniforme.» Mi-ra sorrise, mostrando la targhetta col suo nome appuntata sulla giacca. Sembrava davvero felice, come se si fosse riappropriata di quella parte di sé cui aveva dovuto rinunciare per limitarsi a fare la madre e la moglie.

«È fantastico. Congratulazioni. Se dovrai fare gli straordinari, mi prenderò cura io di Na-hee. Tra poco tornerà pure Soo-chan, così potranno giocare insieme», s'inserì il signor Jang, che aspettava il suo turno per lavare la coperta della camera da letto. Jindol, come se lo avesse ascoltato, fece un giro su se stesso, scodinzolando.

Yeo-reum continuava a mordicchiarsi le unghie.

«Che telefonata aspetti da essere così in ansia?» chiese di nuovo Se-woong.

«È per il concorso. Oggi è il giorno in cui vengono annunciati i vincitori di un concorso per sceneggiature.

Hanno detto che ci avrebbero avvisato per telefono... ma ancora niente.»

Yeon-woo sgranò gli occhi. «Quel drama che volevi scrivere sulla tua storia d'amore con Ha-jun?»

«Sì, ma non voglio illudermi. Non chiameranno nemmeno stavolta...»

«Aspettiamo ancora un po'. Più una notizia è buona, più si fa attendere», disse il signor Jang con gentilezza.

Proprio in quel momento, squillò il cellulare di Yeo-reum.

«Pronto?» *Tum tum tum.* Il cuore le batteva forte. Sembrava che il suo intero corpo tremasse. Tutti i presenti erano ammutoliti, in attesa.

«Grazie, grazie mille!»

Non appena Yeo-reum chiuse la telefonata, tutti si congratularono. Con le lacrime agli occhi, si abbracciò il cuscino e si disse una cosa che non si era mai detta prima. *Ottimo lavoro, Han Yeo-reum.*

Una lavatrice si fermò. Mentre tutti festeggiavano Yeo-reum, entrò il veterinario Jae-yoon, avvertito da una notifica che il suo bucato era pronto. «Oh, la padrona di Ah-ri. E c'è anche il padrone di Jindol. Buongiorno», salutò, con tono calmo e solenne.

Il signor Jang sorrise. «Anche lei si serve di questa lavanderia? Ma che coincidenza. Ecco perché Jindol le obbedisce sempre!»

«L'ho scoperta grazie alla padrona di Ah-ri, e mi trovo molto bene.» Jae-yoon spostò il bucato nell'asciugatrice.

Non appena finì, tutti si guardarono. A chi toccava adesso?

Vedendo che tutti esitavano, Se-woong si fece avanti.

«Ci pensa la polizia a dirigere il traffico. Forza, mettiamo insieme tutto il bucato!»

Nella stessa lavatrice finirono la coperta tanto amata da Dae-ju, ancora impregnata dei ricordi dell'estate, l'uniforme da poliziotto di Se-woong, che aveva smesso di fuggire e aveva trovato il suo posto nel mondo, gli abiti macchiati di pittura di Yeon-woo, che aveva scoperto la sua passione, e persino l'uniforme di Mira, che aveva ritrovato la sua identità.

E giro dopo giro ricominciò il rumore delle onde.

La porta a vetri si aprì di nuovo per far entrare Jae-yeol. La lunga ferita sulla guancia, che faceva male solo a guardarla, era completamente guarita. Posò un nuovo taccuino sul tavolo. Era di un tenue colore azzurro cielo. Le pagine fremettero alla corrente, come in attesa di accogliere nuovi crucci solitari che non potevano essere confidati a nessuno.

Chi avrebbe scritto su quelle pagine in futuro?

EPILOGO II

La lavanderia Binggul Bunggul di Yeonnam-dong è deserta. Arriva qualcuno a ricaricare l'ammorbidente lattiginoso. Aspira la polvere dal filtro dell'asciugatrice e pulisce delicatamente l'oblò. Riempie di caffè la macchinetta, perché i clienti possano riscaldarsi.

Infine mette nel distributore automatico i fogli di ammorbidente per l'asciugatrice imbevuti del profumo caratteristico del negozio. L'aroma avvolgente di ambra e cotone si diffonde dolcemente, come un faro che mostra la via.

«Bene, ora tutto è pronto per accogliere nuovi lavaggi.»

NOTA DELL'AUTRICE

Mentre scrivevo *Una piccola lavanderia a Yeonnam*, ho imparato che è difficilissimo aprire il proprio cuore, e che trovare qualcuno disposto ad ascoltarlo è una grande fortuna.

Vorrei dire alla mia famiglia che la amo e che è sempre stata il mio «taccuino verde chiaro». Vorrei ringraziare il mio editor e tutte le persone che hanno lavorato con me per dare vita a questo libro, nella speranza che possa diventare un «taccuino verde chiaro» anche per i lettori.

Se vuoi finalmente esprimere quei sentimenti che finora hai tenuto dentro perché non avevi nessuno con cui condividerli, entra anche tu nella lavanderia Binggul Bunggul di Yeonnam-dong. Ti scalderà il cuore!

Kim Jiyun,
inizio estate 2023

Questo libro è stampato col sole

Azienda carbon-free

Fotocomposizione Editype S.r.l.
Agrate Brianza (MB)

Finito di stampare
nel mese di agosto 2024
per conto della Casa Editrice Nord s.u.r.l.
da Grafica Veneta S.p.A. di Trebaseleghe (PD)
Printed in Italy